MAGIE NOIRE

Du même auteur

sous la signature de Gilbert Gallerne :

Le patient 127 *(roman, Belfond ; réédition France Loisirs)*
L'ombre de Claudia *(roman, France Loisirs)*
Le prix de l'angoisse *(roman, Belfond ; réédition France Loisirs)*
La mort au soleil *(roman, Flammarion)*
Petit homme vert *(roman, série MACNO, Baleine)*
Je suis un écrivain *(manuel d'écriture, Encrage)*
Teddy est revenu *(roman, Lefrancq / rééditions France Loisirs et Succès du Livre)*
Les fils du tyrannosaure *(roman, Fleuve Noir)*
Sacrifices humains à Matamoros *(document, Fleuve Noir)*
Edward Gein, le psycho *(document, Fleuve Noir)*

sous la signature de Gilles Bergal :

Amok *(roman, suivi du recueil de nouvelles « Zombie blues », Rivière Blanche)*
Le dossier des hantises *(document, JMG éditions)*
Camping sauvage *(roman, Fleuve Noir)*
Cauchemar à Staten Island *(roman, Fleuve Noir)*
Créatures des ténèbres *(recueil de nouvelles, Corps 9)*
L'appel de la Banshee *(recueil de nouvelles, Francis Valéry)*

sous la signature de Milan :

Le clone triste / Dérive 1 *(roman, Fleuve Noir)*
Le rire du klone / Dérive 2 *(roman, Fleuve Noir)*

Gilbert Gallerne

MAGIE NOIRE

Baleine

Collection Baleine Noire,
dirigée par J.-F. Platet

Une première version de ce roman
a été publiée en 1998 chez Lefrancq.

ISBN 978-2-84219-417-8

Prologue

Raoul d'Estèves leva les yeux du magazine qu'il feuilletait et soupira. Olivier commençait à sérieusement l'agacer avec ses grands airs. Depuis quelques jours, il ricanait dans le dos de tout le monde et le regardait lui, surtout, comme s'il lui avait joué un bon tour. De la part d'un gamin à la tête si vide qu'il en oubliait parfois jusqu'à son nom, il y avait de quoi irriter Raoul. Les autres employés avaient quitté depuis longtemps l'agence de tourisme – encore que Raoul ne se considérât pas comme un employé au même titre que ce gamin sans la moindre qualification – et Raoul attendait qu'Olivier ait terminé de classer les brochures reçues dans l'après-midi pour pouvoir fermer et rentrer chez lui. Mais, ce soir, celui-ci semblait prendre son temps avec un malin plaisir. À croire que ça lui plaisait de rester là bien après l'heure de la fermeture. S'il espérait que Raoul ferait son boulot à sa place, il pouvait toujours attendre.

– Alors, tu te grouilles ?

Le jeune homme tourna vers lui un regard peiné.

– J'arrive ! Si tu crois que c'est facile…

Bien sûr, trier des brochures par grandes destinations, ça demande un talent particulier. Raoul soupira.

– Bon sang, tu devais ranger ces catalogues cet après-midi. Qu'est-ce que tu as foutu ?

– Monsieur Desoyer m'a envoyé à la poste…

– C'est ça. Et tu as mis deux heures pour poster un recommandé !

– Y avait du monde.

– Tu parles ! Je ne sais vraiment pas pourquoi on garde un incapable comme toi.

– Oh, ça va ! De toute façon t'inquiète pas, bientôt tu n'auras plus à me supporter.

– C'est ça. On va t'embaucher chez Airbus, ils cherchent justement des ingénieurs.

– Rigole, rigole. Tu rigoleras moins quand je viendrai avec ma Rolls pour m'offrir un tour du monde ! On verra bien qui rira.

Raoul haussa les épaules.

– Rêver, c'est gratuit. En attendant, magne-toi le cul, sinon tu ne finiras pas le mois ici, c'est moi qui te le dis.

– Oh, j'ai pas l'intention de finir le mois. J'attends la semaine prochaine. Et après, bye-bye !

Olivier fit tomber une pile de brochures et la ramassa avec des gestes maladroits.

– Tu pourrais pas filer demain, au lieu d'attendre la semaine prochaine ?

– Non, parce que la semaine prochaine, c'est mon anniversaire.

– Et tes parents vont t'offrir un chèque tellement gros que tu pourras prendre ta retraite ? ricana Raoul.

Olivier parlait souvent de ses parents : le père était homme à tout faire à la mairie et la mère servait les repas dans une cantine scolaire. Pas de quoi espérer un héritage fabuleux.

– Mieux que ça ! J'ai gagné au Loto, figure-toi.

Il lui avait asséné ça avec une telle assurance que Raoul ne douta pas un instant de la véracité de l'affirmation. Mais Olivier était un peu lent. Pas doué pour les chiffres. Il devait s'imaginer qu'avec quelques milliers d'euros il pourrait mener la grande vie, il allait être déçu. Raoul secoua la tête devant tant de naïveté. Le jeune homme lut l'ironie sur le visage de son aîné, et sa mâchoire se crispa de rage face à cette nouvelle humiliation.

– Un million et demi d'euros ! jeta-t-il pour chasser son scepticisme.

Il eut la satisfaction de voir le sourire de Raoul se figer.

– Tu déconnes !

– Ah ! Tu vois !

– Tu te trompes. Ce n'est pas possible.

Il était impensable qu'un idiot pareil ait vu une telle chance lui échoir.

Olivier se mit soudain en colère.

– Mais pourquoi on me croit jamais? Tiens! Regarde!

Il porta la main à sa poche et en sortit son portefeuille, un truc en cuir tellement usé qu'il tombait en lambeaux, mais il refusait d'en changer: sa maman le lui avait offert pour sa communion. En trois pas il fut au bureau et posa deux papiers sur le magazine que Raoul venait d'abandonner: un ticket de Loto et une coupure de journal donnant les résultats d'un tirage récent.

Raoul examina les deux et pâlit. Cet idiot avait raison! Il détenait un ticket valant 1 576 443 euros.

– Et tu n'es pas allé l'encaisser tout de suite?

– Non!

Olivier ramassa les papiers et les remisa avec précaution dans son portefeuille.

– Mais pourquoi?

– Je veux faire une surprise à mes parents. Tous les ans ils m'invitent au restaurant pour mon anniversaire et me font un cadeau. Cette année c'est moi qui vais les inviter et je vais leur dire qu'ils n'auront plus besoin de travailler. Je vais acheter une grande maison et on ira y vivre tous les trois…

– Tu le leur as dit?

Olivier regarda Raoul comme s'il avait soudain perdu la raison.

– C'est une surprise, je te dis ! J'en ai parlé à personne. Tu diras rien ? Va pas me gâcher ma surprise !

– Ne t'inquiète pas, je ne dirai rien.

Satisfait, Olivier retourna à son classement, tandis que Raoul l'observait, réfléchissant à toute allure. Bon sang, le monde était mal fait. Cet idiot serait incapable de gérer une telle somme. Un million et demi d'euros qu'il irait encaisser la semaine suivante, alors que lui continuerait de bosser dans cette agence minable, jour après jour, pour envoyer les Bidochons en Tunisie. Ah ! si c'était à lui qu'une telle chance arrivait, il savait bien ce qu'il ferait. Il savait où il irait ! Un million et demi d'euros…

Un million et demi d'euros.

Que ce crétin allait gaspiller.

Raoul releva la tête.

– Tu habites toujours dans ton foyer de célibataires ?

Euphémisme qu'Olivier employait pour désigner l'établissement spécialisé dans l'accueil de débiles légers dans son genre. Un vrai nid de tarés.

– Oui. Mes parents ont pas la place pour me loger. C'est pour ça que je vais acheter une grande maison. J'ai assez, non ?

– Bien sûr… Une maison superbe…

Raoul joua un instant avec l'idée qui lui était venue. Olivier n'en avait parlé à personne.

Nul ne saurait rien.

C'était jouable.

Il se leva. Olivier lui tournait le dos, inconscient de la tentation qu'il venait de susciter.

Raoul éteignit son ordinateur et passa dans le bureau de Desoyer. L'armoire contenant les dossiers du personnel était fermée, mais il savait où Desoyer dissimulait la clef. Le dossier marqué Olivier Truchant n'était guère épais. Il le tira sans le sortir complètement et lut l'adresse sur la couverture. Il le repoussa et referma l'armoire.

– Qu'est-ce que tu fais chez le patron ? demanda Olivier, sur le seuil du bureau.

– Rien, je vérifiais un détail.

– J'ai fini, je vais rentrer.

– Eh bien, bon retour. Et ne traîne pas en route.

– Pas de danger ! Tant que j'ai ça en poche j'aime autant pas m'attarder dehors. Je tiens pas à faire une mauvaise rencontre…

Raoul rangea ses affaires, tandis qu'Olivier partait. Son cœur battait à cent pulsations-minute, mais ses mains ne tremblaient pas. Il éteignit, sortit, ferma l'agence à clef. La voisine abaissait le rideau métallique de son salon de coiffure.

– Bonsoir, lui dit-il.

Elle le regarda, surprise qu'il lui adressât la parole alors qu'ils se croisaient souvent sans qu'il daignât lui accorder plus qu'un signe de tête.

– Bonsoir.

– On ferme tard dans la coiffure !

Elle consulta sa montre.

– Oh, c'est assez courant. Mais vous par contre…

– J'avais des dossiers à terminer. Enfin, voilà qui est fait. Bonne soirée.

Elle le regarda s'éloigner en direction de sa voiture. Au besoin, elle pourrait témoigner qu'il était parti seul ce soir-là.

Dans sa voiture, Raoul consulta un plan de la banlieue. Compte tenu de l'heure tardive, la circulation serait assez fluide. Il arriverait une bonne demi-heure avant Olivier.

Chapitre 1

Kelly précédait les deux enfants tandis que Gérard et Annie fermaient la marche après s'être assurés qu'ils n'oubliaient rien dans l'avion. La jeune Anglaise déboucha sur la passerelle et s'immobilisa, éblouie par l'écrasant soleil.

Devant elle, au bas des marches, le revêtement de l'aéroport de Douala réverbérait la lumière éclatante, comme une immense étendue de neige. Au loin, les bâtiments gris de l'aéroport lui-même prenaient l'allure d'antiques citadelles tassées sous le poids des siècles.

Le Cameroun, enfin!

Un large nuage noir occulta pour un instant le soleil, son ombre énorme courant sur l'aéroport. Kelly leva la tête, vit une imposante masse sombre de forme ovale, dans laquelle trois poches claires formaient comme les yeux et la bouche d'un masque aux dimensions colossales.

Le masque fantastique se mit à trembler, comme si

elle le voyait au travers d'une eau trouble. La jeune fille cligna des yeux.

Le nuage semblait se contracter, se solidifier, se changer en un véritable visage hurlant soudain de colère et de haine.

Sous le visage noir apparut un petit corps peint aux couleurs de guerre. Dans la main droite, le pygmée brandissait une sagaie, prêt à la lancer. Dans ses yeux se lisait la volonté de tuer et de détruire. Une main jaillit, bordée de dentelle, crispée sur un sabre qui faucha l'air d'un ample mouvement, tranchant la tête au ras du cou. Un flot de sang gicla, tandis que le petit corps restait debout, comme animé d'une volonté propre.

La tête, projetée à plusieurs pas par la violence du coup, acheva de rouler sur elle-même. Après un dernier tour, elle oscilla un instant, avant de retomber sur sa base, comme si elle n'était que la partie émergée d'un corps enterré dans le sable.

Alors, lentement, comme animée d'une force prodigieuse et difficilement contenue, elle tourna sur elle-même, et les lèvres commencèrent à s'agiter pour former des mots. De cette tête qui ne pouvait pas vivre, de cette bouche qui ne pouvait plus parler, jaillirent des phrases, des mots incompréhensibles. L'intonation, la frénésie mise par les lèvres sombres à les prononcer disaient que ces mots étaient autant de malédictions, autant d'incantations lancées contre le meurtrier. Pour la faire taire, le sabre plongea sur la tête, et la lame, pénétrant par l'œil, la cloua sur le sable de la plage, comme un papillon sur une planche. La tête se tut. Elle parut fondre, se liquéfier, se répandre, vaste masse noire et palpitante, avant de se fragmenter en sept boules qui se solidifièrent de nouveau pour prendre l'apparence de sept masques de bois noir et lisse.

Les sept masques restèrent immobiles un long moment, disposés en un ovale parfait.

Puis un rire se fit entendre, semblant venir de très loin. Il enfla peu à peu, jusqu'à emplir tout l'espace. Et ce rire était un rire de joie féroce, un rire empli de méchanceté et de cruauté. Et le rire enfla, enfla, enfla…

Kelly hurla. Lâchant son sac de voyage, elle porta la main à son front, tituba sur l'étroite passerelle. Elle chercha la rampe de la main, sans la trouver, et s'affaissa comme une marionnette dont on tranche les ficelles. Sa tête heurta la rampe, et la jeune fille roula sur les marches, inconsciente.

– Kelly ! cria Richard, qui venait juste derrière elle.

L'enfant la regardait sans oser faire un mouvement, terrifié par le brusque malaise de la jeune fille.

– Pousse-toi, dit Annie en le bousculant pour approcher de la jeune Anglaise.

Déjà, l'hôtesse qui se trouvait sur la passerelle s'était penchée sur elle.

– Mademoiselle ! Mademoiselle !

Gérard écarta ses deux fils, pour passer lui aussi.

– Qu'est-ce qu'elle a ? demanda Claude, le plus jeune. Elle est morte ?

– Non, non, le rassura-t-il. Elle va bien.

Gérard se pencha sur elle.

Derrière lui, les gens se bousculaient, ne comprenant pas pourquoi tout le monde s'était soudain arrêté. Une grosse dame vêtue d'une robe au tissu imprimé, où s'étalaient d'énormes fleurs violettes, tenta de se glisser entre eux et le bord de la passerelle. N'y parvenant pas, elle entreprit de les enjamber. Devant tant d'insistance, Annie s'écarta finalement.

– J'espère que les cannibales vous boufferont ! lui lança-t-elle.

La grosse dame lui jeta un regard horrifié et se hâta de descendre l'escalier, au risque de tomber à son tour.

Une seconde hôtesse apparut à la porte de l'avion, venant se rendre compte de ce qui bloquait ainsi la sortie des passagers.

– Une passagère a eu un malaise, expliqua sa collègue. Veux-tu appeler une ambulance ?

– Je crois que ce ne sera pas nécessaire, dit Annie. Regardez, elle revient à elle.

Effectivement, Kelly remuait légèrement la tête.

– Ce doit être la chaleur, commenta l'hôtesse. Après la climatisation de l'avion, la transition a été trop forte.

Gérard prit alors conscience de la chaleur accablante qui régnait sur l'aéroport. Tout à son inquiétude pour l'adolescente, il ne l'avait pas remarquée, et il avait fallu la réflexion de l'hôtesse pour qu'il sentît que des gouttelettes de sueur lui coulaient dans les yeux, depuis un moment déjà, et que sa chemise collait à son dos de désagréable façon. Pour arranger encore les choses, le lourd nuage noir qui occultait le soleil un instant auparavant s'éloignait.

L'air lui-même dansait sous la chaleur.

Au bas de l'escalier, un groupe de passagers s'était arrêté et, curieux, regardait dans leur direction pour voir ce qui se passait.

Kelly gémit, remua.

– Kelly ? l'appela Annie. Tu m'entends ?

Derrière eux, la seconde hôtesse avait entrepris de calmer les quelques passagers qui protestaient. Gérard se redressa, agacé et prêt à flanquer son poing dans la figure du prochain qui tenterait de passer malgré tout.

– Voilà l'ambulance, dit-il.

Ne tenant pas compte de leur avis, la seconde hôtesse avait en effet appelé l'ambulance de l'aéroport. Le véhicule, une Citroën blanche ornée d'une énorme croix bleue, vint se ranger au pied de la passerelle, et deux infirmiers en jaillirent.

Ensuite, tout se passa très vite. Les deux ambulanciers chargèrent Kelly à bord de la voiture avant de prendre la direction des bâtiments où, à la demande de Gérard, ils la déposèrent devant la douane. Raoul

– le frère aîné de Gérard – devait les y attendre. Ils jugeraient alors s'il était nécessaire de conduire Kelly chez un médecin.

Les autres passagers du Boeing se trouvant encore à l'extérieur, sur le chemin du bâtiment principal, ils n'avaient personne devant eux. Déchargées pendant l'évanouissement de Kelly, leurs valises les attendaient déjà sur le tapis roulant, et ils n'eurent qu'à les entasser sur un chariot avant de quitter la salle des arrivées. Les douaniers les attendaient avec un sourire débonnaire, manifestement peu enclins à voir en eux de dangereux trafiquants, et les laissèrent passer après un bref regard jeté à leurs passeports.

Débouchant dans un vaste hall vitré, qui aurait été une véritable serre sans l'activité forcenée de la climatisation, ils s'arrêtèrent un court instant pour s'orienter.

– Gérard ! Annie ! Je suis là !

Tournant la tête dans la direction d'où était venu l'appel, ils virent venir vers eux un grand gaillard auquel une imposante barbe rousse mangeait la moitié du visage.

– Hubert ! s'exclama Gérard. Je pensais que ce serait Raoul qui viendrait nous chercher.

– L'Empereur des Îles a d'autres soucis en tête ! répondit son frère en riant.

Annie embrassa Hubert sous les regards indécis de ses deux fils.

– Eh bien, dit-elle, vous ne reconnaissez pas votre oncle ?

Hubert s'accroupit pour se mettre à leur hauteur.

– C'est parce que je n'avais pas de barbe la dernière fois, dit-il. Alors, les enfants ? Dites donc, vous êtes presque des hommes, maintenant ! On s'embrasse ?

Les deux gamins déposèrent avec réticence un baiser sur la joue de cet oncle barbu qu'ils n'avaient pas vu depuis plus de deux ans. Hubert sourit et se redressa.

– Et voici sans doute Kelly, dit-il. Oh ! mais que vous est-il arrivé ? Ils vous ont battue ?

Sur le front de la jeune Anglaise, une bosse imposante commençait en effet à apparaître, là où elle avait heurté la passerelle.

– Non, répondit-elle, encore étourdie et ne comprenant même pas qu'il plaisantait. Je suis tombée…

– Eh bien, vous ne faites pas les choses à moitié ! Ça va aller ? Bien. Nous allons rentrer rapidement. Irène vous mettra quelque chose là-dessus. Il faut bien que son diplôme d'infirmière lui serve de temps en temps !

Passant devant eux, il les guida en direction de la sortie, puis à travers l'immense parking, jusqu'à une place où était rangé un énorme 4 × 4 Toyota de couleur rouge, large et haut sur roues.

Gérard s'arrêta un instant pour contempler l'imposant véhicule qui devait les conduire jusqu'à leur aîné.

Le Toyota était une espèce de monstre conçu pour rouler n'importe où, sauf sur une chaussée.

– La route qui mène à Victoria est sans doute la meilleure du Cameroun, commenta Hubert, qui avait suivi la direction de son regard, mais ici, dès que tu quittes l'artère principale, tu te retrouves en pleine brousse. Raoul semble avoir fait un bon choix. C'est une bonne bagnole. Tu veux conduire ?

D'un geste, Gérard déclina la proposition.

– Je ne connais pas le chemin. Je l'essaierai un autre jour, dans un coin où je ne risquerai pas d'écraser quelqu'un.

– Comme tu voudras. Allez ! Tout le monde à bord !

Les enfants et les deux femmes prirent place à l'arrière, tandis que Gérard, après avoir chargé les bagages, s'installait à côté de son frère.

Manœuvrant le lourd véhicule avec dextérité, Hubert les fit sortir du parking, évitant de peu un bolide de couleur épinard qui avait dû être jadis une 404 Peugeot. La voiture était bourrée à craquer de Camerounais.

– Hé ! s'exclama Gérard. Il n'y a pas de loi sur le nombre maximum de passagers que peut transporter une voiture, dans ce pays ?

– C'est un taxi, expliqua son frère.

– Et alors ? Raison de plus ! Tu as vu combien ils sont ?

Hubert sourit.

– Dans ce pays, un taxi peut transporter autant de

monde qu'un autobus en France. Dis-toi bien que tu n'as pas encore tout vu.

Gérard se tut, plongé dans un abîme de perplexité où il demeura pendant les quatre kilomètres séparant l'aéroport de la ville de Douala. Une fois en ville, il ne put proférer un son, terrifié par la circulation et la curieuse conception que les Camerounais semblaient avoir de la priorité.

À l'arrière, les deux enfants appréciaient énormément la balade. Tout était nouveau à leurs yeux, les couleurs, l'architecture, les boutiques en plein air, et leur paraissait étrange et incroyable. Gérard les observa un instant, s'émerveillant soudain de les voir si grands. Ces dernières années étaient passées si vite… Il avait l'impression qu'hier encore ils étaient des bébés. Il les regarda, se promettant de leur consacrer un maximum de son attention durant le mois que durerait leur séjour au Cameroun. S'il les avait un peu délaissés au cours de ces années, ce mois de vacances allait être l'occasion de rattraper une partie du temps perdu.

Les femmes demeuraient silencieuses. Kelly, appuyée contre le montant de la portière, essayait de profiter du peu de fraîcheur que leur procurait la vitesse. Annie la surveillait avec inquiétude, s'attendant manifestement à ce que la jeune fille fasse une rechute d'un instant à l'autre.

– Pas trop chaud ? demanda Hubert en se tournant vers elles.

Un embouteillage immobilisait la voiture, causé par une voiture à bras qui venait de perdre une roue.

– Dire le contraire serait mentir, répondit Annie en souriant.

– Cet idiot de Raoul a commandé le véhicule sur catalogue. Il n'a pas vu qu'il n'y avait pas d'air conditionné ! Il parle de le revendre, maintenant. Dès qu'on va pouvoir accélérer, ça ira mieux. On arrive à la sortie de la ville. Après, c'est l'autoroute.

Effectivement, sitôt sortis de Douala, ils se retrouvèrent sur une large route très bien entretenue, conduisant directement à Victoria.

– Au moins, constata Gérard, Raoul n'est pas allé s'installer dans un coin perdu.

– Ne crois pas ça. Tu vois ces îles, là bas ?

Le véhicule venait de déboucher au sommet d'une colline. La route plongeait à présent en direction de Victoria, qui s'étendait entre le mont Cameroun et l'océan Atlantique. De part et d'autre du macadam brûlant, une végétation exubérante rappelait, s'il en était besoin, que cette route n'était pas située dans un quelconque coin de France, mais bel et bien au cœur de l'Afrique noire.

Fascinés, les enfants s'étaient tus. Devant eux, Victoria, écrasée sous le soleil, s'étalait mollement, encadrée de longues plages rectilignes que bordaient des plantations de palmiers à huile.

– Vous voyez ces îles ? répéta Hubert en désignant un chapelet d'îlots au large de Victoria.

Trapus, formés d'une succession de plateaux recouverts de végétation d'un vert sombre, les îlots semblaient les ruines de quelque cyclopéenne muraille d'une antique cité disparue sous les flots. À les voir ainsi, Gérard pensa soudain à l'Atlantide, qui reposait peut-être au large de l'Afrique.

– Notre richissime frère a acheté le petit du milieu, expliquait Hubert. Enfin, petit… tout est relatif. Il mesure quand même dans les cinq kilomètres de long sur deux ou trois de large.

– L'île de l'Ancêtre, hein ?

– Ouais. La fameuse île du comte d'Estèves, corsaire du Roy et ancêtre à la valeureuse descendance dont les deux tiers sont réunis dans cette voiture.

Fascinée, Annie s'était penchée en avant entre les deux sièges.

– Raoul a racheté toute l'île ?

– En fait, non. Il en a racheté à peu près la moitié. L'autre moitié appartient à une tribu bamiléké…

– Une tribu quoi ?

– Une tribu bamiléké. C'est une des ethnies du Cameroun, comme les Doualas, les Bantous, les Peuls…

– Dis donc, ironisa Gérard, tu es devenu un vrai spécialiste du Cameroun, en moins d'une semaine !

– Raoul m'a mis au courant. Cela fait des années

qu'il se documente sur ce pays. Venir s'installer ici a toujours été son grand rêve.

– Eh bien, il a réussi, finalement.

Pendant ce temps, le lourd véhicule avait franchi la distance qui le séparait de Victoria, dans les faubourgs de laquelle il entra pour gagner la plage.

La déception fut grande pour les nouveaux arrivants. Alors qu'ils rêvaient de sable doré à l'ombre des palmiers, ils avaient devant eux un sable gris d'où émergeaient çà et là d'énormes rochers noirs et anguleux.

– Qu'est-ce que c'est, maman ? demanda Richard. Pourquoi c'est pas du sable jaune ?

– C'est à cause du volcan, expliqua Hubert. Cette grosse montagne que tu vois là derrière nous est un volcan. Et le sable n'est pas du sable ; en fait, c'est de la cendre.

Tous les passagers du véhicule se penchèrent pour voir le mont Cameroun, dont le sommet se perdait dans les nuages.

– Il est toujours en activité ? s'inquiéta Annie.

– Toujours. Mais il est calme depuis des années. Si l'on excepte les émanations de gaz qui se sont produites voici déjà quelque temps. Il y a eu des morts. Mais pas du côté des îles, d'après Raoul. Avec un peu de chance, il restera tranquille encore un mois, le temps qu'on file d'ici.

La jeune femme ne put cependant s'empêcher de

contempler avec inquiétude l'imposante masse qui les dominait de plus de quatre mille mètres.

– Espérons-le, murmura-t-elle pour elle-même.

Après avoir longé un moment les plages, Hubert réintégra la ville pour gagner le port. Manœuvrant entre les caisses de poissons, comme s'il n'avait fait que ça toute sa vie, il pénétra finalement dans une arrière-cour qu'encombraient palettes et cageots. Il remisa le Toyota sous un hangar qui semblait sur le point de s'écrouler.

– Tout le monde descend ! dit-il en sautant à terre, imité par son frère.

Un Africain immense vint à leur rencontre, en souriant de toutes les dents qui lui restaient.

– Alors, demanda-t-il. Vous avez bien roulé ?

– Très bien, nous n'avons risqué notre vie que cinq ou six fois, répondit Hubert.

L'Africain éclata de rire.

– Et ça, c'est l'autre frère de monsieur Raoul ?

Il prononçait RRRRRaoul, ce qui fit sourire Gérard.

– C'est ça, dit-il. Je suis l'autre frère. Et voici ma femme, Annie, mes deux fils, et une amie...

Mais, déjà, l'autre ne l'écoutait plus. Il s'était accroupi à hauteur des deux garçonnets qui venaient de descendre de voiture et se tenaient cois, n'osant bouger devant ce géant qui paraissait issu des aventures de Tarzan. Le Camerounais rit de nouveau et se redressa en leur passant la main dans les cheveux. Les garçons le regardaient, intimidés par cet homme gigantesque à la peau sombre.

– Ils sont beaux, dit-il simplement. Attends, attends, je vais t'aider ! ajouta-t-il à l'adresse d'Hubert, qui avait entrepris de décharger les bagages.

Gérard vint également apporter son aide, et le petit groupe traversa bientôt la rue, sous les regards curieux des passants pour lesquels cette procession de Blancs lourdement chargés avait l'air du plus haut intérêt.

De l'autre côté de la rue, c'était la jetée du port où étaient amarrés de nombreux bateaux de toutes tailles. Sans hésiter, Hubert hissa son imposante silhouette à bord d'un Chris Craft flambant neuf. Gérard s'arrêta sur le quai, médusé.

– C'est à Raoul, ça ?

– Oui, monsieur ! Notre richissime frangin s'est offert un bateau de milliardaire pour rallier son île. Remarque, il a raison. En pirogue, il lui faudrait au moins deux jours.

Long de sept ou huit mètres, d'un blanc encore immaculé, les chromes resplendissants, le Chris Craft était vraiment un beau navire. Un petit poste de pilotage le surplombait en son milieu, prolongé à l'avant par ce qui devait être une cabine. Près de l'étrave, en lettres fraîchement peintes, s'étalait le nom du navire : *le Corsaire*.

– J'aurais dû m'en douter, murmura Gérard pour lui-même.

Hubert jeta un regard vers le ciel où de lourds nuages noirs se massaient contre les flancs du mont Cameroun.

– Il va pleuvoir, on ferait bien de se dépêcher.

Gérard lui tendit ses valises, imité par l'Africain toujours souriant. Puis suivirent les bagages portés par Annie, et la mallette de voyage de Kelly. Après quoi Gérard saisit Richard sous les aisselles et, le soulevant à bout de bras, le passa à son frère, qui le posa à ses côtés dans le bateau. Claude suivit le même chemin, puis Gérard aida Annie et Kelly à monter à bord à leur tour, avant d'embarquer lui-même.

Le Camerounais qui les avait accompagnés jusque-là se hâta de dénouer les cordages qui amarraient le navire au débarcadère avant de les jeter sur le pont. Hubert lança le moteur et le *Corsaire* s'écarta du débarcadère. Sur les planches, le grand Noir leur faisait au revoir de la main. Les enfants lui répondirent, heureux de la promenade en mer qui s'annonçait.

Lentement, ils sortirent du port.

– Je ne l'ai pas encore très bien en main, expliqua Hubert pour s'excuser du manque de vitesse. J'aime autant y aller mollo plutôt que de risquer d'éventrer une de leurs coquilles de noix.

Dès que le grand large s'offrit à eux, il enfonça la manette des gaz, et le bateau fit un bond en avant.

L'étrave dressée au-dessus de l'eau, il fonçait en direction des îles.

Très vite, il se mit à pleuvoir. De grosses gouttes explosèrent sur le pare-brise, se multipliant rapidement, pour finalement se transformer en un véritable déluge.

Annie et Kelly, réfugiées dans la cabine avec les enfants, regardaient par les hublots l'orage qui venait de se déclencher. Richard et Claude, debout sur une couchette pour être à la hauteur de l'ouverture, ne soufflaient mot, impressionnés par la fureur des éléments.

Assis à côté de son frère dans le poste de pilotage, Gérard était également un peu inquiet. Ils n'y voyaient pas à plus de quelques mètres tant l'orage était violent, et cette absence de visibilité l'angoissait.

– Félicitations, monsieur Météo, dit-il en se forçant à sourire. Tu annonces la pluie et il pleut. Tu devrais travailler à la télé, tu gagnerais des millions.

– Aucun mérite, grommela Hubert. Ici il pleut neuf mois par an, et c'est la mauvaise saison.

De larges gerbes d'écume saluaient leur passage à chaque fois que le bateau plongeait en avant.

– Tu ne crois pas qu'on devrait ralentir un peu, tout de même ? Avec cette pluie on n'y voit pas à dix mètres.

– Aucun danger, l'île est encore loin.

– Et si on rencontre un autre bateau ?

L'argument sembla porter, et Hubert relâcha légèrement la manette des gaz.

– Tu sais, dit-il, avec cette pluie nous devons être les seuls à des kilomètres à la ronde.

L'affirmation n'était pas tout à fait exacte.

À quelques encablures du navire, qui la dépassa sans qu'aucun des passagers ait conscience de sa présence, une forme sombre nageait entre deux eaux.

Trois mètres cinquante de cuir et de muscles, que terminaient à une extrémité une gueule longue de soixante centimètres, capable de couper un homme en deux et, à l'autre, une queue susceptible de casser une jambe d'un seul revers.

Le museau pointé droit sur l'île où Raoul d'Estèves venait de s'établir, sa longue queue souple le propulsant rapidement dans cette direction, un crocodile suivait une route parallèle à celle du bateau, affrontant l'eau salée contrairement au tempérament de ceux de son espèce.

Il arriverait bien après eux.

Mais il arriverait.

Chapitre 2

Le déluge avait cessé aussi brusquement qu'il avait commencé, et ce qui, l'instant précédent, n'était qu'une masse sombre et imprécise derrière le rideau de pluie prenait à présent l'aspect d'une série de plateaux superposés émergeant de la mer.

Déferlant des plateaux comme une coulée de lave, une forêt de palétuviers venait plonger jusque dans les vagues, interrompant à intervalles irréguliers les longues plages de sable gris. Devant eux, comme un doigt menaçant pointé dans leur direction, un éperon rocheux d'origine volcanique, sombre comme du sang séché, tombait dans la mer. Quand le Chris Craft le doubla, Gérard ne put s'empêcher de le suivre des yeux avec une obscure sensation de malaise.

Longeant l'éperon, une étroite bande de sable remontait vers le centre de l'île, séparant le roc d'un marécage de joncs et de roseaux, vaste zone d'eau morte qui venait effleurer la mer sans vraiment s'y mêler. Survolant le marais par grappes énormes, d'innombrables moustiques s'agitaient furieusement.

Après le marécage s'étendait une longue plage grise que les vagues battaient avec nonchalance.

– La plus belle plage de l'île. L'ancêtre avait du goût, commenta Hubert. La maison est tout près, sur les hauteurs, derrière ces arbres. On ne peut la voir de la mer.

Gérard regarda dans la direction indiquée, sans rien distinguer d'autre que des frondaisons étroitement emmêlées. Sur le pont, les enfants criaient d'excitation à la vue d'un oiseau au plumage multicolore qui semblait les suivre.

Assise sur le banc à l'arrière du Chris Craft, les bras serrés contre sa poitrine, Kelly était songeuse. Le regard perdu en direction de l'éperon rocheux qu'ils venaient de doubler, elle paraissait remuer de sombres pensées.

Annie s'approcha d'elle, lui passa un bras autour des épaules.

– Tu te sens mieux ? demanda-t-elle.

La jeune Anglaise se força à sourire pour la rassurer, mais le cœur n'y était pas. Elle ne semblait pas avoir vu l'île, l'oiseau multicolore, le ciel redevenu bleu en un instant…

Gérard secoua la tête, sans comprendre. Peu de temps auparavant, la jeune fille était très gaie. Elle avait plaisanté et ri avec les enfants pendant tout le voyage. Et à peine avait-elle posé le pied hors de l'avion que son comportement s'était transformé.

Il tourna soudain la tête, prenant conscience que son

frère lui parlait, et tenta de chasser la jeune Anglaise de son esprit pour écouter les explications prodiguées par Hubert :

– Au bout de la plage s'ouvre un chenal qui mène jusqu'à une petite crique où est installé le débarcadère. Là, le bateau est à l'abri, même par gros temps.

Effectivement, le Chris Craft s'engagea bientôt dans une étroite rivière qui traversait la plage en diagonale, et la remonta sur une centaine de mètres avant d'arriver à une petite retenue où avait été établi le débarcadère. Le cours d'eau quant à lui poursuivait son chemin et disparaissait après un coude, dissimulé par un amas de roches volcaniques.

– Il traverse presque toute l'île, expliqua Hubert. La source est sur le territoire des Bamilékés, mais Raoul a obtenu l'autorisation d'en détourner une partie pour alimenter la maison. Pas mal, non ?

Gérard ne répondit pas, trop occupé à regarder autour de lui. Le débarcadère contre lequel venait de se ranger le Chris Craft était manifestement très récent ; ses larges planches de bois peintes en blanc tranchaient durement sur le noir des rochers.

– D'après Raoul, il restait des vestiges de l'ancien débarcadère installé par le comte, mais tellement pourris qu'il a fallu tout refaire.

Appuyé contre le rocher, le débarcadère se terminait par une étroite plate-forme d'origine naturelle, au bout de laquelle des marches avaient été taillées dans le roc. La trentaine de marches de l'escalier serpentaient entre les roseaux jusqu'en haut du monticule, où elles rencontraient un sentier qui s'enfonçait derrière un énorme buisson constellé de fleurs rouges.

– La maison est par là, expliqua Hubert en montrant la direction que prenait le sentier.

Il coupa les gaz, laissant le bateau achever sa course contre les pneus qui tapissaient le bord du débarcadère, et il quitta le poste de pilotage.

Ramassant le cordage que l'Africain avait laissé à l'arrière du navire, Hubert sauta sur le débarcadère pour amarrer le bateau. Gérard passa à l'avant et lui envoya le second cordage que son frère enroula autour d'un poteau.

Curieux, un rat d'eau écarta les hautes herbes qui poussaient au pied du rocher pour les regarder faire. Hubert tapa du pied sur les planches, et l'animal disparut.

– Sale bête! maugréa-t-il. Bon. Passe-moi la passerelle.

Ils la calèrent rapidement, s'assurant qu'elle tiendrait bien en place.

– Les femmes et les enfants d'abord! dit Hubert en souriant.

Kelly passa la première, aidée par Gérard qui lui tint la main. La jeune fille se cramponna à lui, hésitant à le lâcher même quand elle fut en sûreté au-dessus du débarcadère. Hubert prit alors la relève et la jeune Anglaise fut bientôt à son côté.

Richard et Claude suivirent, délicieusement terrorisés en sentant la passerelle vibrer sous leurs pas.

Puis Annie traversa à son tour, apparemment soulagée de retrouver la terre ferme.

– Partez devant, dit Hubert. Gérard et moi, nous allons nous charger des bagages.

– Vous ne pourrez pas tout porter.

– N'Gombala viendra chercher le reste.

– N'Gombala ?

– Le boy. Vous verrez, il est très gentil. Allez, dépêchez-vous, on dirait qu'il va se remettre à pleuvoir.

Encadrant les enfants de crainte qu'ils ne tombent à l'eau, Annie et Kelly prirent le chemin de la maison. Les marches de pierre étaient larges, propres, et même les enfants purent les monter sans difficulté.

– En fait, je voulais te parler, dit Hubert à son frère dès qu'ils se retrouvèrent seuls.

Gérard leva un sourcil étonné. Il regarda son frère, qui le dépassait d'une bonne tête, sans comprendre. Qu'est-ce qu'il pouvait avoir de si mystérieux à lui dire qu'Annie ne puisse entendre ?

– Tu as revu Raoul, ces derniers temps ?

– Depuis qu'il a gagné au Loto, tu veux dire ? Une fois ou deux.

– Tu ne l'as pas trouvé changé ?

– Tu sais, un million et demi qui te tombe du ciel, ça te change un homme.

– Bien sûr, mais ce n'est pas ce que je veux dire. Je veux dire que je le trouve vraiment *différent*. Je n'avais pas revu Raoul depuis deux ans, comme toi d'ailleurs. Aussi, quand il m'a invité à venir passer un mois ici, j'ai sauté sur l'occasion, tu penses ! Avec la nouvelle boutique, ça faisait plusieurs années qu'on ne prenait pas de vacances. Geneviève commençait à être fatiguée, et moi aussi. Alors, le Cameroun... Mais je l'ai à peine reconnu en arrivant ici. Il est, comment dire... *différent*. Je ne trouve pas d'autre mot pour le définir. Il est plus dur, plus cynique que la dernière fois où je l'ai vu.

Gérard réfléchit, creusa sa mémoire, et effectivement il se souvint de certaines choses, il revit certains regards de son frère aîné...

Il se rappela l'avoir rencontré deux fois depuis que le tirage du Loto avait fait de lui un millionnaire, et plusieurs petits détails lui revinrent. Un pli plus dur était apparu au coin des lèvres de Raoul. Peut-être acquis en envoyant promener les inévitables tapeurs de toutes sortes qui s'étaient succédé sur son palier dès que la nouvelle avait été connue. Une rage impatiente de quitter la France, alors qu'il s'y trouvait encore bien quelques mois auparavant, comme s'il avait voulu mettre le plus grand nombre de kilomètres possible entre son ancienne vie et lui.

Et il était venu s'établir ici, sur cette île au large du Cameroun, où leur ancêtre avait vécu, quelques siècles plus tôt.

Raoul d'Estèves, roi des Îles.

Gérard demeura silencieux quelques instants. Un million et demi d'euros suffisaient-ils à expliquer les changements survenus dans le comportement de son frère ?

– Tu sais, dit-il finalement, cet argent pour lui c'est la concrétisation de tous ses espoirs. Depuis des années il nous serinait avec sa véritable place dans le monde, *notre* véritable place ! La Famille, le Nom, la Noblesse… Toutes ces conneries dont il a bercé son enfance. Il en crevait de devoir bosser huit heures par jour dans cette agence de tourisme. Alors, ce fric, c'est pour lui comme un signe de Dieu lui-même !

– Peut-être, murmura Hubert sans grande conviction. Enfin, tu jugeras par toi-même. Allez, ramasse ton barda en vitesse, je crois vraiment qu'il va recommencer à pleuvoir.

Gérard passa son sac photo en bandoulière, prit une valise dans chaque main et s'engagea prudemment sur l'étroite passerelle qui ploya sous son poids.

La maison qui apparut au détour du sentier était très impressionnante. C'était une grande bâtisse de style vaguement colonial. Le rez-de-chaussée surélevé était ceint d'une large véranda bordée d'une rambarde de bois ouvragé, véranda sur laquelle se tenait actuellement la famille d'Estèves au grand complet. En dessous de cette véranda, d'étroites fenêtres munies d'épais barreaux laissaient deviner l'existence d'une cave, qui devait s'étendre sous toute la maison. À l'étage, une galerie couverte longeait une rangée de portes-fenêtres garnies de moustiquaires, sans doute les chambres, pensa Gérard qui n'eut pas le temps de pousser plus loin son inspection : Raoul descendait l'escalier de bois reliant la véranda à la cour et venait à leur rencontre, les bras ouverts, souriant. Physiquement, il ressemblait beaucoup plus à Gérard, dont il avait la noirceur de cheveux et la minceur, qu'à Hubert, avec son imposante carrure de lutteur de foire et son poil roux.

– Alors, demanda-t-il en s'adressant à Gérard. Que penses-tu de mon château ?

– Pas mal, répondit son frère en lui serrant chaleureusement la main. À part les douves, qui sont un peu larges. Pour le reste, ça va.

– Et encore, ce n'est pas terminé. Nous n'avons pas l'électricité, mais ça va venir. Un groupe électrogène doit arriver prochainement. Tu vois cette cour ? C'était la jungle. On a eu du mal à la défricher.

Gérard jeta un coup d'œil à l'espace découvert où ils se trouvaient, d'une vingtaine de mètres de côté, directement face à la véranda. Sur les flancs de la maison, deux mètres de passage avaient été taillés dans la végétation.

– Il y en a autant derrière, expliqua Raoul. Je veux faire défricher tout autour, mais Irène s'y oppose. Elle dit que la végétation apporte un peu de fraîcheur.

Gérard, qui sentait sa chemise lui coller au dos, songea que sa belle-sœur n'avait peut-être pas tout à fait tort.

Ils grimpèrent les marches de bois pour gagner l'abri de la véranda où un grand Noir aux cheveux blancs était en train de verser à boire dans de grands verres.

– N'Gombala, voici mon frère Gérard, dit Raoul. N'Gombala était cuisinier à Victoria dans une espèce de gargote infâme. C'est un bon cuisinier. Je lui ai offert deux fois plus, et depuis il travaille pour moi. Pose tes valises ici, il les montera dans les chambres tout à l'heure.

Gérard se débarrassa avec soulagement des encombrants bagages et de son sac photo.

Au bout de la véranda, Claude et Richard refaisaient connaissance avec Patrick, Alain et François, les trois fils de Geneviève et Hubert – âgés respectivement de huit, sept, et cinq ans, tous trois aussi rouquins que leur père –, qu'ils n'avaient pas vus depuis deux ans. Couché sur le flanc, Dickie, le setter d'Alexandre, semblait avoir trop chaud pour remuer ne serait-ce que la queue.

Quant à Alexandre, le fils de Raoul et Irène, ses treize ans l'empêchaient de partager les jeux des plus petits. Après avoir embrassé Gérard pour lui souhaiter la bienvenue, il était reparti s'installer dans un énorme fauteuil de rotin dans lequel il dévorait *Robinson Crusoé.*

Geneviève interrompit sa conversation avec Annie pour venir embrasser son beau-frère. Petite, dodue, c'était une Méridionale qui s'était toujours refusée à perdre son accent.

– Té, Gérard, te voilà enfin ! On te croyait noyé !

– Cela a bien failli m'arriver en descendant du bateau ! C'est pas une passerelle, c'est un plongeoir !

Elle éclata de rire et l'observa, sembla l'évaluer du regard.

– Tu n'as pas changé, dit-elle.

– Toi non plus.

– Flatteur ! Je sais bien que j'ai pris du poids. Mais je m'en fiche ! Hubert m'aime comme ça ! Pas vrai, Hubert ?

Hubert grommela que oui, mais Gérard avait intercepté le regard qu'il avait jeté à Annie.

Il ne put s'empêcher de comparer les deux femmes, songeant qu'Hubert avait sans doute un pincement au cœur chaque fois qu'il rencontrait ses belles-sœurs. Autant Geneviève était petite et ronde, autant Annie était grande et élancée. Belle brune au corps de mannequin, Annie aurait pu sans peine poser pour ces magazines où l'on voyait des filles superbes sur des plages du bout du monde. Quant à Irène, la femme de Raoul, c'était une grande blonde racée qui avait une grâce naturelle et une classe innée.

– Eh ! Je te demande ce que tu veux boire ! lui répéta Raoul, un ton plus haut.

– N'importe quoi, si c'est frais. Excuse-moi, je suis fatigué. Le voyage...

– Tiens. Ce n'est peut-être pas très frais, car ainsi que je te l'ai dit nous n'avons pas encore l'électricité, mais c'est tout de même rafraîchissant.

Gérard prit le verre en remerciant d'un signe de tête. Il n'avait pas écouté ce que son frère venait de lui dire. Geneviève était repartie s'asseoir près d'Annie, et elles avaient repris leurs échanges d'informations relatives aux deux années qui venaient de s'écouler.

– Irène n'est pas là ? demanda-t-il.

– Elle est montée aider Kelly à se coucher. La petite ne se sentait pas bien. Il paraît qu'elle s'est trouvée mal ?

Gérard acquiesça. Il n'avait pas envie de se lancer dans des explications.

Chapitre 3

Agacé, Alexandre releva la tête du *Tarzan* qu'il était en train de lire.

– Allez jouer plus loin ! protesta-t-il.

Sans même prendre la peine de l'écouter, les enfants passèrent près de lui en courant. Aux cris qu'ils poussaient, il semblait qu'ils avaient entrepris un remake de *La Chevauchée fantastique.* Ils s'engouffrèrent en hurlant dans le tunnel végétal qui longeait la maison, débouchèrent dans l'arrière-cour qu'ils traversèrent sans s'arrêter ni prêter un regard à Kelly qui, vêtue d'une minuscule culotte de bain, avait entrepris de parfaire un bronzage déjà bien avancé.

Les enfants obliquèrent à gauche, disparurent dans un sentier qui les mènerait droit à une agréable petite plage.

Au cours des deux cents dernières années, en fait depuis le départ de leur ancêtre, premier propriétaire des lieux, la végétation avait repris ses droits sur le domaine que venait de racheter leur oncle Raoul. Aucun sentier, aucune piste, ne menait d'un bout de l'île à l'autre, comme si les Bamilékés vivant de l'autre côté s'étaient contentés de leur petit territoire et n'avaient pas jugé bon d'occuper l'île entière.

Raoul d'Estèves, en rachetant la propriété, avait dû y faire faire d'énormes réparations, et tous les sentiers qui menaient à présent de la demeure jusqu'au rivage n'existaient pas trois mois auparavant. Ils n'avaient été tracés que pour favoriser le passage des ouvriers et du matériel nécessaire à la restauration de l'imposante demeure.

Ces tunnels creusés au cœur de la végétation étaient bien vite devenus les terrains de jeu favoris des enfants, et ils n'avaient déjà plus le moindre secret pour les trois fils d'Hubert quand ceux de Gérard étaient venus les rejoindre.

Hubert, qui s'était lui-même inquiété à son arrivée, avait bien vite rassuré les parents de Claude et Richard : l'île ne renfermait aucun animal dangereux. Ou presque. Il s'en était assuré auprès du chef de la tribu bamiléké, grâce aux talents de traducteur de N'Gombala.

Le « presque » concernait les mygales. Grande amie du peuple noir, animal très sage qui ne fait de mal qu'à ses ennemis – aux dires du chef bamiléké –, la mygale semblait se plaire sur l'île, où elle était omniprésente.

La pensée que des araignées grandes comme la main pouvaient se promener autour de lui avait donné le frisson à Hubert qui n'avait jamais ressenti une grande attirance envers ces animaux. Il avait longuement chapitré ses enfants sur ce point, puis ceux de Gérard quand ils étaient arrivés, tentant de leur faire comprendre qu'ils devaient éviter d'y toucher s'ils en rencontraient une.

À vrai dire, il n'avait pas eu à trop forcer la note pour les convaincre : la seule évocation du gros corps ovoïde et des longues pattes velues avait suffi à donner le frisson aux gamins, et il était tout à fait certain qu'ils n'iraient pas chatouiller les mygales qu'ils pourraient croiser.

Toujours hurlant, les enfants débouchèrent sur la plage. Elle était déserte, leurs parents n'ayant pas encore fini de déjeuner. Ils s'arrêtèrent, indécis et essoufflés.

Claude, le plus petit, rejoignit la troupe avec un temps de retard sur les autres. Il tirait encore des coups de feu autour de lui avec son pistolet de bois, et les autres durent lui expliquer, vaguement agacés, que les cow-boys et les Indiens, c'était fini pour cette fois.

– Qu'est-ce qu'on fait, alors ? demanda-t-il.

– On explore ! lui rétorqua Patrick qui, du haut de ses huit ans, s'était arrogé le titre de chef de la bande.

– Qu'est-ce que ça veut dire ?

– Ce que tu peux être bête ! Cela veut dire qu'on va dans des endroits où personne n'est allé avant nous !

Alain se redressa fièrement, quêtant sur le visage de

son frère l'approbation venant récompenser l'explication qu'il venait de donner.

– Il peut pas savoir ! s'exclama Richard, qui n'aimait pas que l'on dise que son frère était bête. Il est trop petit.

– On a assez parlé ! trancha Patrick. On y va. Vous avez tous vos armes ? Bon. Marchez derrière moi, et surveillez si personne ne nous attaque.

Prenant la tête de la petite troupe, il s'engagea sur la plage, en direction du marécage.

– On n'a pas le droit d'aller jouer là-bas, intervint Claude, qui n'avait pas digéré l'insulte.

– On ne va pas dans le marais, on va faire un tour.

Effectivement, ils obliquèrent en direction de la mince frontière séparant le marécage de la forêt. Arrivés là, ils découvrirent une étroite bande de terre grisâtre, sentier naturel qui longeait le marais en suivant la lisière de la forêt.

Sans hésiter, Patrick s'y engagea, suivi des quatre autres. Claude, réticent, fermait la marche. Mais comme son frère suivait, il suivait également, traînant les pieds pour marquer sa désapprobation.

– Où ça mène ? demanda Richard qui, étant également l'aîné dans sa famille, estimait qu'il aurait eu autant de droits que son cousin Patrick à être le chef.

– Je ne sais pas, répondit Patrick. Peut-être à un château ?

François et Claude, les deux plus petits, ouvrirent de grands yeux : qui disait château disait trésors, princesse, dragon… Pour le dragon, ils pourraient s'en passer. Mais après tout, ils étaient cinq. Largement de taille à tenir tête à n'importe quel dragon ! Leurs grands frères n'étaient-ils pas là ?

Sans échanger un seul mot supplémentaire, ils poursuivirent leur chemin pendant encore une centaine de mètres. À leur droite, les troncs étroitement emmêlés des palétuviers formaient un mur inextricable. Entre les arbres, comme pour renforcer encore la résistance de ce filet végétal, un réseau de lianes minces et bizarrement pliées décourageait toute tentative de pénétration au cœur de la végétation. Les enfants évitaient de regarder ces lianes noueuses : elles leur rappelaient trop les doigts des sorcières, tels qu'on les voyait dans les films ou les dessins animés.

À gauche par contre s'étendait le marais. Le chemin, qui se réduisait parfois à une vingtaine de centimètres de terre ferme entre les palétuviers et les roseaux, leur faisait souvent frôler des abîmes de vase et d'eau trouble. Des nuées de moustiques vrombissaient par endroits, énormes, effrayants. Parfois, une grosse bulle venait mollement crever la surface d'une eau noirâtre. La puanteur qui se dégageait du marais augmentait alors brusquement, leur donnant envie de vomir, jusqu'à ce qu'un courant d'air chasse l'odeur, ou qu'ils la dépassent suffisamment pour ne plus la sentir, noyée qu'elle était dans la masse de remugles divers et également nauséabonds qui émanaient de l'eau stagnante.

Peu à peu, cependant, le sentier qu'ils suivaient s'élargit, mesura bientôt un mètre, puis deux, puis cinq, jusqu'à ce que le marais disparaisse pour laisser de nouveau place au sable.

Les enfants s'immobilisèrent alors, observant ce qui les entourait, leurs pistolets de bois prêts à faire feu sur toute ombre suspecte.

À leur droite, la forêt était toujours présente. À gauche, une large bande de sable rejoignait la mer en longeant le marais. De l'autre côté de la bande de sable, face au marais, le promontoire rocheux se dressait tel un doigt montrant le large. Devant eux, ses premiers contreforts émergeaient du sol. La forêt, qui avait tenté d'en prendre possession, avait finalement renoncé, sa tentative se soldant par un bouquet de palétuviers isolé.

– Il faudrait peut-être qu'on rentre, on est loin, suggéra Claude, à qui toute cette équipée déplaisait fortement.

– Juste encore un peu, répondit Patrick. On va monter là-dessus, je suis sûr qu'on verra la plage.

« Là-dessus », c'était le promontoire. D'un pas décidé, il escalada les rochers, se retrouva sur une plate-forme naturelle qui semblait mener de l'autre côté de l'obstacle. Alain et François le suivirent sans hésiter, puis Richard. Claude céda alors, et les suivit à son tour.

Se dirigeant vers la mer, ils se glissèrent entre les masses de rochers qui grimpaient rapidement, et surplombèrent bientôt le marais.

– Tu vois ! triompha Patrick. Je te l'avais dit. On voit la plage.

Effectivement, de l'autre côté du marais, ils pouvaient distinguer la bande de sable où la famille d'Estèves venait régulièrement s'installer.

La plage était déserte. Seul leur parvenait le bruit du ressac, comme s'ils avaient été les seuls êtres vivants sur l'île. Sans hésiter, Patrick se glissa dans une faille entre deux quartiers de roc, qui s'élargissait suffisamment au bout de quelques pas pour leur permettre de marcher normalement.

– Peut-être qu'on va trouver un passage pour aller jusqu'à la mer ? suggéra Alain.

Patrick les précédait de plusieurs pas quand, tout à coup, le sol s'évanouit littéralement sous ses pieds. Il s'enfonça en poussant un cri, disparut.

Les quatre autres s'étaient immobilisés, terrifiés.

Devant eux ne subsistait qu'une crevasse dans le sol, une ouverture affectant vaguement la forme d'un losange d'une soixantaine de centimètres de côté. Affolés, les enfants ne voyaient là que la bouche avec laquelle la terre venait d'avaler leur compagnon.

– Patrick ! hurla Alain.

Un long gémissement lui répondit.

Ils se précipitèrent. Au moins était-il vivant !

– Ne vous approchez pas ! ordonna Alain en écartant les bras.

Les autres s'immobilisèrent, et il avança prudemment jusqu'au bord du trou dont il tâta la fermeté du bout du pied, avant de se pencher sur l'ouverture.

– Patrick ? appela-t-il de nouveau.

– Je suis là ! Je me suis fait mal au genou.

– C'est tout ? Tu n'as rien de cassé ?

– Non, je ne crois pas.

Les yeux d'Alain s'habituant à l'obscurité, il finit par distinguer la touffe écarlate que constituait la chevelure de son frère ; ce dernier était assis deux mètres plus bas, au pied d'une espèce de toboggan rocheux qui avait amorti sa dégringolade, transformant en une rude glissade ce qui aurait pu être une chute mortelle.

Patrick leva les yeux vers son frère, encore à moitié assommé par le choc et la peur. Constater qu'il n'avait rien de cassé le rassura. Puis il promena un regard apeuré autour de lui, s'attendant à découvrir une caverne aux parois tapissées d'insectes. Mais le puits dans lequel il était tombé était vierge de toute présence autre que la sienne.

Du coup, il se sentit totalement rassuré. D'instinct, il devinait que son aventure allait lui conférer auprès de ses compagnons une auréole dont l'éclat brillerait longtemps. Fini les espoirs de Richard de devenir le chef de la bande.

– Cela va bien, assura-t-il de nouveau. Eh! Venez voir un peu ça! J'ai trouvé une grotte!

Effectivement, un conduit d'un mètre de haut environ s'ouvrait derrière lui, et s'enfonçait dans le sol. Il se pencha, posa sa joue par terre.

– Eh! Je vois le jour à l'autre bout! Cela doit donner sur la plage! Venez me rejoindre!

Les autres, qui s'étaient approchés à présent que tout danger semblait écarté, ne montraient guère d'enthousiasme pour s'enfoncer sous terre. Mais Richard sentit que son prestige était en train d'en prendre un coup et que son cousin avait marqué là un point décisif. Il devinait que s'il se défilait, il pouvait faire une belle croix sur son ambition de devenir chef. Poussant Alain de côté, il sauta dans le trou, immédiatement imité par Claude qui suivait son frère partout où il allait.

Ils atterrirent pêle-mêle, juste à côté de Patrick, qui n'avait eu que le temps de s'écarter pour ne pas les recevoir sur la tête.

Derrière eux, les deux derniers fils d'Hubert sautèrent à leur tour, et les cinq gamins se retrouvèrent au fond de la fosse. Serrés les uns contre les autres, ils jetaient alentour des regards aussi curieux qu'inquiets. Mais, ainsi que l'avait constaté Patrick avant eux, il n'y avait rien à proximité qui pût les inquiéter.

D'ailleurs, il ne leur laissa guère le temps de se poser des questions. Dès qu'ils furent tous réunis, il se glissa dans le boyau qu'il venait de découvrir. Sitôt franchi le passage, il se trouva sur un rocher lisse et incliné au long duquel il n'avait plus qu'à se laisser glisser pour atterrir sur le sable, trois mètres plus bas, un sable noir comme celui des plages de la région.

Les autres se laissèrent glisser à leur tour en riant, roulèrent dans le sable humide où les attendait Patrick.

Riant toujours, ils se relevèrent, regardèrent autour d'eux. La lumière du jour entrait par le trou d'où ils étaient venus, et par l'ouverture qui, effectivement, donnait sur la plage. Là encore, les parois étaient vierges de toute présence animale. Les enfants se sentaient totalement rassurés. Aucun d'eux ne remarqua que le rocher sur lequel ils venaient de glisser défiait toute escalade, tandis que l'ouverture donnant sur la plage laissait entrer la marée montante.

Chaque vague avançait un peu plus loin dans la grotte, se rapprochait d'eux un peu plus que la précédente.

Chapitre 4

Gérard s'arrêta en débouchant sur la plage et posa le lanceur à terre.

– Déjà fatigué ? ironisa Hubert en se retournant.

– C'est pas un sport à pratiquer en pleine digestion. Ce truc pèse une tonne !

– Sept kilos seulement. Je suis sûr que je suis plus chargé que toi.

– Peut-être, mais toi, tu as plus de prises que moi et le poids est mieux réparti.

Hubert sourit. Un fusil sur chaque épaule, deux musettes de toile passées en bandoulière, l'une pour les cartouches, l'autre pour les pigeons d'argile, la charge totale, si elle excédait celle du lanceur de plateaux, était néanmoins plus aisée à supporter.

Gérard reprit le lanceur. Devant lui, son frère était déjà reparti, longeant la lisière de la forêt pour profiter de l'ombre au maximum.

– Tu sais que tu fais vraiment Grand Chasseur Blanc, avec ton casque colonial et tes deux fusils ?

– Et toi, tu sais que tu fais porteur indigène ? Et appelle-moi Bwana, s'il te plaît.

Ils rirent tous deux, heureux de leur plaisanterie, heureux de se comprendre, heureux de s'être retrouvés après deux années sans autre contact que les cartes de vœux. Ils étaient en vacances, à des milliers de kilomètres de la France et de leurs soucis, en un pays où le temps semblait arrêté ; ils étaient heureux.

Ils suivirent la forêt sur près de trois cents mètres, s'éloignant de la plage où les autres allaient venir s'étendre pour le traditionnel bain de soleil, à la recherche de l'endroit adéquat pour leur séance de tir, et finirent par s'arrêter derrière un rideau végétal qui amortirait le bruit des détonations.

– On va se mettre ici, dit Hubert. On sera à l'ombre et la mer n'est pas loin.

Il posa les fusils contre un tronc d'arbre, laissa les musettes glisser dans le sable avant d'aider son frère à installer le lanceur.

– Vers la mer, dit-il. On va régler le ressort pour soixante mètres, de façon à ce que les pigeons que nous manquerons aillent se perdre au large, où ils ne gêneront personne.

Une fois l'appareil soigneusement calé, Gérard se redressa, regarda le ciel. Le soleil était à leur gauche, caché par les arbres aux pieds desquels ils s'étaient installés. Il souleva son chapeau, un Stetson acheté à Paris juste avant leur départ, et s'épongea le front.

– Le soleil ne nous gênera pas, dit Hubert. Le temps qu'il arrive en face, nous aurons brûlé toutes les cartouches.

Il s'agenouilla dans le sable, sortit les pigeons d'argile de leur sacoche, commença à garnir le lanceur.

Gérard se pencha sur les fusils, prit le riot gun Remington flambant neuf que Raoul venait de s'offrir.

– Toujours ton côté western, hein ? remarqua Hubert en désignant l'arme du menton.

– J'aime les belles armes.

– Celui à canons superposés est beau aussi.

Gérard regarda le fusil qu'il avait laissé contre l'arbre, un superposé Winchester, arme magnifique et tout aussi neuve que le Remington.

– Bien sûr, dit-il.

– Mais ce n'est pas pareil.

– Non.

– C'est bien ce que je disais.

Ils sourirent tous les deux, complices.

Hubert se pencha pour examiner l'angle du bras du lanceur, se redressa, apparemment satisfait.

– Tu as réfléchi à ce que je t'ai dit ? demanda-t-il en ouvrant une seconde boîte de pigeons, qu'il posa près de la première.

– À quel sujet ?

– Raoul.

– Oui.

– Alors ?

– Effectivement.

Le magasin du Remington était plein. Tenant l'arme toujours dirigée vers le ciel, Gérard manœuvra la pompe, amenant une cartouche dans la chambre. Il épaula, braqua l'arme en direction de la mer.

– Pull !

Hubert lâcha le bras du lanceur. Le pigeon décolla, à ras de terre, monta brusquement en arrivant au niveau des vagues. Gérard tira, le manqua, actionna la pompe pour amener une nouvelle cartouche dans la chambre, tira de nouveau. Le pigeon, intact, termina sa course à une soixantaine de mètres de là. Il ricocha deux fois sur l'eau avant de s'y enfoncer.

Hubert mit un autre pigeon sur le lanceur.

– Tu as peut-être raison, dit Gérard en s'essuyant le front d'un revers de manche. Il a l'air… différent. C'est bien le mot que tu as employé, non ? Je le trouve nerveux. Inquiet, même.

– Tu as remarqué la façon dont il écoute les informations ?

– Non, qu'est-ce qu'elle a de spécial ?

– Il est tendu chaque fois qu'il arrive à capter France Inter.

– Il s'inquiète peut-être pour ses placements ? Gérer un million et demi, ça doit donner du souci !

– Gérer, mes fesses ! Il a tout confié à sa banque avant de partir. À charge pour eux de le faire fructifier et de lui envoyer un chèque tous les mois.

– Le mal du pays qui commence à le travailler, alors ? Il regrette peut-être d'être venu s'installer ici, mais ne veut pas l'avouer : tu le connais, il se ferait tuer plutôt que reconnaître qu'il a eu tort.

– Peut-être.

Hubert n'avait guère l'air convaincu. Il installa un nouveau plateau. Gérard tira la première série sans grand succès.

Le neuvième, manqué, s'était englouti lentement. Il avait presque touché le fond, quand une énorme mâchoire de cuir s'était refermée sur lui, le prenant pour un poisson. Le crocodile, nageant entre deux eaux, avançait doucement en direction du marais, qui était devenu son terrain de chasse, lorsque le plateau était tombé devant son museau.

Le reptile poursuivit sa nage, dépassant l'endroit où les deux frères continuaient leur séance de ball-trap.

Au cœur du rocher dans lequel ils s'étaient enfoncés, les cinq enfants s'étaient aperçus que l'eau avait commencé à envahir la caverne.

Quand ils s'en étaient rendu compte, il était déjà trop

tard. Les deux plus petits ne pouvaient plus passer, et les grands eux-mêmes auraient eu du mal à affronter la violence des vagues heurtant le rocher. Ils avaient alors tenté de ressortir par où ils étaient entrés, mais le rocher avait déjoué toutes leurs tentatives d'escalade et, les genoux en sang, ils avaient finalement renoncé à sortir de ce côté.

À présent, l'entrée de la grotte était totalement submergée. L'eau battait contre les parois, et le plus petit, Claude, en avait déjà jusqu'à mi-cuisses. Il s'était mis à pleurer, imité par François. Les trois plus grands retenaient encore leurs larmes, mais cette situation désespérée leur arrachait déjà des reniflements sonores.

Chapitre 5

Irène se balançait dans le rocking-chair qu'elle avait sorti sur la véranda. Du fait de la chaleur, elle n'était vêtue que d'un maillot deux pièces, et trouvait que c'était encore trop. Elle hésitait à se débarrasser du soutien-gorge, mais l'idée de l'effort qu'il lui faudrait fournir pour se redresser et le dégrafer l'anéantissait à l'avance, et elle préféra finalement rester telle qu'elle était, immobile, somnolente.

À l'autre bout de la véranda, installé de guingois dans le fauteuil de rotin, en slip de bain, Alexandre était encore plongé dans *Robinson Crusoé.* Ce roman, commencé quelques jours plus tôt à peine, serait sans doute terminé avant la fin de la journée. Il dévorait les livres à une vitesse qui avait toujours stupéfié sa mère. Elle sourit, attendrie.

– Tu l'aimes, ton fils, n'est-ce pas ?

Irène tourna légèrement la tête. Geneviève, assise dans un fauteuil pareil à celui qu'occupait Alexandre, s'éventait avec un morceau de carton. Elle était toujours vêtue d'une robe imprimée. Il semblait qu'elle avait apporté avec elle des dizaines de ces robes aux couleurs vives et aux motifs étrangement semblables : fleurs, oiseaux, bateaux… Alors que tous ici se promenaient à demi nus, qu'Irène, Annie et Kelly avaient dès leur arrivée décidé de réduire leur garde-robe au strict minimum, n'utilisant les trois quarts du temps que les culottes de leurs maillots de bain, Geneviève n'avait jamais quitté ses robes. Seule concession à la chaleur, elle dégrafait parfois le dernier bouton de son corsage, laissant apparaître la naissance de ses seins perlés de sueur.

Geneviève n'était pas vraiment grosse, mais il était évident qu'elle aurait pu perdre quelques kilos et s'en trouver mieux. Bien que sa belle-sœur affectât de ne pas s'en préoccuper, Irène sentait chez elle une certaine gêne à ce sujet.

– Cela se voit tant que ça ?

– Quand tu le regardes, tes yeux brillent. Tu en es tellement fière que tu rayonnes. Tu es heureuse ?

Surprise, Irène eut un temps d'hésitation.

– Mais, dit-elle, bien sûr. Pourquoi cette question ?

– Parce que tu n'en as pas l'air.

Geneviève se pencha vers sa belle-sœur, baissa la voix pour qu'Alexandre ne puisse l'entendre de là où il était.

– Tu ne parais pas heureuse, insista-t-elle. Tu es constamment tendue, sur le qui-vive… Cela ne va pas avec Raoul ?

La question irrita Irène, peut-être parce que Geneviève avait mis le doigt sur le cœur du problème.

– Mais si, cela va très bien. Je ne sais pas ce que j'ai. C'est vrai que je suis tendue. Peut-être est-ce la chaleur, le changement d'air… Je ne sais pas.

Irène ferma les yeux, renversa la tête en arrière. Elle aurait voulu se taire, ne pas prononcer les mots qui lui venaient aux lèvres, mais il était trop tard. Elle avait commencé à parler, et continuer lui ferait du bien.

– Je ne sais pas, dit-elle. Je ressens comme une angoisse depuis mon arrivée ici. Comme si quelque chose nous menaçait. Comme s'il y avait dans le coin quelque chose qui nous attendait et qui se réjouissait de notre venue. Mais sans que cette joie soit bonne pour nous, tu comprends ce que je veux dire ? C'est un peu comme une araignée qui se délecterait de voir une mouche se prendre dans sa toile.

Geneviève frissonna. Malgré la chaleur, ses bras se couvrirent de chair de poule. Elle regrettait d'avoir suscité les confidences de sa belle-sœur, mais il était trop tard à présent. Irène poursuivait :

– Et puis il y a Kelly. Ce malaise à l'aéroport, cette vision qu'elle a eue…

– Une hallucination due à la chaleur !

– Bien sûr, mais que veux-tu, j'ai beau me le répéter : je ne peux m'empêcher d'avoir peur. Je sens une menace suspendue au-dessus de ma tête, et j'ai beau me dire que c'est idiot, j'ai peur quand même.

– Mais tu as des raisons d'avoir peur ? Tu as reçu des menaces ?

– Non, rien d'aussi tangible. C'est juste une sensation que j'éprouve depuis mon arrivée ici.

– Tu en as parlé à Raoul ?

– Oh, Raoul... Raoul a réalisé son rêve. Pour lui, cette île est le paradis, même s'il y pleut neuf mois par an, même si on y trouve des araignées grosses comme des soucoupes, même si le seul moyen d'aller faire ses courses c'est de prendre le Chris Craft... Raoul vit dans son rêve. Il se prend pour le roi des Îles ! Bientôt il voudra que tout le monde l'appelle Majesté ! Il rétablira l'esclavage, et sans doute le droit de cuissage !

Geneviève ne répondit rien. Ce que venait de lui avouer sa belle-sœur recoupait exactement ses propres conclusions : la fortune était montée à la tête de Raoul. Il arpentait son domaine avec un air qui signifiait que tout cela était à lui, et il promenait sur les gens un regard qui en disait long sur le fond de sa pensée. Geneviève préférait garder ce qu'elle pensait pour elle, mais elle se souvenait de certains regards que Raoul avait posés sur Annie, ou même sur Kelly.

Elle se tut. Si Irène n'avait rien remarqué, à quoi bon le lui signaler ? Cela n'aurait fait qu'accroître son trouble, et Geneviève ne le voulait pas. Un instant, elle se demanda où était Raoul. Dans la bibliothèque, ainsi qu'il l'avait dit ? Ou bien avait-il rejoint Annie, montée faire la sieste, ou Kelly, qui se faisait bronzer dans l'arrière-cour ? Kelly n'a que seize ans, songea Geneviève. Raoul n'oserait tout de même pas !

Inconscient des préoccupations dont il était l'objet, Raoul se trouvait bien dans la bibliothèque, plongée dans la pénombre. Les fenêtres étaient grandes ouvertes, mais les volets étaient fermés. Un verre de whisky à la main, il se tenait debout derrière la porte-fenêtre et regardait à travers les jalousies. De sa place, il avait vue sur l'arrière-cour, où Kelly s'était installée pour être tranquille.

Le regard posé sur la jeune Anglaise, Raoul ne la voyait pas vraiment. Elle reposait sur le ventre, vêtue d'une culotte de bain d'un bleu éclatant qui faisait ressortir son bronzage. Dorée à croquer. Après l'avoir observée pendant quelques instants, il avait peu à peu cessé de la voir pour revivre l'incroyable succession d'événements qui l'avait conduit jusqu'ici.

Son arrivée sur cette île avait marqué pour lui la fin de la période noire de son existence. Les huit heures quotidiennes, les caprices des clients, la mauvaise humeur du directeur de l'agence de voyages où il travaillait… Fini tout cela. À présent il était son propre maître. Et il possédait plus d'argent que tous ces idiots n'en gagneraient durant toute leur vie. Il sourit en repensant à la tête de Desoyer lorsqu'il avait appris la nouvelle. Il avait lu sa lettre de démission, rédigée en des termes tels que, même si elle était correcte, l'insulte se lisait entre chaque mot.

« Un million et demi, monsieur d'Estèves ? C'est une somme ! J'espère que vous saurez en faire bon usage.

– Un aussi bon que n'importe qui ici, monsieur le directeur.

– Vous faites un pot d'adieu, je suppose ?

– Non. »

À la réflexion, il aurait dû faire un pot tout de même, rien que pour voir leurs têtes à tous. Les sourires cachant les grimaces d'amertume et d'envie, les bons copains qui l'auraient pris à part en disant : « Écoute, vieux, je ne t'ai jamais rien demandé jusqu'à présent, mais justement, en ce moment, et comme toi... bref, je me suis dit... »

Et le refus, net et définitif, d'un ton cassant. Oui. Il aurait dû. Il but une gorgée de whisky, savourant ces moments qu'il n'avait pas vécus.

Du pied, il déplaça un fauteuil en rotin, l'orienta de façon à le placer face à la table basse. Il s'assit, posa ses pieds sur la table, au milieu des revues de décoration.

Devant lui, les rayonnages de la bibliothèque étaient

encore vides, hormis quelques vieux livres qu'il avait retrouvés en faisant nettoyer la cave. Il s'agissait de bouquins rongés par l'humidité, tout juste bons pour la poubelle. Néanmoins, il y avait de fortes probabilités pour qu'ils aient appartenu à son ancêtre. Aussi les avait-il gardés. Comme des reliques.

Ses propres livres arriveraient sous peu. Sans doute dans moins de quinze jours. Le temps que le cargo qui les apportait touchât le Cameroun. Après quoi il serait vraiment chez lui. Sa nouvelle vie commencerait. Il leva son verre en un toast silencieux. Jamais il n'aurait cru que cela marcherait. Et même au moment où il avait déposé le chèque sur son compte, il n'y croyait pas encore. Ce ne fut qu'une fois au Cameroun, une fois la vente de l'île conclue, qu'il y avait finalement cru. Il avait réussi !

Il leva de nouveau son verre pour un toast, à l'attention de son ancêtre cette fois. Nul doute que le vieux corsaire se serait montré fier de son arrière-arrière-petit-fils. Une fois de plus, le regret de n'avoir pas trouvé le moindre portrait de lui l'effleura. Il en avait caressé l'espoir en découvrant la maison encore debout sous la végétation, malgré ces deux siècles de pluies et de tempêtes. Malheureusement, les ouvriers venus de Douala n'avaient rien découvert, hormis ces quelques livres. La maison était totalement vide, sans doute fouillée par des générations de pillards après la disparition de son propriétaire. Le rachat de cette partie de l'île n'avait posé aucun problème : les Camerounais avaient toujours eu le sens de la famille, et lorsque Raoul avait mentionné son ancêtre, le propriétaire n'avait fait aucune difficulté pour lui céder ce qu'il demandait. Et ce d'autant plus qu'il s'agissait pour lui d'un terrain sans grande valeur, incultivable, et d'un accès difficile.

Les travaux ne s'étaient pas faits sans mal. Les ouvriers recrutés à Victoria avaient refusé de venir travailler sur l'île. La tribu bamiléké ne voulant pas non plus venir de ce côté, il avait dû aller chercher des hommes jusqu'à Douala pour défricher et procéder aux réparations.

Finalement, une fois l'équipe en place, les travaux avaient avancé assez vite, et Irène avait pu quitter l'hôtel de Douala où elle s'était établie pour venir vivre avec lui. L'endroit était à présent habitable, et c'était avec une fierté non dissimulée que Raoul avait fait venir ses frères de France pour qu'ils puissent admirer son œuvre. Avec un peu de chance, il pourrait les convaincre de rester avec lui au Cameroun. Pour Hubert, ce serait dur. Cet idiot avait acquis une mentalité de commerçant et ne jurait plus que par sa boutique de vêtements de sport. Et Geneviève, cette sotte bouffie qu'il avait cru bon d'épouser, n'était pas du genre à lui donner de l'ambition. Vendre des chaussettes, c'était sans doute le but ultime de sa vie.

Gérard devrait être plus facile à convaincre. Il avait

toujours couru après des chimères, et devrait se rendre assez facilement aux arguments de son frère. Annie serait plus difficile à attirer. C'était une femme décidée, qui savait ce qu'elle voulait. De plus, Raoul avait le sentiment qu'elle ne l'aimait guère. L'inciter à vivre près de lui en permanence ne serait pas chose facile, mais cela devrait être possible. Tout avait un prix. Il suffisait d'avoir de quoi payer. Et de ce côté-là, Raoul ne craignait personne.

Il leva une nouvelle fois son verre, et s'octroya une longue gorgée.

Chapitre 6

Alexandre avança sa tour de deux cases.

– Échec au roi, annonça-t-il.

Kelly déplaça son roi d'une case. Elle était en fâcheuse posture. Jouant avec les blancs, elle avait eu l'avantage en début de partie, prenant rapidement les deux fous noirs. Malgré cela, Alexandre était parvenu à remonter son handicap. Il avait réussi à occuper le centre de l'échiquier, et avait réduit la jeune Anglaise à la défensive. Utilisant sa reine pour protéger ses pièces, il avait peu à peu tendu des pièges dans lesquels Kelly était régulièrement tombée. Les forces en présence étaient maintenant à peu près équivalentes, et Alexandre avait l'avantage du terrain. Ses pions occupaient à peu près les deux tiers de l'échiquier, ligne sombre contre laquelle il rabattait le roi blanc dans l'espoir de le mettre mat.

Il avança un pion.

– Échec, annonça-t-il.

Kelly avança la main pour déplacer son roi. Ses doigts

effleurèrent à peine la pièce, restèrent suspendus en l'air.

La jeune Anglaise secoua la tête, comme si elle était à demi endormie.

– Non, murmura-t-elle.

Alexandre la regarda, ouvrit la bouche comme pour dire quelque chose, mais aucun son ne franchit ses lèvres.

– Non, répéta Kelly.

Devant elle, sur l'échiquier, les pièces paraissaient s'animer d'une vie propre.

Face à son roi blanc, les petits pions noirs ondulaient tels des danseurs nains. Kelly ferma les yeux, se passa une main sur le visage, comme pour en chasser un invisible masque. Quand elle rouvrit les yeux, il lui sembla que les pions noirs avaient entamé une danse *autour* du roi blanc. De très loin lui parvenait un chant étrange et saccadé. Et elle se sentit soudain tomber, attirée par le jeu, par ces petites figurines de bois noir qui tournaient vers elle de véritables visages, des visages de bois noir travaillés au couteau, des masques rituels...

Le front de la jeune fille heurta le plateau de bois, envoyant les pièces rouler sous les meubles.

– Kelly ! cria Alexandre en se levant d'un bond.

Il se précipita, la rattrapa au moment où elle allait tomber sur le sol, bandant ses muscles pour ne pas être entraîné par son poids et tomber avec elle.

– Vite ! Venez m'aider ! dit-il à Geneviève et Irène qui accouraient, alertées par son cri.

À eux trois, ils redressèrent la jeune fille, qu'ils aidèrent à s'allonger sur le divan.

– Elle a eu un malaise, constata Geneviève. Ce doit être la chaleur. Cette petite est trop fragile. Je vais chercher de l'eau.

– Que s'est-il passé ? demanda Irène à son fils, dès qu'ils se retrouvèrent seuls.

Alexandre hésita. Devait-il dire qu'il avait vu Kelly fixer les pièces d'un regard égaré ? Oui, peut-être. Mais devait-il dire également qu'il avait alors regardé ce qu'elle pouvait bien fixer ainsi et qu'il lui avait semblé voir les pièces s'animer, jusqu'à ce que la jeune fille pousse un cri et que le jeu reprenne une apparence normale ? Ne le traiterait-on pas de fou ? Il jeta un œil à sa mère, hésita.

– Je ne sais pas, dit-il finalement. Nous jouions tranquillement, c'était son tour. Elle a regardé le jeu, et puis elle a basculé en avant. Elle a dû avoir un malaise.

– C'est tout ? Elle n'a rien dit ?

Alexandre hésita.

– Non, rien.

Irène ouvrit la bouche pour une nouvelle question, mais Geneviève revenait avec un linge humide et elle ne dit plus rien.

Sous l'effet de la compresse, la jeune fille recouvra

bientôt ses esprits. Elle gémit, voulut passer une main sur son front, y rencontra le gant gorgé d'eau que Geneviève y avait déposé, et le laissa là. Elle entrouvrit les yeux, comme si la lumière lui faisait mal.

– Que s'est-il passé ? lui demanda Irène d'une voix douce.

– Je ne sais pas, murmura la jeune fille. Tout s'est brouillé dans ma tête. Je voyais le jeu, et l'instant d'après je ne l'ai plus vu. Puis j'ai senti que je tombais. Et c'est tout.

– C'est la chaleur, réaffirma Geneviève d'un ton péremptoire. Tu ne devrais pas rester si longtemps exposée au soleil, surtout après manger. Ce n'est pas bon pour la santé.

Irène retint un haussement d'épaules. Par moments, sa belle-sœur l'agaçait énormément.

– Cela va-t-il aller ? demanda-t-elle. Ou bien veux-tu monter t'allonger ?

– Non, je vais rester ici un moment, étendue. Ça va passer. Je me sens déjà mieux.

– Tu veux quelque chose ?

Kelly secoua la tête et se força à sourire. Les deux femmes se redressèrent alors d'un même mouvement pour la laisser se reposer. Se retournant, elles avisèrent Alexandre qui, durant tout ce temps, était resté en retrait.

– Ne reste pas planté là comme un grand dadais ! le

gronda gentiment sa tante. Ramasse le jeu et range-le, tu vois bien que la partie est terminée et que Kelly n'a pas envie d'en faire une autre !

Alexandre obéit, se mettant à quatre pattes pour récupérer les pièces qui avaient roulé sous les meubles.

Quand il les rejoignit dans la cour, à l'ombre des palmiers, N'Gombala avait déjà servi l'apéritif. Ses oncles étaient rentrés, et son père venait de faire sa réapparition. Il nota avec plaisir qu'on avait pensé à lui préparer un grand verre de menthe.

– Tu as pu retrouver toutes les pièces ? demanda sa mère, comme il s'installait près d'elle.

– Non, il manque sept pions noirs.

– Bah ! intervint Geneviève. Les pions, ça ne sert à rien ! C'est trop petit. Alors un de plus ou de moins...

– Au fait, dit Annie, puisqu'on parle des petits, où sont donc passés les nôtres ?

– Ils n'étaient pas avec vous ? demanda Geneviève en s'adressant à Hubert.

– Non. D'ailleurs nous ne les avons pas vus depuis qu'ils ont quitté la table. N'est-ce pas, Gérard ?

– C'est vrai. Nous sommes allés assez loin, remarquez, pour que les détonations ne vous dérangent pas.

L'inquiétude avait soudain remplacé le sourire béat sur le visage de Geneviève.

– Il faudrait peut-être aller les chercher, la nuit ne va pas tarder à tomber !

– Bah ! protesta Hubert. Il ne peut rien leur arriver : nous sommes sur une île. Ils ne peuvent pas se perdre et il n'y a pas d'animaux sauvages. Et puis ils sont cinq ! S'il était arrivé quelque chose à l'un d'entre eux, les autres seraient déjà venus nous prévenir !

– Et s'ils sont entrés dans la jungle ? suggéra Annie. Ils peuvent s'être égarés, tourner en rond… Pour eux, cette île a la taille d'un continent !

Hubert ne répondit rien, frappé par la justesse de l'argument.

– Annie a raison, intervint Irène. Ils peuvent s'être égarés. Et si on veut les retrouver avant la nuit, il faut se mettre à leur recherche tout de suite.

Gérard vida son verre et se leva.

– Si on doit les chercher dans la jungle, dit-il, on a intérêt à enfiler un pantalon et des bottes.

– Vous avez des lampes torches dans le bahut de l'entrée, signala Raoul, toujours assis.

Puis, après réflexion, il se leva à son tour et, ayant vidé son verre, les suivit sur les marches de la véranda.

En moins de cinq minutes, ils furent tous de retour dans le salon. Kelly, qui semblait aller mieux, s'était levée et observait le groupe d'un regard interrogateur.

– On va se séparer en trois équipes, expliqua Raoul. Deux qui longeront la plage, chacune dans un sens, et la troisième qui partira derrière la maison, en suivant le sentier. Nous lancerons des appels afin que les gosses puissent nous entendre si nous passons près d'eux. Le point de ralliement sera la clairière du centre de l'île. Des sentiers que vous connaissez déjà mènent de la plage à cette clairière. Vous vous en souvenez ?

Tout le monde hochant la tête affirmativement, Raoul acquiesça à son tour, signifiant que le briefing était terminé. Il passa devant Gérard, gagna l'entrée et s'arrêta devant le bahut dont il leur avait parlé. Il l'ouvrit et en sortit trois lampes torches et trois machettes.

– Les sentiers que vous emprunterez risquent d'être encombrés de fougères, expliqua-t-il. Sans compter qu'il nous faudra peut-être nous enfoncer dans la jungle.

– Quelqu'un reste à la maison ? demanda Irène.

– N'Gombala.

Raoul promena son regard sur le groupe, remarqua Kelly et Alexandre qui se tenaient légèrement en retrait, comme attendant leur tour de se voir attribuer lampe et machette.

– Kelly et Alexandre resteront également, dit-il. Les gosses les connaissent mieux que N'Gombala. S'ils reviennent pendant notre absence, autant qu'ils trouvent des gens en qui ils ont réellement confiance.

– Et s'ils reviennent justement dès que vous serez partis ? demanda Alexandre. Comment le saurez-vous ?

Raoul réfléchit deux secondes, puis gagna le salon, suivi de toute la troupe. Là, il ouvrit le râtelier, décrocha le riot gun. Ayant vérifié que le magasin était vide, il le garnit de cinq cartouches.

– Vous savez vous en servir, dit-il à l'adresse des deux adolescents. Si les gosses reviennent, vous sortez dans la cour et vous tirez les cinq cartouches en l'air. Nous entendrons les coups de feu et nous saurons que nous pouvons faire demi-tour. Mais attention, ce n'est pas un jouet ! Je le repose sur le râtelier, et vous ne l'en décrocherez que pour nous prévenir. C'est bien compris ?

Alexandre et Kelly acquiescèrent, vaguement vexés par le ton employé par Raoul.

N'Gombala, que toute cette agitation inquiétait, passa la tête dans l'encadrement de la porte afin de voir de quoi il retournait.

– Ah ! s'exclama Raoul. N'Gombala ! Nous partons à la recherche des enfants. Tu vas rester ici avec Alexandre et Kelly. Prépare à manger, nous ne devrions pas en avoir pour longtemps.

Manifestement, il suffisait de voir sa moue boudeuse pour le comprendre, Alexandre aurait aimé participer à l'expédition. Kelly lui entoura les épaules d'un bras amical, ce qui suffit à ramener le sourire sur ses lèvres.

– Vous emmenez Dickie ? demanda-t-il.

Raoul jeta un regard au chien, mais le setter, couché sur le flanc dans la véranda, semblait incapable du moindre mouvement. La chaleur accablante de la fin d'après-midi avait eu raison de lui.

– La seule piste qu'il ait jamais pu suivre est celle des poubelles, constata Raoul. Il nous gênerait plutôt. Bon. Tout le monde est prêt ? Très bien. Hubert, tu vas suivre la plage en partant sur la gauche. Gérard sur la droite, jusqu'au marais. Là, tu continues sur cent mètres environ, et tu trouveras un sentier qui remonte jusqu'à la clairière. Hubert, tu connais suffisamment l'île à présent pour ne pas avoir besoin de repères. Quant à moi, je vais partir avec Irène à travers l'île. Il y a un sentier à peine tracé qui mène droit à la clairière. Nous devrions pouvoir y parvenir avant la nuit. Rendez-vous là-bas. Les premiers arrivés attendent les autres.

– Et si on ne les a pas trouvés ? s'inquiéta Geneviève.

– Alors on avisera sur place. Mais hâtons-nous, la nuit ne va plus tarder.

Les équipes se formèrent par couples, chacun prenant qui une lampe, qui une machette, et gagnèrent la cour. Raoul et Irène s'enfoncèrent entre la maison et les arbres pour gagner l'arrière-cour et le sentier, tandis que les deux autres couples partaient vers le débarcadère. Ils marchaient en silence, chacun se taisant pour ne pas faire partager ses craintes aux autres. Quand enfin ils parvinrent aux marches qui menaient au bateau, ils se séparèrent sans un mot.

– Que crois-tu qu'il soit arrivé ? demanda Annie, dès qu'ils furent hors de portée de voix.

– Ils ont dû se paumer, répondit Gérard. Patrick est un petit con qui se prend pour un adulte. Il les aura entraînés au loin, sans pouvoir retrouver son chemin.

– Mais il ne peut rien leur être arrivé de grave ?

– Bien sûr que non. L'île est absolument sûre. Il n'y a pas d'animaux sauvages, et même si l'un d'eux avait été mordu par une mygale, elle ne les aurait quand même pas tous bouffés !

Ils s'arrêtèrent quand ils prirent pied sur le sable gris. Devant eux s'étendait la plage, déserte. Au loin, le marais. Derrière, formant une masse sombre et déjà indistincte, vaguement menaçante, le contrefort rocheux s'avançait dans la mer. Nulle trace des enfants.

– La nuit ne va plus tarder, constata Gérard. Dépêchons-nous.

Ils se dirigèrent à grandes enjambées vers le marais en lançant régulièrement des appels. Seul le bruit du ressac, et quelquefois le cri d'un grand oiseau au plumage multicolore qui les survolait, leur répondirent.

Sans vouloir s'avouer leurs craintes, ils jetaient de fréquents regards autour d'eux, s'attendant à découvrir un petit corps au détour d'un buisson en lisière de forêt, ou une masse sombre et inerte charriée par les flots à quelques mètres du rivage. Parfois, Gérard scrutait l'horizon, cherchant à discerner quelque tache indiquant que la marée descendante emportait avec elle une innocente victime. Et chaque fois que l'ombre d'une vague accrochait son regard, il sentait son cœur se serrer comme sous la pression d'une poigne glacée.

– Que regardes-tu à la fin ? finit par lui demander Annie d'un ton agacé.

– Le soleil, mentit-il. J'aimerais qu'on les retrouve avant la nuit, sinon ils risquent d'avoir très peur. Remarque, cela leur servira de leçon, mais dans l'obscurité ils risquent de se blesser, de tomber dans un trou qu'ils n'auront pas vu…

Ils étaient parvenus en bordure du marais, et nul n'avait répondu à leurs appels. Aucun coup de feu n'était venu non plus gronder par-dessus les frondaisons pour leur signaler que les gosses avaient été retrouvés. Ils s'engagèrent entre le marais et la forêt, sur un étroit chemin séparant les deux zones de végétation.

– Et s'ils étaient entrés dans le marais ? demanda soudain Annie.

C'était une hypothèse que Gérard n'avait pas envisagée. Le marais ayant été interdit aux enfants dès leur arrivée, il n'avait pas songé qu'ils aient pu s'y trouver. À la réflexion, cela lui paraissait plausible. Désagréablement plausible.

– Ils peuvent s'être enfoncés dans des sables mouvants et nous avoir appelés au secours sans que personne les ait entendus ! ajouta Annie.

Gérard haussa les épaules pour bien montrer combien cette hypothèse lui semblait stupide. Mais il s'immobilisa, et son regard erra sur les eaux mortes. Ils appelèrent de nouveau, sans provoquer d'autre réaction que la fuite d'un gros oiseau.

– Non, dit Gérard. Ils ne sont pas là.

Ils reprirent leur marche, continuant d'appeler les enfants. À deux pas d'eux, le marais ouvrait ses pièges mortels, impénétrable. Ils suivirent le sentier jusqu'à l'endroit où forêt et marais se séparaient, le marais se refermant sur lui-même comme pour mieux protéger ses secrets. Devant eux se dressait l'éperon rocheux, imposante masse de rochers volcaniques. Ils s'immobilisèrent et, les mains en porte-voix, crièrent encore les noms des enfants, sans plus de résultat qu'auparavant.

À quelques dizaines de mètres d'eux à peine, au centre d'une lagune à l'intérieur du marigot, réveillé par leurs appels alors qu'il digérait paisiblement, le crocodile ouvrit un œil et promena un regard inquisiteur alentour. Son corps était plus immobile qu'un bois mort et se confondait avec la vase dans laquelle il était enfoui.

Seul élément mobile dans le grand corps de cuir, l'œil se fixa sur les deux silhouettes qui se découpaient au-dessus des roseaux. Ombres chinoises contre le soleil couchant, elles s'agitaient et faisaient du bruit. Le crocodile avait le ventre plein. Lentement, la lourde paupière de cuir se referma. Il s'était rendormi.

Inconscients de l'examen dont ils venaient d'être l'objet, les deux humains cessèrent leurs appels.

– Ils ne sont pas là, dit Gérard en faisant demi-tour pour reprendre le chemin indiqué par Raoul.

– Attends ! l'arrêta Annie. Suivons le marais jusqu'à la mer.

– Ce n'est pas ce qui était convenu : nous devons dépasser le marais, puis nous trouverons le sentier qui nous permettra de gagner la clairière où nous attendent les autres. Raoul n'a pas parlé d'explorer le marais…

– Raoul, Raoul… Raoul n'est pas le bon Dieu ! Raoul n'a pas son fils perdu sur cette île de malheur ! Raoul ne recherche pas les gosses, il organise une chasse ! Si les gosses sont dans le marais, ils peuvent se noyer d'un instant à l'autre. Si nous nous éloignons avant de nous en être assurés, nous ne les entendrons même pas appeler !

Gérard ne répliqua pas. Il avait le sentiment que si les enfants s'étaient trouvés dans le marais, ils auraient déjà répondu. Par ailleurs, il savait que des recherches, pour être efficaces, doivent être coordonnées et ne pas partir dans n'importe quelle direction, au gré des pressentiments de chacun. C'était par un quadrillage de l'île qu'ils retrouveraient les enfants, pas en se lançant au hasard, sur la foi d'intuitions et de caprices. Mais Annie l'inquiétait. Elle avait les traits tirés, paraissait avoir vieilli de dix ans en quelques minutes. L'angoisse s'était emparée d'elle, et elle semblait sur le point de basculer en pleine panique d'un instant à l'autre. Pour lui faire plaisir, et également parce qu'il savait qu'il ne se pardonnerait jamais d'avoir négligé le marais s'il s'avérait plus tard que les enfants s'y trouvaient, Gérard accepta.

– D'accord, concéda-t-il. Nous allons le longer tant que ce sera possible.

Le soulagement qui se lut sur le visage de sa femme lui révéla à quel point il avait eu raison de céder. D'un revers de manche, il essuya la sueur qui lui coulait sur le front et partit en direction de la mer, suivi d'Annie.

À l'horizon, le soleil frôlait les flots.

Depuis qu'ils avaient quitté le rempart naturel que leur offrait la forêt, le vent chassait vers eux des relents pestilentiels en provenance des eaux stagnantes. Par endroits, des moustiques gros comme le doigt tourbillonnaient en essaims vrombissants. À plusieurs reprises, ils durent en écraser qui se montraient trop insistants. Ils avaient parcouru une cinquantaine de mètres en direction de la mer quand apparut une langue de terre qui s'enfonçait dans les eaux mortes.

– Par là, dit Annie.

Gérard s'arrêta. S'engager dans le marais ne lui disait rien qui vaille.

– Écoute, la raisonna-t-il, si nous devons explorer le

marais, autant retourner à la maison chercher le matériel nécessaire, à commencer par des cordes. Sinon on va y rester!

Il avait failli ajouter « nous aussi ».

– Faisons au moins quelques pas! insista Annie.

Après une courte hésitation, il finit par accepter et ils s'engagèrent sur l'étroite bande de terre ferme. De chaque côté de ce chemin, des plantes gorgées d'eau répandaient leurs longues feuilles à l'aspect maladif. Ici et là, quelques roseaux, quelques joncs venaient se dresser entre les touffes d'herbes, formant par endroits de véritables boqueteaux. Gérard tentait de ne pas respirer l'air chargé d'odeurs de végétation pourrissante. Mais il lui fallait tout de même reprendre son souffle de temps à autre, et chaque bouffée qu'il aspirait lui soulevait le cœur. Aussi fut-ce avec soulagement qu'il vit la terre ferme s'interrompre soudain devant eux, sur une mare où venaient crever de grosses bulles nauséabondes.

Le couple s'immobilisa, sondant du regard les eaux troubles qui ne laissaient filtrer aucun de leurs secrets. Au loin, le soleil touchait à présent la mer, formant avec son reflet un huit parfait et sanglant.

– Claude! Richard! appela Annie, les mains en porte-voix.

Seul le silence lui répondit.

À une dizaine de mètres d'eux à peine, le crocodile ouvrit de nouveau un œil. Ses narines frémirent. Il envisageait la possibilité d'adjoindre de nouvelles proies à sa réserve de nourriture. Il était si rare que le gibier vînt s'offrir de lui-même... Peut-être allait-il se couler souplement dans l'eau, nager entre trente et quarante centimètres de profondeur, invisible grâce à la boue en suspension, et jaillir brusquement, refermant les mâchoires sur une jambe pour entraîner sa victime avec lui, la noyer, avant de la déposer dans son antre où elle commencerait à pourrir en attendant qu'il la dévore petit à petit.

Peut-être.

Sur la berge, Annie frissonna. Elle scrutait les étendues d'eau morte autour d'eux.

– Partons, dit-elle. Je n'aime pas cet endroit.

Comme à regret, ils quittèrent le marais, remontèrent vers la forêt. Arrivés là, en bordure des arbres, Gérard eut une dernière hésitation et se retourna. Derrière eux, la moitié du soleil avait disparu dans la mer. Les roseaux découpaient le ciel rougeoyant, comme autant d'épées dressées. À leur droite, le promontoire n'était plus qu'une masse sombre et sinistre. Du paysage lui-même semblait émaner une sourde menace. Gérard frissonna, constata que sa femme, près de lui, affectait de ne pas regarder autour d'elle.

– Continuons, dit-il enfin. Les autres vont se demander ce que nous faisons.

Ils reprirent leur route, longeant la forêt au pied du

contrefort rocheux. À peu de distance de là, tout près de l'endroit où ils avaient interrompu leurs recherches dans le marais, le reflux de la mer commençait à dégager l'entrée de la grotte.

Chapitre 7

Gérard essuya d'un revers de manche la sueur qui lui coulait dans les yeux. Puis il leva une fois de plus la machette au-dessus de sa tête et trancha d'un coup les larges feuilles qui lui barraient le chemin. À la place du sentier en droite ligne annoncé par son frère, il avait trouvé un obscur passage que les plantes avaient commencé à reconquérir sitôt les ouvriers repartis.

Derrière lui, Annie l'éclairait comme elle pouvait, mais le résultat n'était guère probant. Il avait bien tenté de tenir à la fois la machette et la lampe, mais il ne parvenait plus alors à dégager un chemin aussi aisément. Leur avance se faisait à une allure d'escargot, et il lui semblait que la nuit ne leur suffirait pas pour couvrir la courte distance qui séparait la plage de la clairière. Finalement, le compromis auquel ils étaient arrivés, lui devant, taillant à moitié en aveugle et elle derrière, éclairant ses pieds et projetant son ombre démesurément agrandie sur le feuillage, paraissait le meilleur possible.

La machette glissa sur une branche qui se trouvait en travers du sentier, et il dut s'y reprendre à deux fois pour la trancher. De la main gauche, il la tira violemment, la coinça sous une branche plus grosse, dégageant ainsi le passage. De nouveau, il essuya la sueur qui lui inondait le visage.

Sa chemise adhérait désagréablement à sa peau. Il tira dessus et elle se décolla avec un bruit de succion. Avec la tombée de la nuit, la chaleur avait cédé la place à une température glaciale, mais Gérard ne la sentait pas. Les efforts fournis depuis qu'ils étaient entrés dans la forêt l'avaient mis en nage, et l'absence de courants d'air le faisait suffoquer. Dans l'atmosphère humide des sous-bois, il avait parfois du mal à retrouver sa respiration. Il tira sur sa chemise au niveau des reins, la décolla jusqu'à la nuque. Quand il la lâcha, le tissu humide adhéra de nouveau aussitôt à sa peau.

– Putain de pays ! marmonna-t-il en scrutant l'obscurité qui les entourait.

Derrière lui, Annie lança un nouvel appel.

– Claude ! Les enfants !

Gérard ne dit rien. Il attendit qu'elle ait fini d'appeler pour donner un autre coup de machette. Peu auparavant, elle s'était presque mise en colère parce qu'il frappait le feuillage pendant qu'elle appelait.

« Comment veux-tu qu'ils m'entendent avec le vacarme que tu fais ? » avait-elle demandé avec hargne.

Il avait renoncé à lui expliquer que, plus ils feraient de bruit, plus ils auraient de chances d'être entendus des enfants. Annie n'était plus dans son état normal. La disparition de ses fils l'avait plongée dans une espèce d'hystérie qu'il ne lui avait jamais connue auparavant. Il lui découvrait soudain un visage qui lui faisait peur. Depuis, il avait pris soin de ne pas trancher le feuillage quand elle lançait ses appels. De temps à autre, il joignait sa voix à la sienne. Sans vouloir se l'avouer, il savait déjà que c'était plus pour la rassurer que dans l'espoir véritable d'être entendu. Si les enfants avaient été là, ils auraient répondu depuis longtemps. Ils n'auraient pu que les entendre, avec le silence qui régnait sur la jungle.

Brusquement, il prit conscience qu'effectivement la jungle était silencieuse. Il s'immobilisa, la machette levée en l'air. Il l'abaissa lentement, tendit l'oreille en quête d'un bruit, d'un frôlement du feuillage, d'un frémissement des buissons… Il n'y avait rien. Pas le moindre cri, pas le plus petit pépiement, pas le plus timide gémissement de bête blessée. Comme si toute vie était suspendue dans ce monde pourtant surpeuplé de prédateurs et de proies qui passaient leurs nuits à se pourchasser, à vivre et à mourir dans une débauche de cris et de hurlements.

Rien. Ils auraient pu se trouver dans un monde mort.

Gérard ouvrit la bouche pour en faire la remarque à Annie, pour parler, pour briser ce silence trop pesant… Il ne dit rien. La tête légèrement inclinée, elle écoutait. Lentement, elle promena autour d'eux un regard où ne se lisait plus seulement l'angoisse qu'elle éprouvait pour les enfants, mais également une peur plus directe, plus concrète. La peur de ce qui se tapissait peut-être à quelques mètres d'eux, sous le feuillage, et qui les guettait.

– Tu as remarqué ? demanda-t-elle.

– Oui.

Ils avaient parlé à voix basse, comme s'ils avaient craint soudain de signaler leur présence, alors que c'était ce qu'ils tentaient de faire depuis qu'ils avaient quitté la demeure des d'Estèves. Lentement, elle promena le faisceau de la lampe torche sur le mur végétal qui bloquait toute lumière à quelques dizaines de centimètres et qui leur paraissait tout d'un coup d'autant plus impénétrable.

– Ce n'est pas normal, murmura Annie.

– Qu'en sais-tu ? demanda-t-il pour la rassurer. Tu n'es là que depuis quelques jours et tu prétends déjà tout connaître de l'Afrique ?

– Il n'y a pas besoin de tout connaître de l'Afrique pour savoir que la nuit dans la jungle n'est jamais silencieuse !

Il haussa les épaules sans répondre, peu désireux de

s'enferrer dans la discussion jusqu'au moment où il ne lui resterait plus d'autre choix que de reconnaître qu'il avait peur, lui aussi. Plus seulement peur pour les enfants, comme c'était encore le cas quelques minutes auparavant, mais peur pour eux deux également. Refusant de tendre l'oreille à la recherche du premier bruit qui, il le devinait, les plongerait dans la terreur, il abattit la machette au hasard devant lui. La lame faucha de larges feuilles sombres qui s'éparpillèrent sur le sol.

– Avançons, dit-il. Nous sommes déjà en retard.

De la main gauche, il brisa la tige d'une fougère qui se rompit en lui laissant entre les doigts une sève épaisse et poisseuse. Il essuya ses doigts maculés sur son pantalon en maugréant.

– Donne-moi la lampe, dit-il. Le chemin a l'air plus dégagé par ici.

– Je ne vais rien voir !

– Accroche-toi à moi.

À contrecœur, elle lui tendit la lampe, qu'il prit. D'une main crispée, elle empoigna la ceinture de son pantalon, et ils se remirent en route ainsi, l'un tirant l'autre, marchant dans une flaque de lumière de moins d'un mètre de diamètre et n'osant se retourner de crainte de voir l'obscurité se refermer sur leurs traces.

À deux ou trois reprises encore, il dut user de la machette, mais pour le reste leur route se poursuivit d'une façon beaucoup plus aisée qu'auparavant.

À intervalles irréguliers, ils lançaient un appel auquel personne ne répondait. Tendant en permanence l'oreille, ils ne percevaient que le lourd silence qui s'était abattu sur cette partie de l'île, comme si une chape invisible les avait soudain isolés du monde des vivants. Ils faisaient plus de bruit que nécessaire pour masquer l'oppressant silence et tenter de l'oublier.

Enfin, écartant un dernier buisson, ils débouchèrent dans la clairière. Ils virent avec soulagement Raoul venir vers eux, éclairé par la lampe que tenait Irène, auprès de qui se trouvaient Hubert et Geneviève. Hubert avait passé le bras autour des épaules de sa femme, qui éclata en sanglots quand elle les vit. Nulle part dans la clairière il n'y avait trace des enfants.

– Enfin ! dit Raoul, lorsqu'il arriva près d'eux. Vous en avez mis du temps ! Vous vous êtes promenés, ou quoi ?

– On a jeté un coup d'œil au marais, expliqua Gérard, agacé par le ton de son frère.

Annie lâcha la ceinture de son mari pour se diriger vers le petit groupe que formaient Irène et le couple.

– Vous n'avez rien trouvé ? demanda-t-elle, refusant encore de se rendre à l'évidence.

– Rien, répondit Hubert. Et vous ?

– Rien. Si ce n'est le silence.

– Le silence ? Quel silence ? demanda Geneviève entre deux sanglots.

– Écoutez.

Tous se turent. La stupeur, puis la crainte les gagnèrent un à un.

Raoul et Gérard les rejoignirent, semblant amener l'obscurité avec eux au fur et à mesure que, leurs lampes se rapprochant, les limites de la clairière se fondaient dans la nuit. Quand le faisceau de la lampe tenue par Gérard vint se superposer à celui des lampes de ses belles-sœurs, le reste de la clairière parut s'assombrir d'un coup. Nerveusement, Geneviève braqua sa torche sur le feuillage proche. La lumière crue tranchait des ombres noires qui avaient l'air d'autant de poches menaçantes d'où auraient pu sortir toutes les légions de l'enfer.

Pas une feuille ne bougeait.

Mues par une même peur, les femmes se serrèrent les unes contre les autres, tandis que les trois hommes, d'un même mouvement, assuraient leur prise sur les poignées des machettes.

– Qu'est-ce que cela veut dire ? demanda Irène à voix basse.

– Et les enfants ? gémit Geneviève. Où peuvent-ils être ?

Peut-être la même idée leur vint-elle à tous en même temps, car quand l'un d'entre eux exprima tout haut sa pensée, elle ne surprit personne :

– Les Noirs !

Comme en écho à cette évocation, par-dessus les frondaisons descendit soudain sur eux un bruit sourd, rythmé, régulier. Là-bas, à l'autre bout de l'île, près du village bamiléké ou dans le village même, quelqu'un frappait un tam-tam.

Un frisson courut sur le petit groupe.

– Vous pensez que les Noirs auraient kidnappé les gosses ? demanda Raoul.

– Et pourquoi pas ? rétorqua Geneviève. Ils vivent sur cette île, à l'écart du continent, depuis des années, des siècles peut-être. Ils ont très bien pu rester sauvages !

– Voyons, c'est idiot ! Nous commerçons avec eux ! N'Gombala leur achète du poisson… Pourquoi auraient-ils enlevé les gosses ?

– L'anthropophagie n'a pas totalement disparu d'Afrique, dit Annie d'une voix blanche.

Il était évident, au ton qu'elle avait employé, que la jeune femme ne plaisantait pas. D'ailleurs, personne n'avait envie de plaisanter.

– Il faut aller voir ! décida Hubert.

– En pleine nuit ?

– Demain il sera peut-être trop tard. Il se peut que nous nous trompions et que les Bamilékés n'aient rien à voir avec la disparition des gosses, en fait il y a même de fortes chances pour que ce soit le cas, mais nous n'avons pas le droit de courir le risque. Nous devons aller voir, et tout de suite.

– Passons au moins à la maison chercher des fusils ! suggéra Raoul.

Gérard ouvrit la bouche pour protester. Prendre des fusils, c'était courir à l'incident. Confusément, il sentait que les dents d'un piège se refermaient inexorablement sur leur groupe. Il se tut pourtant. Ne pas prendre d'armes, si les Bamilékés étaient vraiment responsables de la disparition des enfants, pouvait se révéler extrêmement dangereux. Il ne dit donc rien, mais ne put s'empêcher de ressentir un sourd malaise, conscient qu'ils avaient mis le doigt dans un engrenage, et que le bras tout entier était en train de suivre.

Quand les autres s'élancèrent, il les suivit cependant sans hésiter. Quoi qu'ils fassent, il était avec eux. Il n'y avait plus à cet instant de la nuit que deux groupes : les d'Estèves et les Autres.

Raoul courait devant, éclairant le sentier à l'aide de la lampe torche qu'il avait reprise à Irène. Celle-ci était juste derrière lui, puis venaient Hubert et Geneviève, Annie fermant le peloton, tandis que Gérard les suivait avec quelques mètres de retard, sans bien savoir où il mettait les pieds.

Le petit groupe courait en silence. L'angoisse qui les étreignait sans raison véritable quelques minutes plus tôt avait brusquement pris un visage. L'ombre du cannibalisme évoquée par Annie les avait tous plongés dans la stupeur. Ils avaient peur que la jeune femme n'ait vu juste. Le son du tam-tam, qui semblait rythmer leur course éperdue, donnait plus de poids à ce qui n'était encore qu'un soupçon sans fondement.

Leur galopade résonnait sous les frondaisons, sourd martèlement auquel venait répondre le frémissement des feuilles dérangées par leur course, et parfois le son feutré d'un animal détalant sous le couvert des buissons, effrayé par leur approche. Autour d'eux, la nuit était totale. Seul l'éclat irrégulier des lampes secouées au rythme de leur cavalcade perçait l'obscurité. Éclairage intermittent, accrochant parfois un visage auquel il donnait soudain l'air cadavérique.

Devant lui, Gérard voyait les silhouettes de ses compagnons se découper en ombres chinoises grotesquement déformées et difficilement identifiables.

Derrière lui, il savait que l'obscurité était totale. Quand, sans cesser de courir, il se retournait, il lui semblait apercevoir une forme lancée sur leurs traces, mais, ne disposant pas de lampe, il lui était impossible de dire s'il y avait vraiment quelqu'un – *ou quelque chose* – derrière lui, ou si la forme entrevue n'était que le fruit de son imagination.

Bien qu'il tendît l'oreille, il ne percevait rien d'autre que le bruit produit par leur groupe ainsi que le roulement du tambour, comme un lancinant appel destiné à toutes les forces mauvaises de la nuit, un phare signalant à l'attention de celles-ci la présence du petit groupe sur cette île.

Gérard frémit. La sueur ruisselait dans son dos, et il

compris subitement que sa course n'était plus seule en cause. Il était terrifié. Petit humain perdu au sein de cette jungle millénaire, cette jungle qui avait vu naître et mourir des millions de créatures sans que rien en elle soit modifié, qu'était-il donc, lui, pour espérer un traitement de faveur ? Brusquement, il comprit que la mort l'attendait sur cette île. Il ne pouvait pas en être autrement.

Devant lui, la cavalcade de ses compagnons ressemblait plus à une fuite en avant qu'à une course consciemment dirigée. Ils fuyaient tous, il le devina tout à coup. Chacun ressentait-il la peur comme lui ? Chacun savait-il que la mort était derrière eux, et peut-être également *devant* eux ?

Gérard voulait les appeler, leur dire de l'attendre, de l'écouter… Ils devaient discuter, réfléchir, adopter sciemment une conduite et ne pas se laisser dominer par la peur ni mener à l'abattoir sans même s'en apercevoir. Il leva la main pour les retenir, poussa un cri.

Personne ne l'entendit. Une détonation, toute proche, avait couvert son appel. Il s'immobilisa net. Raoul se baissa, imité très vite par tout le groupe. Alors, quatre nouvelles détonations roulèrent dans la nuit, à intervalles très rapprochés.

– Les gosses, murmura Hubert. Ils sont rentrés.

Chapitre 8

Kelly les attendait au milieu de la cour, le fusil à la main. Derrière elle se tenait Alexandre ; les cinq enfants étaient assis sur les marches de la véranda, apparemment assez inquiets de l'accueil qu'allaient leur réserver leurs parents.

Oubliant tous griefs, ceux-ci se précipitèrent sur eux pour les serrer dans leurs bras et les embrasser. Les femmes pleuraient sans retenue, tandis que les hommes affichaient une mine bourrue pour dissimuler leur émotion et leur soulagement de les retrouver vivants.

Gérard, une boule dans la gorge, serrait contre lui Claude que sa mère venait de lâcher pour embrasser Richard.

– Mon fils, murmura-t-il dans l'oreille du garçonnet. Où étiez-vous donc passés ? Vous nous avez fait très peur. On vous a cherchés partout.

– On s'était perdus en forêt, expliquait Patrick de son côté.

Les autres se taisaient, le laissant parler pour eux.

– Comment se fait-il qu'on ne vous y ait pas trouvés, alors ? s'étonna Hubert.

– Nous avons dû les croiser sans nous en rendre compte, dit Gérard. Quand nous étions sur la plage, nous avons voulu pousser jusqu'au marais, dans lequel nous avons légèrement pénétré. Ils ont dû passer juste derrière nous.

– Et ils n'auraient pas entendu vos appels ? Sans compter qu'ils auraient dû arriver ici beaucoup plus tôt. Kelly, tu as tiré dès qu'ils sont arrivés, n'est-ce pas ?

– Le temps de prendre le fusil et de sortir…

– Donc, ils ont mis un bon bout de temps à arriver jusqu'ici. Ils ont dû sacrément traîner sur la plage !

– Les pauvres chéris, intervint Geneviève d'un ton apitoyé. Il ne faut pas leur en vouloir, ils se sont perdus, ils ont été assez punis comme cela. Ils ont dû avoir très peur dans le noir, tout seuls sans personne pour les guider… N'est-ce pas, les enfants ?

– Oh, oui ! approuvèrent-ils tous d'une même voix atone.

Hubert eut un geste agacé. Une fois encore, les gosses échappaient à la réprimande à cause de l'intervention de sa femme, dont le laxisme en ce domaine l'agaçait toujours.

– Bon, dit-il d'une voix forte. Eh bien, peur ou pas peur, tout le monde au lit ! Et la prochaine fois que je vous y prends à être dans la forêt, vous aurez chacun une fessée comme vous en avez rarement reçu. C'est bien compris ?

Les gamins acquiescèrent et coururent vers la maison ventre à terre, heureux de s'en tirer à si bon compte.

– Ils n'ont pas mangé ! dit Annie.

– N'Gombala va leur préparer quelque chose. Filez à la cuisine et dites au boy qu'il vous fasse manger rapidement avant d'aller vous coucher ! ordonna Raoul.

La file des gamins bifurqua pour gagner le côté de la maison et accéder directement à la cuisine.

– Tout ça m'a donné soif ! constata Gérard, quand ils eurent disparu. On s'en ressert un avant de passer à table ? De toute façon, N'Gombala va être occupé un bon quart d'heure avec les gamins.

Tout le monde trouva l'idée assez bonne, et ils s'installèrent de nouveau autour de la table où ils étaient rassemblés avant leur départ précipité. Au-delà des quelques mètres qu'éclairaient les lampes-tempête allumées par N'Gombala, c'était l'obscurité totale. La lune s'était cachée derrière les lourds nuages omniprésents en cette saison des pluies, et aucune étoile n'était visible.

Gérard avalait son whisky par petites gorgées, en promenant autour de lui des regards faussement tranquilles. L'impression que quelqu'un, *ou quelque chose*, le suivait dans l'obscurité était-elle fondée, ou n'était-elle que le fruit de son imagination exacerbée par la crainte ?

Quelqu'un d'autre avait-il eu cette même impression ? Peu probable, surtout si elle était justifiée : car étant le dernier du groupe, il s'était trouvé le mieux placé pour détecter un éventuel suiveur. Les autres n'auraient pu se rendre compte de rien : il faisait écran entre eux et… *la chose.*

Et s'il posait la question, il ne ferait que s'attirer les quolibets de Raoul. Jusqu'à la fin de ses vacances, il entendrait parler de cette histoire. À la moindre occasion, on la lui ressortirait et il y aurait toujours quelqu'un pour lui suggérer de regarder derrière lui. Préférant rester dans le doute que risquer l'ironie de tous, il décida de se taire.

– N'empêche, dit soudain Hubert. Un peu plus et on butait toute une tribu de Camerounais pour rien !

Le pygmée se dressa brusquement en vociférant. Du doigt, il montra une cinquantaine de grands Noirs parqués dans un enclos sommairement dressé, de superbes gaillards de haute stature, aux larges épaules et aux crânes rasés, étrangement apathiques. Debout, serrés les uns contre les autres dans un coin de l'enclos assez vaste pour contenir quatre fois plus de monde, ils paraissaient drogués. Le regard atone, le geste lent quand il leur arrivait de bouger, ils semblaient ne tenir debout que par miracle et il parais-

sait certain que si l'on renversait l'un d'eux au sol, il demeurerait étendu là, sans plus remuer, à attendre qu'on le relève.

Au loin en mer, un navire sombre, effilé comme une gazelle, se distinguait à peine dans la noirceur de la nuit tropicale.

Le pygmée montra ensuite un mousquet qu'il venait de jeter à terre. Ses traits déformés par la rage traduisaient ses paroles plus clairement que n'aurait pu le faire un interprète. Derrière lui, six autres pygmées se tenaient debout. Vêtus de robes de bure, tels des moines en réduction, ils avaient le visage fermé et leur attitude indiquait une résolution inébranlable. Sous les capuchons, leurs visages peints aux couleurs de la guerre disaient que cette fois ils n'étaient pas venus en amis. Les sagaies qu'ils tenaient le montraient clairement. Elles n'avaient rien d'armes de parade ; leurs tranchants effilés étaient faits pour tuer, la longueur de leurs fers leur permettrait de transpercer un corps humain.

Toujours vociférant, celui qui devait être le chef des pygmées entama soudain une série de gestes incompréhensibles. Ses mains allaient et venaient devant son visage. Ses manches étaient remontées au-delà du coude, découvrant ses bras qui ondulaient tels deux noirs serpents. Ses vociférations s'étaient transformées en une étrange mélopée. Les mots qu'il prononçait n'étaient plus les mêmes. En fait, ils ne semblaient même plus appar-

tenir à la langue qu'il parlait un instant auparavant. Derrière lui, ses six compagnons s'étaient mis à osciller au rythme de la mélopée, la reprenant avec lui, l'un ou l'autre l'entrecoupant parfois d'une longue tirade dans la même langue.

Quelques mots aux consonances étranges revenaient quelquefois, et les sept pygmées mettaient alors l'accent dessus, comme si ces mots avaient eu une importance particulière, une puissance qui leur fût propre.

Et subitement, une main bordée de dentelle, une main refermée sur la poignée d'un sabre, faucha l'air devant le pygmée. La tête tranchée au ras des épaules, le corps du pygmée resta un instant debout. La mélopée s'arrêta. Ses compagnons s'étaient tus et le regardaient sans avoir l'air de croire au témoignage de leurs yeux. Doucement, le petit corps privé de tête se mit à osciller, comme s'il cherchait tout de même à conserver son équilibre. Puis les bras s'écartèrent, les mains tentèrent vainement de se raccrocher à quelque chose ; il bascula et s'affala dans le sable sombre.

Comme s'ils n'avaient attendu que ce signal, les autres pygmées brandirent leurs sagaies en hurlant. Trois d'entre eux eurent le temps de les lancer, clouant sur place trois hommes blancs vêtus comme des flibustiers. Les autres durent se servir de leurs armes pour parer les coups que leur portaient des assaillants leur tombant dessus de toutes parts.

En un instant, la mêlée fut générale.

Comprenant qu'ils n'avaient aucune chance, à six contre vingt, et à présent que trois des leurs étaient désarmés, les pygmées tentèrent de fuir. La retraite vers la plage leur étant coupée, ils filèrent en direction de la forêt, mais d'autres hommes, attirés par les cris de douleur et le fracas des armes entrechoquées, arrivaient à leur tour. Les pygmées s'égaillèrent alors, chacun tentant sa chance de son côté. Aussitôt, ce fut la curée. Chacun d'eux eut après lui cinq ou six hommes hurlant et vociférant, dont le moins dangereux était au moins armé d'un couteau à la lame longue d'une trentaine de centimètres.

Un par un, ils furent rejoints, bousculés, jetés à terre, frappés à coups de pied, de poing, de couteau, de gourdin, de hache…

Partout, le sable noir se teintait d'écarlate, buvait avidement le sang qui lui était offert.

Hurlant, l'un des pygmées tenta de lancer sa sagaie sur son poursuivant le plus proche. D'un revers de sabre, il subit le même sort que la première victime du massacre. Sa tête roula longuement sur le sable, avant de s'immobiliser sur sa base. Les yeux morts se fixèrent sur l'assassin, et de nouveau les lèvres s'agitèrent pour former les mots d'une malédiction.

Puis la tête sembla durcir, s'allonger, alors que le sable s'estompait graduellement, changeait de couleur, pour devenir un rideau de flammes sur lequel se découpait la silhouette caractéristique d'un masque de facture africaine. Et le masque se mit à rire, doucement tout d'abord, puis de plus en plus fort, d'un rire sans joie n'exprimant que haine et méchanceté.

Gérard se dressa soudain dans son lit. L'obscurité qui l'entourait était totale. Il s'immobilisa, tendit l'oreille. Sans qu'il sût encore de quoi il s'agissait, quelque chose l'avait réveillé. À son côté, Annie s'agita, mais elle semblait dormir. Il tourna la tête de son côté, sans rien distinguer. Peut-être quelque chose s'était-il glissé dans la chambre, serpent ou araignée, le frôlant au passage, ce qui avait suffi à l'éveiller ? Mais il ne croyait pas que son réveil ait été dû à une menace de ce genre. Obscurément, il devinait que la cause n'était pas celle-là.

Et soudain, cela recommença. Une femme hurlait, quelque part dans la maison.

Il rejeta le drap et se tourna sur le côté pour descendre du lit. À tâtons, il attrapa la lampe torche sur la table de chevet, et l'alluma.

– Qu'est-ce qui se passe ? demanda Annie d'une voix ensommeillée.

– Quelqu'un a crié, dit-il en enfilant son pantalon. Une femme. Je vais voir ce qui se passe.

– Je viens avec toi.

Un nouveau hurlement retentit. Elle frissonna.

– C'est horrible, on dirait qu'on l'égorge, murmura-t-elle, vaguement effrayée.

Elle se leva, enfila une robe légère sur son corps nu.

– Attends-moi ! protesta-t-elle en voyant que son mari avait déjà la main sur la poignée de la porte.

En deux enjambées, elle fut près de lui, achevant de tirer le bas de sa robe sur ses cuisses.

– Tu tiens à venir aussi ?

– Je ne vais pas rester là sans savoir ce qui se passe !

Il haussa les épaules et ouvrit la porte. Dans le couloir ils se heurtèrent à Raoul, en slip, porteur lui aussi d'une lampe.

– Vous avez entendu ? demanda-t-il.

– Il faudrait être sourd ! Qu'est-ce que c'est ?

– Cela vient de la chambre du fond, apparemment. Tout d'abord j'ai pensé que cela provenait de chez vous, mais comme vous êtes là... Ce doit être Kelly, suggéra-t-il tout en les entraînant.

Derrière eux, au bout du couloir, une lampe-tempête apparut, portée à bout de bras par Hubert. Geneviève s'arrêta, ouvrit une porte et jeta un coup d'œil dans la chambre où dormaient les cinq enfants.

Rassurée, elle referma doucement la porte, et le couple rejoignit rapidement les autres.

L'oreille tendue, rassemblés derrière la porte de la

jeune Anglaise, ceux-ci tentaient de comprendre ce qui se passait.

– Kelly ! appela Raoul. Est-ce que ça va ? Qu'est-ce qui t'arrive ? Kelly, tu m'entends ?

Il frappa du poing contre le panneau de bois, tenta de tourner la poignée de la porte, mais elle résista.

– Kelly ! C'est Raoul !

Pour toute réponse, un nouveau hurlement leur parvint à travers l'épaisseur de la porte. Un hurlement long, aigu, qui allait crescendo. Un hurlement que seules la peur ou une intense douleur sont susceptibles de provoquer.

– Ouvrez donc cette porte ! s'écria Annie. Vous voyez bien qu'il se passe quelque chose d'anormal !

– Il faut l'enfoncer ! décida Raoul.

Il prit deux pas de recul, tandis que les autres s'écartaient. Il se jeta contre la porte, qui ne broncha pas.

Voyant que son frère n'y parviendrait pas seul, Gérard décida de joindre ses efforts aux siens et ils s'élancèrent de concert contre le vantail de bois.

Sous son épaule, Gérard sentit la porte bouger imperceptiblement.

– Nous n'y arriverons pas, constata-t-il. Elle est trop solide.

De l'autre côté, les hurlements n'avaient pas cessé. Geneviève avait plaqué ses mains sur ses oreilles pour ne plus les entendre.

– C'est horrible ! gémissait-elle. La pauvre petite.

Malade d'impuissance, Gérard promenait autour de lui un regard égaré, à la recherche d'une solution, d'un outil quelconque permettant de pénétrer dans la chambre.

– La fenêtre, dit Annie. En passant par le balcon, vous devriez pouvoir entrer dans la chambre.

Gérard s'élançait déjà.

– Restez là ! lança-t-il à l'adresse d'Hubert et des deux femmes.

Il passa devant la salle de bains, dont la fenêtre était trop petite pour lui livrer passage, et regagna sa chambre, suivi de près par Raoul. Irène survint à ce moment-là, achevant de boucler un jean.

– Que se passe-t-il ? demanda-t-elle.

– C'est Kelly, jeta Raoul pour toute explication. Va avec les autres.

Déjà, il avait rejoint Gérard qui achevait de décrocher la moustiquaire obturant la fenêtre. Avant de l'enjamber, Gérard, pris d'une impulsion subite, empoigna le couteau de chasse suspendu au-dessus du lit. Raoul approuva d'un signe de tête.

D'un glissement rapide, les deux frères se retrouvèrent sur la galerie ceinturant le premier étage, à quelques mètres de la fenêtre de la chambre de Kelly.

Un nouveau hurlement leur parvint, étonnamment clair. La fenêtre n'était pas fermée. Ils y parvinrent en quelques enjambées, et Raoul promena le faisceau de sa lampe dans la chambre, à travers le fin grillage de la moustiquaire.

La moustiquaire était intacte. Sur le lit, Kelly avait rejeté les draps. Elle était seule. Totalement nue, elle se tordait, comme sous les coups d'un bourreau invisible. Les yeux fermés, la jeune fille se contorsionnait sans cesser de hurler.

– Un mauvais rêve ! constata Raoul avec soulagement.

– Elle doit avoir le sommeil sacrément lourd pour ne pas s'être réveillée malgré tout le boucan que nous avons fait !

Du plat de la main, Raoul frappa le grillage métallique, produisant un grondement semblable à celui du tonnerre.

– Kelly ! Eh ! Kelly !

La jeune fille ne répondit pas. En proie à son cauchemar, elle continuait de se débattre, en hurlant, dans son lit.

– Il faut qu'on entre, décida Gérard.

Glissant le couteau dans sa ceinture, il appuya des deux mains sur la moustiquaire et poussa. Les loquets de bois placés en bas de la fenêtre remuèrent, apparemment moins bien fixés que ceux du haut.

Déplaçant ses mains vers le bas, il poussa d'un coup sec. Les deux taquets lâchèrent en même temps et la moustiquaire tomba dans la chambre avec un vacarme infernal.

Il enjamba la fenêtre, immédiatement suivi de Raoul. Derrière la porte, quelqu'un frappa du plat de la main.

– Qu'est-ce qui se passe ? tonna la voix d'Hubert.

– Tout va bien ! cria Gérard. Ne vous inquiétez pas !

Sans prendre le temps d'aller ouvrir, Gérard et Raoul se dirigèrent vers le lit où Kelly continuait de souffrir. L'empoignant chacun par un bras, ils tentèrent de l'immobiliser. Tout d'abord elle se débattit farouchement. Puis, peu à peu, ses soubresauts se firent moins violents. Ses cris s'espacèrent, et elle se mit à parler en anglais à une telle vitesse que Gérard ne comprit pas un mot de ce qu'elle disait.

– Là, murmura-t-il. C'est fini. Ce n'était qu'un rêve. Kelly, réveille-toi. Tout est fini. Cela va aller beaucoup mieux à présent.

Peu à peu, le visage de l'adolescente se détendit. La crispation des mâchoires s'estompa, et ses paupières s'ouvrirent. Après quelques clignements, elle s'éveilla. Son regard se posa sur les deux hommes, sans paraître les voir réellement, puis se promena sur la chambre, sur les murs de bois nu, sur le fauteuil d'osier où étaient empilés, pêle-mêle, les vêtements qu'elle avait ôtés la veille au soir, sur la commode qui renfermait ses vêtements propres et sur laquelle elle avait négligemment jeté son grand chapeau de paille…

Sa respiration se calma, retrouva un rythme plus régulier.

– Ça va mieux ? demanda Gérard.

Elle le fixait sans comprendre, encore sous le choc. Il lui adressa un sourire rassurant, la relâcha et se leva pour aller à la porte. À peine avait-il ouvert que tous se précipitèrent à l'intérieur.

– Kelly ? demanda Irène, qui fut la première à franchir le seuil de la chambre. Est-ce que ça va ? Que s'est-il passé ?

– Juste un cauchemar, expliqua Raoul, toujours assis sur le lit à côté de la jeune Anglaise qui recouvrait peu à peu ses esprits. Quand nous sommes arrivés, la moustiquaire était encore en place et elle était seule, en train de hurler dans son sommeil.

Irène jeta un regard dans toute la chambre, comme si elle doutait de la parole de son mari. Prenant soudain conscience de la nudité de la jeune fille, elle lui rabattit le drap sur le corps. Lorsqu'elle releva la tête, elle croisa le regard ironique de son mari. Haussant les épaules, elle reporta son attention sur Kelly.

La jeune fille respirait à présent plus facilement, quoique toujours sur un rythme rapide. Elle tenta de sourire à l'adresse d'Irène, mais cette tentative s'acheva en un échec pitoyable.

– Ça va mieux ? demanda Irène en se penchant sur elle.

– Les masques, murmura la jeune Anglaise.

– Les masques ? Quels masques ?

Les autres, debout derrière Irène, tentaient de saisir le sens du murmure échangé entre les deux femmes, mais sans y parvenir. Et quand un mot dépassait les autres, il était en anglais. Geneviève eut une grimace dépitée.

– Enfin, dit-elle. Mieux vaut que ce ne soit qu'un cauchemar.

Dans son lit, Kelly tressaillit. Très vite, toujours en anglais, elle chuchota à l'attention de celle qu'elle considérait un peu comme sa seconde mère :

– Irène, je te jure que ce n'était pas un cauchemar. Pas seulement un cauchemar ! Les masques : je les ai revus ! Les mêmes qu'à l'aéroport. Ils dansaient au-dessus des flammes, et ils riaient, ils riaient, ils riaient… d'un rire de démon ! Et ils riaient en *me* regardant !

– Ce n'est rien, murmura Irène. Il ne faut pas te laisser impressionner par un cauchemar… Les émotions de ce soir…

– Non, insista la jeune Anglaise d'une voix presque suppliante. Ce n'était pas un cauchemar comme les autres. Je le sais !

Malgré elle, et bien qu'elle n'ait surtout pas voulu le montrer, Irène ne put s'empêcher de frissonner. D'anciens événements lui remontèrent en mémoire, des événements d'une époque sombre, des tragédies qu'elle croyait oubliées à jamais.

– Laissez-nous, s'il vous plaît, demanda-t-elle aux autres. Cela va aller à présent. Je m'occupe d'elle.

Lentement, tous quittèrent la pièce avec des sourires rassurants à l'adresse de la jeune fille, qui ne s'en rendit pas compte. Les yeux perdus dans le vague, elle revoyait ces sept masques nègres en train de rire, de rire, de rire…

– Tout de même, marmonna Geneviève une fois qu'ils furent tous dans le couloir. Elle pourrait mettre une chemise de nuit pour dormir : ce serait plus correct.

Chapitre 9

Irène se pencha sur les fruits de l'étalage, en soupesa deux avant de les examiner soigneusement. Gérard la regardait faire, étonné de constater à quelle vitesse la jeune femme avait su s'adapter à l'Afrique. Elle faisait à présent son marché comme si elle s'était trouvée dans n'importe quel coin de province française.

– Ceux-là, dit-elle.

Le grand Noir tendit la main vers elle en souriant de toutes ses dents, et elle y déposa quelques pièces de monnaie qu'elle venait de prendre dans la poche de son pantalon d'un blanc immaculé.

Gérard posa les fruits dans le panier. Jamais il n'avait aimé faire les courses, et encore moins porter le panier, ce qui lui donnait l'air ridicule, pensait-il. Effectivement, depuis qu'ils étaient sur le marché, plusieurs Camerounais s'étaient retournés sur leur passage, toisant avec ironie ce Blanc qui laissait sa femme le commander et lui faire porter les paquets.

Derrière eux, un camelot les interpella joyeusement

pour les inciter à acheter ses bananes qui étaient, à l'en croire, les plus belles d'Afrique.

– Merci, répondit Irène en riant. Nous en avons assez. La semaine prochaine, peut-être.

– Quand tu veux ! Je suis là tout le temps ! Nulle part tu auras des bananes comme celles-là ! Tu peux chercher !

Irène rit en rejetant la tête en arrière, ce qui eut pour effet de transformer ses longs cheveux blonds en une auréole dorée réfléchissant le soleil. Gérard la regarda et la trouva belle. Elle semblait presque heureuse. Affectueusement, il la prit par l'épaule et la serra contre lui. Ils s'éloignèrent lentement tandis que le camelot interpellait une grosse femme au panier débordant de provisions.

– Bon, constata Irène au bout de quelques mètres. Nous avons tout ce qu'il nous fallait. On peut rentrer à présent.

À pas lents, louvoyant entre les échoppes à ciel ouvert et les tapis posés à même le sol, sur lesquels les commerçants locaux avaient entreposé un bric-à-brac invraisemblable, ils se dirigèrent vers le port où était amarré le Chris Craft. Après quelques pas, Gérard avait lâché sa belle-sœur, l'instant de magie ayant fondu sous leurs pas.

– C'est toujours comme ça ? demanda-t-il.

– Quoi donc ?

– Le marché. En France, on appellerait ça une brocante.

– Toujours. Ici, rien ne se perd. Les boîtes de conserve sont reconverties en bijoux ou en outils. Les cageots deviennent des paniers…

– La récupération comme industrie nationale ?

– C'est un peu ça. Abandonne-leur une voiture, et tu seras surpris de voir tout ce qu'ils pourront faire avec les pièces. Je serais étonnée qu'un seul morceau soit perdu.

Le marché se déversait même sur le port où ils débouchèrent bientôt ; comme une véritable marée, les commerçants étaient venus s'installer jusque sur les appontements, et ils durent enjamber des paniers de fruits et de légumes pour gagner la passerelle.

Une fois à bord, Gérard casa le grand panier dans un coin où il ne risquait pas de basculer, puis il s'installa aux commandes, prêt à reprendre la mer.

– Tu ne m'offres pas un verre ? demanda Irène, toujours sur le quai.

Effectivement, Gérard devait convenir qu'avec la chaleur qui régnait sur Victoria, n'importe quel liquide bien frais avant de reprendre la mer serait le bienvenu.

– Tu connais un troquet dans le coin ? dit-il.

– Il y a une espèce de buvette où l'on peut s'asseoir à l'ombre.

– OK, alors. Allons-y.

Il s'engagea sur la passerelle. Depuis dix jours qu'il

était en Afrique, il avait pris l'habitude de marcher sur cette longue planche qui ressemblait de fait plus à un plongeoir qu'à un escalier. Le tout était de s'y faire, et d'adopter une démarche suffisamment souple pour en contrebalancer la flexibilité.

La jeune femme lui tendit la main pour l'aider, et il l'accepta de bonne grâce, plus pour le plaisir de renouer le contact physique avec elle que par réelle nécessité.

Quand ils remontèrent le quai pour regagner le port, Gérard se sentit, soudain et paradoxalement, ridicule de marcher au côté de la jeune femme sans porter de panier. Ne sachant que faire de ses mains, il offrit son bras à sa belle-sœur, qui l'accepta sans plus de cérémonie.

– Nous faisons tout à fait jeunes mariés en voyage de noces, lui dit-il en souriant.

Elle sourit sans répondre, apparemment perdue dans ses pensées.

En silence, ils remontèrent le port, se frayant un chemin au milieu des étals multicolores et odoriférants, enjambant à un moment trois régimes de bananes posés dans le passage par une vieille Noire édentée qui leva vers eux un regard chargé d'espoir.

– Nous avons déjà suffisamment de bananes pour nourrir un régiment, lui dit Gérard avec un sourire d'excuse.

Le serveur revint avec un plateau frappé aux armes de Coca-Cola, sur lequel trônaient deux verres majestueux.

Méfiant, Gérard avait demandé un whisky, seule boisson dont il était sûr dans ce pays. Irène l'avait imité, le surprenant plus encore que si elle avait demandé de l'eau du robinet.

Le serveur posa le plateau sur leur table, en souriant. D'un revers de main, il chassa une grosse mouche occupée à se baigner dans une flaque d'eau, sur le Formica de la table.

– Voilà, dit-il d'une grosse voix.

Gérard sortit son portefeuille pour régler. Irène eut un geste de protestation qu'elle réfréna aussitôt en se mordant les lèvres.

Son beau-frère tendit un billet de dix mille francs CFA en réprimant un sourire. Il adressa un clin d'œil complice à la jeune femme, tandis que le serveur – qui semblait bien être à la fois le patron et l'unique employé de la buvette – lui rendait la monnaie.

Gérard leva son verre en direction d'Irène, qui lui rendit son toast, et ils burent tous deux une gorgée de whisky en silence.

– Bourbon ! constata Gérard avec une moue contrariée.

– Que s'est-il passé exactement en débarquant de l'avion ? demanda Irène, comme s'ils n'avaient parlé que de ça durant toute la matinée.

– Pardon ?

– Pourquoi Kelly s'est-elle évanouie ? Y a-t-il eu quelque chose ou quelqu'un susceptible d'expliquer son malaise ?

Gérard se creusa un instant la cervelle, sans parvenir à retrouver dans le film des événements, tel qu'il défilait de nouveau dans sa mémoire, le moindre élément susceptible d'abonder dans le sens de la jeune femme.

– Elle a juste poussé un cri, dit-il finalement, et elle est tombée en avant. Il ne semble pas qu'il y ait eu quelqu'un près d'elle ayant pu la frapper ou lui faire du mal, si c'est ce que tu penses. Par la suite, elle a vaguement parlé d'un nuage dans le ciel affectant la forme d'un masque nègre. Elle pensait avoir eu une espèce de vision.

Irène demeura silencieuse quelques instants. Elle contemplait rêveusement le fond de son verre dont elle faisait doucement tournoyer le contenu, comme si elle espérait y trouver la réponse aux questions qu'elle se posait.

– Sais-tu ce qu'est un poltergeist ? demanda-t-elle enfin.

– Bien sûr. C'est ce phénomène parapsychique, généralement en rapport avec la présence d'un adolescent en pleine crise de puberté, qui fait voler les pierres autour d'une maison, déplacer des meubles sans intervention humaine apparente, et quelquefois se déclencher des feux spontanément. En général, il n'y a pas de victimes, et les manifestations anormales cessent avec la puberté de l'adolescent.

– C'est ça. Tu es bien informé.

– C'est le rôle de tout bon journaliste, répondit-il en souriant. Et même si je ne suis pas un bon journaliste, j'essaie de me tenir au courant sur toutes sortes de choses.

– Un bon journaliste doit également savoir rester discret dans certains cas, non ?

– Bien sûr. Nous ne pouvons pas publier tout ce que nous apprenons. Ne serait-ce que sous peine de perdre certaines de nos sources d'informations.

– Je vais te demander de garder strictement pour toi ce que je vais te dire à présent.

Gérard prit une gorgée de whisky qu'il conserva dans la bouche, mettant ce temps à profit pour réfléchir. Finalement, sa décision prise, il hocha la tête avant d'avaler le whisky. La jeune femme sembla se satisfaire de cette réponse. Elle prit son verre à deux mains et le fit lentement rouler entre ses paumes, cherchant ses mots.

– Comme tu le sais, dit-elle, Kelly est la fille de ma meilleure amie. Nous sommes allées à l'école ensemble et chacune de nous considère l'autre comme sa sœur. Nous sommes toutes deux filles uniques. C'est peut-être ce qui explique cette amitié. Quand elle a épousé

Robert, nous nous sommes vues moins souvent, bien sûr, puisqu'elle est allée vivre dans la demeure familiale de son époux, près de Londres. Mais notre amitié, loin de se faner au fil des ans, s'en est trouvée en quelque sorte renforcée et nous n'avons cessé de correspondre et de nous rendre visite à chaque fois que l'occasion s'en présentait. Puis Kelly est née, et trois ans plus tard, Alexandre. Dès qu'ils ont atteint un âge suffisant, nous avons pris l'habitude de les échanger pour les vacances. Kelly est donc un peu comme ma propre fille, de même qu'Alexandre est un peu le fils de Simone. Ceci pour te dire que je sais tout de Kelly. Simone ne m'a jamais rien caché la concernant.

Gérard se pencha en avant, brusquement très intéressé par les révélations de sa belle-sœur.

– Voici quelques années, Kelly a traversé une crise grave au moment de sa puberté.

– Un poltergeist?

– Exactement. Cela n'a pas filtré en dehors de la famille. Ses parents sont des gens très ouverts, et savaient de quoi il retournait. Ils n'ont pas fait venir de prêtre, ni de médecin, ni aucun autre charlatan du style messe noire. Ils ont simplement pris leur mal en patience, sachant que cela cesserait tôt ou tard. Ils savaient qu'en signalant le phénomène ils seraient la proie de toute une faune plus ou moins intéressée, et la cible d'un bon nombre de désaxés qui verraient en

Kelly soit le Christ ressuscité, soit l'Antéchrist lui-même. Donc, ils se sont tus. Et effectivement, la crise est passée au bout de quelques mois. Depuis lors, Kelly mène une vie normale, comme toutes les jeunes filles de son âge. Pour elle, tout ceci n'est plus qu'un vieux cauchemar presque oublié.

– Pourquoi m'en parler, alors ?

– Parce que j'ai peur. À peine a-t-elle posé le pied en Afrique qu'elle a des réactions que l'on peut qualifier d'anormales…

– Anormales, tu y vas un peu fort… Elle n'a pas supporté le voyage, voilà tout…

– Et la scène de cette nuit ?

Effectivement, convint intérieurement Gérard, les événements de la nuit portaient en eux de quoi mettre mal à l'aise n'importe qui. Il n'aurait voulu l'avouer pour rien au monde, mais lui aussi avait la conviction que le sommeil de Kelly, ce sommeil dont ils avaient eu tant de mal à la tirer, avait quelque chose d'anormal. Et rien, dans le courant de la journée précédente, n'aurait pu laisser prévoir un tel comportement de la part de la jeune Anglaise. Excepté, bien sûr, la disparition des enfants. Mais cela suffisait-il à expliquer un cauchemar d'une telle intensité chez une jeune fille qui n'avait jamais montré d'attachement particulier à leur égard ?

– Je n'aime pas cette île, poursuivait Irène. Il y a

quelque chose dans l'air, je le sens. Et c'est menaçant.

Malgré le ton mélodramatique employé par la jeune femme, Gérard n'avait guère envie de sourire. N'avait-il pas lui-même ressenti une obscure menace moins de vingt-quatre heures auparavant ?

– Tu as lu trop de romans sur l'Afrique mystérieuse, dit-il pour la rassurer.

– Non, c'est plus profond que ça. Dès notre arrivée ici, j'ai senti comme une menace sur l'île.

– Allons, ça ne veut rien dire...

– S'il n'y a vraiment rien, pourquoi n'avons-nous pas pu trouver un seul ouvrier à Victoria ? Pourquoi toute l'équipe a-t-elle dû être embauchée à Douala ? Crois-tu que les gens d'ici n'avaient pas besoin de travailler ?

– C'est un détail que j'ignorais.

– Tu pourras le vérifier auprès de Raoul. Et pourquoi les Bamilékés qui vivent à l'autre bout de l'île ne viennent-ils jamais de notre côté, comme s'ils craignaient quelque chose ?

D'un geste de la main, Gérard tenta de stopper l'avance d'un camelot chargé de colliers qui se dirigeait vers eux, dans l'intention de leur vendre quelque chose. Il vint tout de même s'arrêter à leur table.

– Merci, dit Gérard. Nous n'avons besoin de rien.

– Un collier pour ta femme !

– Ce n'est pas ma femme, répondit Gérard pour

couper court à tout marchandage. Si je lui achète un collier, son mari ne va pas être content !

– Ah ! Toi alors ! Tu es un *chaud* ! dit le Camerounais en riant franchement.

– C'est ça, je suis *chaud*.

Toujours riant, le Noir s'éloigna en hochant la tête.

– Il t'a pris pour mon amant, expliqua Irène. J'ai entendu une fois N'Gombala employer ce terme quand il parlait de la femme qu'il a répudiée.

– Pour en revenir à ce que tu disais, je trouve ridicule que tu t'attaches à quelques superstitions locales pour alimenter tes craintes.

– Toute superstition peut cacher un fond de vérité !

– Et après ? Quel rapport avec Kelly ?

– Le rapport est évident. Ne fais pas semblant de ne pas le voir. Il y a quelques années, Kelly a donné la preuve qu'elle possédait une qualité particulière. Certains diraient qu'elle est médium, et à défaut d'autre mot pour la définir, acceptons celui-ci. Un médium. C'est-à-dire quelqu'un qui se trouve à mi-chemin entre notre monde de tous les jours et un autre monde, fait de forces que l'on connaît encore mal, mais que l'on expliquera peut-être tout naturellement dans quelques dizaines d'années.

– Où veux-tu en venir ?

– À ceci : il y a peut-être dans cette île une force inconnue qui nous est hostile. Kelly, qui se trouve être la plus réceptive d'entre nous, en a capté les émanations, émanations qu'elle traduit symboliquement par ces masques nègres.

– En ce cas, pourquoi s'est-elle heurtée à cette force à sa descente d'avion, et non pas seulement en arrivant dans l'île ?

– Tout simplement parce que nous avons sans doute affaire à quelque chose de très puissant et qu'elle n'avait pas besoin de s'en trouver à proximité immédiate pour en ressentir les effets. Peut-être aussi parce que cette force inconnue est dirigée directement contre nous, comme je le crois, et qu'elle s'est donc focalisée sur vous dès votre arrivée.

– Admettons, et alors ?

– Et alors j'ai peur ! Cela ne te suffit pas comme raison ?

– Écoute, il est ridicule de jouer à se faire peur tant qu'un danger réel ne s'est pas manifesté. Et jusqu'à présent c'est le cas, non ?

Le serveur-patron de la buvette passa près d'eux pour aller servir un couple qui venait de s'asseoir à quelques mètres de leur table, ce qui dispensa la jeune femme de répondre.

– Non ? insista cependant Gérard, dès qu'il se fut suffisamment éloigné.

À contrecœur, Irène acquiesça.

– Tu en as parlé à Raoul ?

– Raoul ne m'aurait même pas écoutée.

– Bon. Eh bien moi, je t'ai écoutée. Et je te répète que tu t'inquiètes pour rien. Il n'y a pas lieu d'avoir peur. Le Cameroun est sans doute le pays le plus civilisé d'Afrique, et en tout cas l'un des plus développés. Nous sommes presque en France, ici.

Il se pencha vers elle par-dessus la table pour lui prendre la main.

– Allez, tu vas chasser toutes ces peurs et te conduire comme une grande personne. D'accord ?

Elle voulut protester, ouvrit la bouche, la referma.

– D'accord, accepta-t-elle sans enthousiasme.

– Rentrons, à présent : les autres vont finir par s'inquiéter de notre absence.

Elle haussa les épaules, vida son verre.

Gérard l'imita, conscient de ne pas avoir vraiment répondu à son attente. Mais que pouvait-il faire de plus sans entrer dans son jeu et par conséquent augmenter ses craintes ?

Il reposa son verre, vaguement culpabilisé. Après tout, n'avait-il pas lui-même ressenti une angoisse semblable à celle de la jeune femme ? N'aurait-il pas dû le lui dire afin de partager leurs expériences et, peut-être, de découvrir la vérité qui se cachait derrière les récents événements ?

Mais il ne dit rien et ils quittèrent le bar. Irène marchait devant lui, et il dut presser le pas pour la rejoindre.

Quand il parvint à sa hauteur, il constata qu'elle avait croisé les bras sous sa poitrine, comme si elle avait froid. Il pensa à lui offrir de nouveau son bras, mais y renonça.

Le Chris Craft longeait la plage sur laquelle les autres membres de la famille d'Estèves se faisaient bronzer. Après une dizaine de jours au Cameroun, et malgré la fréquence des pluies, ils commençaient tous à avoir pris une belle couleur de pain doré, et leurs corps tranchaient étrangement sur le sable noir de la plage.

– On dirait des crevettes sur un lit de braises froides, constata Irène. Peut-être est-ce ce paysage qui a joué sur mes nerfs, ajouta-t-elle après un instant de réflexion. Je n'arrive pas à me faire à ce sable. En France, quand le sable me collait à la peau, je le frottais, simplement. Ici, j'ai toujours l'impression d'être sale.

Irène se retourna et contempla le mont Cameroun qui les dominait de ses quatre mille mètres. Il semblait étonnamment proche, au point d'en être presque menaçant. Ses premiers contreforts commençaient dès Victoria, sous la forme de plateaux nettement différenciés, jusqu'au cône imposant qui crachait encore régulièrement de la fumée que l'on pouvait voir, quand le plafond n'était pas trop bas.

– Peut-être est-ce la saison, également. Toute cette pluie qui tombe presque sans interruption m'épuise.

– Allons, la sermonna gentiment Gérard. Il ne faut pas te laisser dominer par des impressions passagères. Regarde : il fait un soleil resplendissant et ils vont tous être rôtis pour le dîner. C'est ça l'Afrique !

Comme pour lui donner tort, de grosses gouttes molles vinrent s'écraser sur le pare-brise du Chris Craft.

– Et merde ! grogna-t-il.

Sur la plage, tous s'étaient assis pour les voir passer et leur faire de grands signes de la main. Dans l'eau jusqu'à la taille, Kelly, Alexandre et Annie avaient cessé de jouer avec leur ballon et les regardaient également. Quand les premières gouttes leur parvinrent, ils levèrent la tête vers le ciel avec un bel ensemble. Commençant à connaître suffisamment le pays pour savoir que ces quelques gouttes ne seraient pas les seules de la journée, ils remballèrent avec précipitation leurs affaires.

Gérard poussa les gaz en espérant arriver à la maison avant la pluie. Très vite, il comprit que ses espoirs étaient vains. Elle s'abattit d'un coup, comme si quelqu'un, quelque part dans le ciel, avait brusquement fait sauter un barrage, au point que le navire tanguait sous l'effet d'un tel déluge. Irène, réfugiée dans la minuscule cabine, tentait de percer le mur liquide qui les entourait, pour distinguer l'appontement et aider Gérard à se diriger. Elle grimaça en constatant qu'il était impossible d'y voir à plus de quelques mètres.

Gérard avançait à la vitesse minimale, dans la direction approximative où il savait trouver le débarcadère. Le navire tanguait sous la houle, mais ne semblait pas susceptible de chavirer ; le vent qui s'était mis à souffler n'était pas assez puissant pour cela. Néanmoins, il subissait les assauts des vagues, et Gérard avait le plus grand mal à garder le cap. N'y voyant pas à plus de quelques mètres, il était contraint de se guider uniquement à la boussole pour avancer en direction de l'île, et cette idée le faisait frémir. Et si la boussole se déréglait, lui faisant manquer l'île, et qu'ils partent au large, sans plus aucun point de repère ?

Et puis soudain, une masse noire apparut devant l'étrave du navire. Il eut juste le temps de couper les gaz avant que la proue ne heurte brutalement l'obstacle. Dans la cabine, Irène poussa un cri.

– Est-ce que ça va ? demanda Gérard.

– Oui, mais tu pourrais choisir une autre manière de t'arrêter, tu ne transportes pas que des légumes !

Il n'avait pas le temps de sourire. Devant lui s'étendait le débarcadère. C'était contre les pneus le bordant que le navire venait de cogner. Relançant légèrement les gaz, il manœuvra de façon à aligner le bateau parallèlement à l'appontement avant de couper de nouveau le moteur. Quittant la cabine de pilotage, il gagna l'avant où il ramassa la corde d'amarrage, puis sauta par-dessus bord pour atterrir sur le débarcadère. Enrouler le filin autour du madrier prévu à cet effet ne lui prit que quelques secondes, et il revint à bord. Dès qu'il avait mis le pied hors de l'abri relatif que lui offrait la cabine de pilotage, il s'était retrouvé trempé comme une soupe. Il fonça à l'arrière, empoigna le second câble d'amarrage et monta sur la banquette, d'où il sauta sur le débarcadère.

Il était en train d'arrimer solidement son filin autour du poteau de bois qui marquait l'extrémité du débarcadère, quand sa belle-sœur déboucha sur le pont, la passerelle entre les mains. Il l'aida à la fixer et elle lui passa le panier à provisions.

– Putain de pays ! grogna-t-il, tandis qu'elle le rejoignait.

– Par moments, j'avoue que je comprends ton point de vue, dit-elle avec un sourire, en tentant d'essuyer l'eau qui lui ruisselait sur le visage.

– On n'aurait pas mieux fait d'attendre la fin de l'averse dans la cabine ?

– Ici, la pluie peut tomber pendant quinze jours d'affilée. On a des provisions, mais tout de même !

Il sourit. Si Irène plaisantait, c'était que la crise était passée. Il préférait attribuer ses inquiétudes à un cafard passager et, surtout, ne pas creuser plus loin, ne pas admettre que lui aussi ressentait comme une boule d'angoisse au creux de l'estomac depuis qu'il avait posé le pied sur cette île.

Il lui prit le bras pour l'empêcher de glisser sur les planches mouillées, autant que pour assurer son propre équilibre. Lentement, s'appuyant l'un sur l'autre, ils remontèrent le long de l'appontement.

Sous le débarcadère, le crocodile sortit la tête de l'eau et jeta un regard intéressé au-dessus de lui. Au travers des planches régulièrement espacées, il distinguait les deux humains.

De grosses gouttes passaient par les interstices séparant les planches et s'écrasaient sur le museau du reptile, en produisant un son étouffé. Insensible, le crocodile ne réagissait pas à ces multiples assauts contre son cuir. Ses yeux étaient braqués sur les deux silhouettes que son fruste cerveau avait déjà assimilées à de la nourriture potentielle.

Doucement, silencieusement, il remontait en même temps qu'eux vers les marches, guettant le faux pas qui projetterait l'un des deux, sinon les deux ensemble, dans l'eau près de lui. Sa gueule grande ouverte se refermerait alors d'un coup sec, brisant, broyant, entraînant le corps à sa suite sous les eaux, pour disparaître avec lui en direction de sa tanière dont l'entrée sous-marine resterait indétectable pour les éventuels chercheurs.

Sur les planches, le pied de Gérard avait glissé. D'un coup de queue, le crocodile s'était propulsé en avant, mais l'homme s'était raccroché au bras de sa compagne, avait rétabli son équilibre, échappant au monstre qui le guettait.

Inconscients du danger auquel ils venaient d'échapper, ils prirent enfin pied sur la terre ferme. Gravissant rapidement les marches taillées dans le rocher, ils arrivèrent au sentier au bout duquel se trouvait la maison. Tapi dans les roseaux bordant le chemin, un gros rat noir les regarda passer. Quand le rongeur détourna les yeux, son regard heurta celui du crocodile. Les deux prédateurs se toisèrent sans ciller. Puis chacun comprit que l'autre ne constituait ni une proie ni un danger. Le rat détourna le regard, tandis que le crocodile s'enfonçait lentement sous les eaux, qui se refermèrent sur lui comme s'il n'avait jamais existé.

Seul lc bruit des assiettes entrechoquées par N'Gombala qui débarrassait la table venait se mesurer à celui, sourd et régulier, de la pluie martelant inlassablement la toiture et la véranda.

Debout devant la baie ouverte, ils contemplaient le déluge en silence. Il était presque vingt et une heures trente et la pluie n'avait pas cessé une seconde depuis la fin de la matinée. À croire que toute l'eau du monde tombait sur ce coin du Cameroun.

Installés de part et d'autre d'une table basse sous la véranda, Alexandre et Kelly s'opposaient par l'intermédiaire d'un jeu de dames. Depuis l'incident survenu quelques jours auparavant, personne n'avait reparlé de faire une partie d'échecs. Alexandre avait rangé le jeu dans sa boîte, qu'il avait enfermée au fond d'un tiroir. Aucun des sept pions manquants n'avait été retrouvé. Bien que l'ayant remarqué, l'adolescent avait préféré ne rien dire. N'allait-on pas le soupçonner de les avoir dissimulés pour faire une farce morbide ? Il avait préféré ne pas prendre de risque et, depuis lors, les dames avaient remplacé les échecs.

À l'étage, les enfants dormaient déjà. Pour les adultes, il n'en était pas encore question, mais cette pluie qui leur interdisait de terminer la soirée dans la cour tapait sur les nerfs de tout le monde.

– Si on passait dans la bibliothèque ? proposa Raoul.

Comme s'ils n'attendaient que ce signal, les autres commencèrent à refluer dans la direction suggérée par le maître de maison.

Après un regard en direction des adolescents, Irène se décida à suivre le groupe. Que pourrait-il leur arriver ici, sous la véranda, avec tous les adultes à portée de voix ? Elle tentait de se rassurer, mais la pluie qui tambourinait sans interruption sur le toit de la maison depuis leur retour du marché lui mettait les nerfs à vif. Elle ne pouvait s'empêcher d'associer ce son à celui du tam-tam entendu l'autre nuit, alors qu'elle commençait à croire ses neveux définitivement perdus.

Quand elle entra dans la bibliothèque, les autres étaient déjà tous installés. Raoul servait les digestifs ; Gérard, fidèle à son habitude, s'était rabattu sur le whisky, tandis qu'Hubert, un verre de cognac à la main, interpellait son aîné :

– Tout de même, je ne comprends pas comment tu as pu décider de venir t'installer ici sans même connaître le pays !

Irène attira un fauteuil en rotin et s'installa sur les coussins qui le garnissaient, les jambes repliées sous elle, comme si elle avait froid.

Raoul achevait de remplir un verre d'une liqueur jaune, qu'il tendit ensuite à Geneviève, avant de répondre à son frère.

– Je le connaissais ! J'avais lu le carnet du comte !

Hubert éclata d'un rire un peu forcé.

– Le carnet du comte ! Le fameux carnet de bord. Et depuis bientôt trente ans – depuis l'âge où il a été en mesure de lire ce fichu carnet – Raoul nous rebat les oreilles avec ce corsaire du Roy venu s'installer dans une île au large du Cameroun pour mieux fondre sur les galions anglais et espagnols !

– Tu as eu une sacrée chance, remarqua Geneviève. Sans le Loto, jamais tu n'aurais pu réaliser ton rêve !

Raoul la regarda, vaguement méprisant.

– La chance, ça n'existe pas, dit-il d'un ton cassant.

– Tout de même, il faut avoir un sacré coup de bol !

– Surtout que Raoul ne jouait jamais au Loto ! intervint Irène. Il disait que c'était un jeu idiot et qu'il fallait être un sacré imbécile pour jeter de l'argent par les fenêtres de cette façon, et payer des impôts supplémentaires. C'est sans doute la seule fois de sa vie où il a joué au Loto.

Gérard, qui était resté silencieux jusque-là, leva un œil intéressé en direction de son frère.

– Sans blague ? dit-il. C'est vrai qu'au début je n'y ai pas cru : je te voyais mal faire la queue pour valider ton ticket ! Mais il faudra que tu me donnes la formule : si jouer une seule fois et empocher un million et demi ce n'est pas de la chance, je me demande comment tu appelles ça, et surtout comment tu as fait…

Raoul haussa les épaules, agacé.

– J'espère que tu n'as misé que le minimum, insista Gérard narquoisement, parce que si tu as joué plus, tu baisses sérieusement dans mon estime : la rentabilité diminue.

Raoul préféra ne pas répondre et s'enveloppa ostensiblement dans un silence méprisant, jetant un regard sombre à Gérard qui comprit qu'il valait mieux ne pas trop insister. Les colères noires que piquait son aîné du temps de leur enfance étaient encore suffisamment présentes dans sa mémoire pour qu'il n'ait pas envie de l'asticoter trop longtemps. Il y avait assez d'objets contondants à portée de la main de son frère, et Gérard préféra garder une certaine réserve.

L'atmosphère s'était rafraîchie après ce rapide échange. Chacun percevait un malaise et craignait, en ouvrant la bouche, d'aggraver les choses ; à l'extérieur, la pluie continuait de tomber avec son obsédante régularité, comme si elle devait n'avoir jamais de fin.

Geneviève tenta de relancer la conversation, mais le ton de sa voix sonnait faux et Annie, à qui elle s'était adressée, lui répondit par monosyllabes. Très vite, Geneviève renonça.

Dans son coin, Raoul rangeait méthodiquement les bouteilles dans le bar, les déplaçant pour ensuite les remettre dans leur position initiale. Apparemment extrêmement concentré sur ce qu'il faisait, il ne semblait pas le moins du monde avoir conscience de la présence des autres dans la pièce.

Irène se leva et dit :

– Je suis crevée. Cette pluie m'épuise. Je monte me coucher. Bonne nuit à tous.

– Nous aussi ! annonça Geneviève en se levant à son tour.

Hubert, qui n'avait pas terminé son cognac, le lampa d'un coup, ce qui lui mit la larme à l'œil. Il reposa son verre sur le plateau de verre fumé de la table, un peu brutalement, produisant un son clair qui résonna dans la grande salle silencieuse.

– Bon, eh bien bonsoir, dit-il en se levant.

Annie les regarda partir un à un, sans mot dire. Finalement, elle posa son verre vide sur la table et se leva à son tour.

– Tu viens ? demanda-t-elle à Gérard.

Celui-ci esquissa un geste pour la suivre, mais un regard de Raoul l'en dissuada.

– Je finis mon verre et je te rejoins, dit-il.

Annie parut sur le point de dire quelque chose. Elle avait surpris le regard de son beau-frère, et les mystères que celui-ci semblait vouloir faire l'irritaient. Elle se tut pourtant, et après un « bonsoir » de pure forme suivit les autres.

Restés seuls, les deux hommes demeurèrent silencieux. Après avoir vidé son verre, Gérard attrapa la bouteille de Chivas et le remplit de nouveau. Son frère ne disant toujours rien, il referma la bouteille, la reposa sur la table. Puis il se renfonça dans son fauteuil, se cala avec un coussin, jusqu'à ce qu'il ait trouvé une meilleure position.

– Alors ? demanda enfin Raoul. Que penses-tu de mon installation ?

– La maison n'est pas vilaine. Et quand tu auras reçu ton groupe électrogène, ce sera parfait. Quant au pays, un coin où il pleut neuf mois par an ne peut pas être l'endroit idéal pour passer ses vacances, si tu veux mon avis.

– Pour passer des vacances, d'accord. Mais pour y vivre ?

– Si ça te plaît, c'est toi que ça regarde.

– Cela ne te plairait pas, à toi ?

Gérard s'octroya une gorgée de whisky qu'il garda dans la bouche, plus pour gagner du temps et réfléchir que pour la savourer.

– Où veux-tu en venir ? demanda-t-il finalement.

– Tu as quel âge ? Vingt-huit ans, c'est ça ? Et tu fais quoi ? Tu travailles toujours dans ton journal minable, à couvrir le bal des pompiers et les conseils municipaux où vingt connards incompétents se bagarrent pendant des heures sur des problèmes idéologiques, à chaque fois qu'il faut mettre un panneau de signalisation quelque part, alors qu'ils feraient mieux de prendre des cours de gestion et d'économie ? Quand tu as beaucoup de chance, tu couvres une élection de Miss Hamburger et, là, sur le tas de gros boudins qui défilent à moitié à poil, de temps en temps il y en a une qui n'est pas trop moche. Je me trompe ?

Gérard faisait tourner son verre entre ses mains tendues. Le niveau du Chivas avait sérieusement baissé, mais il ne voulait pas s'en servir un autre. Pas encore. Bien que son frère ait eu la dent dure, il devait reconnaître que sur le fond il n'avait pas tort. Lorsqu'il s'était engagé dans le journalisme, dix ans plus tôt, il ne voyait pas sa carrière comme ça. Le « local » où il était entré devait seulement lui servir de tremplin pour gagner un magazine parisien, ou lui permettre de travailler en free-lance, une fois noués les contacts nécessaires. Et puis il y avait ses livres. Les livres qu'il écrirait. Il espérait bien se mettre à écrire sérieusement et, à moyen terme, se dégager du journalisme pour ne plus vivre que de ses droits d'auteur.

C'était dix ans auparavant.

Ses livres étaient demeurés à l'état de vagues projets, d'idées sans suite, et il était resté au « local ». Il était bien implanté, à présent. Il connaissait tous les gens importants de son secteur : les conseillers municipaux comme les dirigeants de l'amicale bouliste, ou la présidente des donneurs de sang. En fait, il s'agissait souvent des mêmes personnes qui revenaient d'une association à l'autre, d'un conseil municipal à une activité en vue. Il s'en était très vite rendu compte. Comme si la vie publique était un virus, une maladie dont les effets ne touchaient qu'une certaine partie de la population, la poussant à toujours monopoliser le devant de la scène, à toujours vouloir guider, diriger, organiser…

Personnes dévouées, prêtes à se consacrer corps et âme au bien et au plaisir d'autrui, ou au contraire arrivistes forcenés, dévorés par une folle ambition les poussant à atteindre un but dérisoire. Ces gens faisaient partie du décor au sein duquel il évoluait quotidiennement. Mieux encore : ils étaient les acteurs de la pièce qu'il regardait. Leur présence était la justification de son travail. Des bons rapports qu'il entretenait avec eux dépendait son pain quotidien. D'en prendre soudain conscience lui laissait un goût amer dans la bouche. Voilà donc ce qu'il était devenu ? Voilà quelle était à présent sa raison de vivre, sa justification ? Il retint une grimace.

Quand il releva la tête, il rencontra le regard de son frère. Un sourire sur les lèvres de Raoul lui apprit à quel point il était aisé de lire en lui. L'aîné ne dit rien. Il n'en avait nul besoin : Gérard venait d'accepter son jugement et tous deux le savaient.

– Et quel avenir as-tu ? demanda finalement Raoul.

Comme si sa précédente démonstration n'avait pas suffi et qu'il lui fallût à présent pousser son raisonnement jusqu'à son terme, le marteler jusqu'à ce qu'il soit gravé dans l'esprit de son frère.

– Dans cinq ou dix ans, poursuivit-il, tu passeras peut-être rédacteur en chef de ton édition locale. Cela te donnera le droit de corriger les copies des copains ; ça doit être jouissif, non ? Et puis tu attraperas cinquante balais. Tu te retourneras et tu ne verras derrière toi que des comptes rendus de manifestations minables dont plus personne ne se souviendra. Même toi, si tu replonges dans tes vieux articles, tu te demanderas de quoi il pouvait bien s'agir. Est-ce vraiment là la carrière dont tu rêves ?

– Tu as autre chose à me proposer ? demanda Gérard presque avec hargne.

– Oui.

Raoul, qui était resté debout durant tout le temps qu'avait duré sa démonstration, rapprocha un fauteuil de celui de son frère. Il s'assit face à lui, et se pencha comme pour murmurer un secret.

Malgré lui, Gérard ne put s'empêcher d'être fasciné par le regard de son frère. Les lampes-tempête placées aux quatre coins de la bibliothèque, insuffisantes pour éclairer toute la pièce, contribuaient à renforcer l'atmosphère mystérieuse qui les entourait.

Devant lui, Gérard n'avait plus la sensation d'avoir son frère. Il lui semblait presque voir la réincarnation du corsaire qui, jadis, avait régné sur l'île. Sans avoir jamais vu le moindre portrait de leur ancêtre, il ressentit soudain l'intime conviction que Raoul lui ressemblait trait pour trait et qu'il en faudrait très peu pour que le corsaire s'exprimât par sa bouche. Malgré la chaleur, Gérard frissonna.

Comme si lui aussi avait perçu le changement d'atmosphère, Raoul prolongeait le silence qui les isolait.

Il prit la bouteille de Chivas et se servit un verre à son tour. Gérard réalisa que son frère n'avait pas bu une goutte d'alcool depuis qu'ils avaient quitté la table. C'était le signe que quelque chose le tracassait.

Lentement, Raoul but une gorgée de whisky.

Pour se donner une contenance, Gérard emplit de nouveau son propre verre.

– Oui, répéta Raoul en posant le sien. J'ai quelque chose à te proposer. Comme tu le sais, je n'ai plus besoin de travailler. Et ça va durer jusqu'à la fin de mes jours ! Tout ce que j'ai à faire, c'est gérer mes affaires, répondre au courrier, pointer les relevés de comptes et envoyer une lettre d'engueulade à mes banquiers de temps en temps, histoire qu'ils ne s'endorment pas sur mon fric. D'accord ?

Gérard opina, ne voyant pas encore très bien où il voulait en venir. Le whisky absorbé commençait à faire son effet et, s'il n'était pas encore ivre, il constatait néanmoins que son cerveau réagissait plus lentement.

– Bon, poursuivit Raoul. Je voudrais me dégager de ces petites tâches matérielles, pour ne plus avoir qu'à m'occuper de la gestion. Tu comprends ?

Gérard fit signe qu'il comprenait. Il comprenait même très bien. Le voile s'était déchiré d'un coup dans son esprit, et il devinait où voulait en venir Raoul. Il voyait la proposition se profiler et commençait à en peser les termes à l'avance.

– Il me faut donc quelqu'un pour s'en occuper à ma place, expliqua Raoul. Quelqu'un de confiance. Bien sûr, je pourrais passer une annonce dans les principaux magazines français, et embaucher un secrétaire sur références. Mais ce serait un type dont je ne connaîtrais rien, en qui je ne pourrais jamais avoir totalement confiance, quelles que soient ses références.

– Tandis que moi…

– Tandis que toi, tu es mon frère. Je ne te connais peut-être pas à cent pour cent, mais je sais que tu ne me feras jamais un enfant dans le dos.

– Et qu'est-ce que tu me proposes ?

– Je te propose un salaire équivalent à ce que vous gagnez actuellement, Annie et toi, pour un travail qui ne t'occupera même pas à mi-temps.

– Justement, ça cache autre chose, non ? Tu as une idée derrière la tête.

Raoul le regarda comme s'il avait été réellement peiné que son frère doutât ainsi de lui.

– Pas du tout. Simplement, j'envisage de m'établir définitivement ici. Je serai donc sans doute amené à investir dans ce pays. Si cela se produit, j'aimerais avoir un homme de confiance à mes côtés.

Gérard ne répondit pas. Il vida son verre en trois petites gorgées qu'il savoura longuement. La proposition que venait de lui faire son frère le tentait plus qu'il n'aurait voulu se l'avouer. S'il acceptait, il disposerait de plus de temps libre qu'il n'en avait jamais eu jusqu'alors. Assez de temps pour se mettre réellement à écrire. Il ne lui faudrait pas grand-chose, pensait-il. Un an ou deux. Juste le temps de faire quelque chose de vraiment bien. Après quoi…

– Bien sûr, je ne te demande pas de me répondre tout de suite, précisa Raoul. Je me doute qu'un tel bouleversement dans ta vie mérite réflexion. Disons que je te laisse jusqu'à la fin du mois pour bien peser le pour et le contre. D'accord ? Au moment de repartir, tu me donneras ta réponse. Et suivant le cas, tu rentres en France pour faire tes paquets et régler les détails nécessaires à ton installation ici, ou tu retrouves ton emploi au journal avec les fantastiques possibilités d'avenir que nous avons définies.

Gérard reposa son verre avec une moue agacée.

Raoul sourit, se leva et donna une tape sur l'épaule de son frère.

– Réfléchis bien, dit-il avant de quitter la pièce.

Ce ne fut qu'une heure plus tard que Gérard se décida à quitter son fauteuil à son tour. Dehors, la pluie avait cessé. Il traversa la bibliothèque, gagna la véranda. La lune était clairement visible au-dessus de la cour. Profitant d'une trouée dans le plafond des nuages noirs, elle découpait des ombres dures entre les troncs emmêlés des palétuviers.

Derrière lui, la maison était silencieuse. Tout le monde devait dormir. Pour la centième fois peut-être, il repensait à la proposition de Raoul. Il hocha la tête, dubitatif. C'était bien tentant ! Si seulement son frère s'était installé aux Canaries ou aux Bahamas ! Ou même n'importe où ailleurs au Cameroun ! Mais non, il avait fallu qu'il choisisse le seul endroit du pays où il pleuvait neuf mois par an ! Et ça, ce serait difficile à faire admettre à Annie.

Il plongea les mains dans ses poches, serra les poings. Bon sang ! Une proposition comme ça, ça ne se laissait pas passer ! À pas lents, il retraversa le salon obscur, regagna la bibliothèque, où il éteignit les lampes-tempête.

Quand il entra dans sa chambre, il eut la surprise de voir Annie se redresser dans le lit.

– Qu'est-ce qu'il te voulait ? demanda-t-elle.

Il posa la lampe qu'il avait apportée avec lui sur la table de chevet. Annie avait dû veiller en l'attendant, tentant de deviner le sujet de leur conversation.

En quelques mots, il lui rapporta la proposition de Raoul.

– Et moi, dans votre combine, qu'est-ce que je deviens ? demanda-t-elle lorsqu'il eut terminé.

Il fut surpris par la question ; il lui semblait que c'était évident.

– Mais… tu viens aussi, bien sûr !

– Il ne t'est pas venu à l'esprit que cela pourrait ne pas me plaire ? Tu n'as pas pensé un seul instant que je pouvais aimer mon métier et n'avoir aucune envie de cesser de travailler ?

– Si, bien sûr, mais ce pourrait n'être que temporaire, juste un an ou deux, le temps que j'écrive un livre qui rapporte suffisamment… Dans un premier temps, je pourrais faire un guide du Cameroun, c'est le genre de livres qui payent bien et qui ne sont pas compliqués à faire !

Elle ne dit rien, mais son regard était éloquent. Gêné, il détourna les yeux. Lorsqu'il l'avait épousée, il parlait Littérature et Grand Journalisme. Hemingway et Faulkner n'avaient qu'à bien se tenir : il arrivait ! Et il envisageait à présent de rédiger un guide touristique. Bientôt, il allait évoquer la confection d'un livre de cuisine camerounaise !

– Ce seraient comme des vacances, pour toi ! insista-t-il. Deux ans de vacances, ça ne te tente pas ? Tu pourrais en profiter pour écrire, toi aussi ! Tu pourrais faire un manuel scolaire, des tas de profs font ça !

– Mais tu ne vois pas qu'il se fout de toi ! explosa-t-elle soudain. Tu ne comprends pas que la seule chose qui l'intéresse vraiment, c'est de t'avoir à ses côtés pour mesurer le chemin parcouru et disposer de quelqu'un dans le regard de qui il puisse lire quel homme important il est devenu ?

– Raoul n'est pas comme ça! protesta-t-il faiblement.

– Bien sûr que si. Et tu le sais!

– De toute façon, nous ne sommes pas obligés de répondre tout de suite: il m'a donné jusqu'à la fin du mois pour prendre une décision. Cela nous laisse le temps de réfléchir.

– C'est ça. On réfléchira!

Elle lui tourna le dos et remonta la couverture sur ses épaules, indiquant clairement que, pour elle, la discussion était close. Il chercha un argument décisif, sans le trouver. Résigné, il se déshabilla en silence. Quand il se glissa à son tour entre les draps, Annie n'eut pas un mouvement. Impossible de dire si elle dormait déjà ou si elle faisait seulement semblant. Allongé sur le dos, les yeux grands ouverts dans le noir, il repensait à la proposition faite par son frère. Raoul savait-il qu'en lui offrant ce poste de secrétaire il dresserait Annie contre lui? Et si oui, l'avait-il fait exprès?

Dehors, la pluie s'était remise à tomber. Ce n'était plus le déluge de l'après-midi, mais une pluie fine qui, en heurtant le toit au-dessus de leurs têtes, produisait un grondement monotone et hypnotique. Peu à peu, sans s'en rendre compte, il sombra dans le sommeil.

Chapitre 10

La truffe dressée vers le ciel, Dickie s'immobilisa. De bizarres effluves lui parvenaient des marais qu'il longeait depuis quelques minutes. Une odeur animale, forte, mélange de boue et de putréfaction. Une odeur comme jamais encore il n'en avait senti depuis qu'Alexandre, son maître, l'avait amené dans cette étrange contrée.

Le vent changea de direction, et le setter ne sut bientôt plus s'il avait rêvé ou non, s'il avait vraiment senti une étrange odeur, ou s'il l'avait seulement imaginée.

Il abandonna bientôt, et repartit à l'aventure. D'humeur vagabonde, il avait quitté la maison sitôt après le déjeuner, alors que les adultes étaient encore à table. Les enfants, ses compagnons de jeu et tortionnaires inconscients, avaient disparu, si bien que le chien s'était retrouvé seul, totalement libre. Il ne lui en avait pas fallu plus pour entamer l'exploration des alentours.

Longeant le marais, il arriva sur la plage, où il joua un moment avec les vagues. Il courait dans l'eau, s'éclaboussait, s'ébrouait, revenait sur le sable sec, s'apprêtait à plonger dans les vagues… et s'immobilisa soudain. De nouveau, il avait senti une odeur différente des autres, différente de celles qui l'entouraient. Il huma l'air, examina d'un œil critique l'éperon rocheux qui plongeait dans la mer. Il reconnaissait à présent l'odeur. Ou plutôt l'une des odeurs, car elles étaient deux, étroitement mêlées. Il y avait une odeur forte, inconnue, qui faisait se hérisser ses poils le long de l'échine, et il y avait celle des enfants, qu'il connaissait bien et qu'il avait appris à aimer.

Dickie hésita un peu. L'odeur inconnue l'inquiétait, mais celle des enfants le rassurait ; il la suivit donc. Longeant les vagues, il se glissa le long de l'éperon rocheux, jusqu'à ce que disparaisse le marais. Et soudain, il découvrit l'entrée d'une grotte que la marée descendante avait dégagée. Après avoir reniflé l'air ambiant sans rien y percevoir de plus inquiétant que l'odeur qu'il avait déjà remarquée, le chien entra.

Très vite, ses yeux s'habituèrent à la pénombre. Il alla de l'avant dans l'étroit couloir qu'il venait de découvrir, parvint dans une salle plus vaste qui s'achevait sur un grand rocher lisse défiant toute escalade. Très haut, une ouverture laissait passer la lumière du soleil. Le chien renifla autour de lui. Ici, l'odeur des enfants était très forte.

Le sable humide n'avait conservé aucune trace de pas, mais Dickie sentait que les enfants étaient venus là avant lui, et il en oubliait par la même occasion l'autre odeur, celle qui sentait le mal et la souffrance. Furetant partout, il finit par découvrir le boyau.

S'ouvrant derrière le rocher incliné qui le dissimulait à la vue, un étroit couloir de moins d'un mètre cinquante de hauteur s'enfonçait dans le roc. Dickie n'hésita pas à s'y risquer.

Le sol prit une pente ascendante, comme si ce couloir menait au sommet de l'éperon rocheux. Bientôt pourtant, après un brusque tournant, le niveau du sol retrouva l'horizontale. Le chien s'immobilisa. De quelque part devant lui, juste après un nouveau coude du couloir, lui parvenait un son étrange. Le setter hésita, mais la largeur du boyau à cet endroit ne lui permettait pas de faire demi-tour. À contrecœur, il fit encore deux pas en avant. Le son se précisa. C'était un battement de tam-tam. Le chien sentit l'inquiétude l'envahir. Déjà, les roulements de tambour qui lui parvenaient parfois, la nuit, l'inquiétaient, troublaient son sommeil. À côté de ceux qu'il entendait à présent, pourtant, ils n'étaient rien. Là, le chien devinait qu'il se trouvait en présence du Mal absolu. Les mains qui martelaient les peaux tendues étaient des mains faites pour tuer et pour torturer. Les poils du chien se dressèrent, ses crocs se découvrirent. Lentement, progressant presque aussi silencieusement qu'un chat, il avança dans l'obscurité. Un nouveau coude du couloir le ramena dans la direction de la mer, et soudain il s'arrêta. Devant lui, une ombre dansait sur le mur. La paroi du boyau se découpait nettement sur sa gauche, masse noire que tranchait un rectangle de lumière orangée. Le son s'était fait plus fort. Au détour du prochain coude, il allait déboucher dans la salle où se trouvaient les joueurs de tam-tam.

Courbant l'échine au point de presque ramper, le chien avançait lentement. La peur s'était saisie de lui à présent, mais il ne pouvait plus reculer. L'odeur des enfants était encore présente alentour et, même si l'autre odeur était plus forte, elle contribuait à le rassurer et à l'encourager.

Doucement, il avança la tête au-delà de l'abri que lui prodiguait le mur.

À l'intérieur d'une salle d'une dizaine de mètres de diamètre, sept personnages étaient assis. Vêtus de robes de bure dont le capuchon rabattu dissimulait leurs traits, ils étaient rigoureusement immobiles, à l'exception de deux d'entre eux dont les mains allaient et venaient sur les peaux de deux tambours, produisant ce roulement syncopé qui avait tant inquiété le setter.

Au centre du cercle ainsi formé, un imposant feu de bois lançait vers la voûte invisible d'énormes flammes rouge et jaune. Tout autour, derrière le cercle des sinistres silhouettes, une cage fantastique formée d'os de baleine se découpait en ombres chinoises sur les parois, chaque fois qu'une flamme se dressait plus haut que les autres.

Apportés là un à un, ou bien derniers vestiges d'un cétacé immobilisé par une coulée de lave, ces os soigneusement assemblés et collés donnaient à la scène un caractère irréel que venaient encore renforcer les fresques décorant les murs.

Des araignées stylisées, des crocodiles aisément reconnaissables à leurs silhouettes allongées et leurs gueules ouvertes s'intercalaient entre les triangles et les différents symboles géométriques caractéristiques de la magie africaine.

Le chien se coucha sur le sol inégal, enfouit son museau entre ses pattes étroitement serrées. Ses yeux erraient follement sur la mystérieuse assemblée. Qui étaient ces gens ? Quel était ce bruit qu'ils produisaient avec ces instruments bizarres ? Pourquoi ne parlaient-ils pas ? Pourquoi ne bougeaient-ils pas ? Le chien ne comprenait pas. Son instinct lui disait que ces gens étaient foncièrement mauvais et qu'il aurait dû fuir à toute allure, mais à leur odeur se mêlait celle des enfants, connue, rassurante, sans danger… Il demeura immobile, indécis, à contempler la mystérieuse assemblée dont il ne comprenait ni les buts ni les motivations.

Sur les peaux tendues, les mains s'étaient faites plus rapides. C'était un roulement continu qui sortait à présent des caisses de résonance.

Doucement tout d'abord, au point que cela paraissait une illusion, puis plus fort, les étranges personnages se mirent à chantonner, bouches fermées. Simultanément, cinq des sombres silhouettes avaient commencé à osciller sur place, les deux personnages les plus éloignés restant rigoureusement immobiles, comme s'ils présidaient la cérémonie.

Les flammes crépitaient, projetant sur les murs l'ombre fantastique du squelette du cétacé. Autour de l'assemblée, accrochés à un mètre du sol, directement sur les côtes du mammifère marin, sept masques nègres semblaient contempler la scène avec un plaisir morbide, comme s'ils s'étaient réjouis à l'avance de quelque horrible action dont cette cérémonie constituait le prélude.

Une antique incantation sortit de la bouche d'un des personnages, aussitôt reprise par tous les autres. Les mots s'enchaînaient, gutturaux, étranges. Les sonorités barbares qui ne semblaient pas faites pour être prononcées par un gosier humain s'entrechoquaient sous la voûte de pierre volcanique, tandis que les oscillations des cinq personnages les plus proches du chien s'accéléraient. L'un de ceux-ci se dressa soudain et jeta une poignée de poudre dans le feu. Une flamme bleue s'éleva, jusqu'à l'épine dorsale du fantastique squelette, en projetant les ombres sur les murs comme pour les y clouer. Une épaisse fumée éclata au sommet de la flamme.

Terrorisé, Dickie gémit et enfonça son museau dans

le sol. Comme si elles l'avaient entendu malgré le roulement des tambours, les silhouettes s'immobilisèrent.

Une main sortit d'une manche de bure, se tendit pour désigner l'animal. Aussitôt, d'imposantes lames apparurent entre les poings serrés des membres de la sinistre assemblée, qui se levèrent en silence. Les flammes arrachaient de menaçants reflets aux lames des sabres d'abordage qui, malgré leur grand âge, avaient conservé leur tranchant et leur redoutable pouvoir de donner la mort.

Les yeux braqués sur la horde malveillante, Dickie se dressa à son tour. Le poil hérissé, il gronda un court instant vers les sombres silhouettes. Pendant quelques secondes, la scène parut figée, comme si tous les protagonistes allaient rester pour l'éternité bloqués dans la position qu'ils occupaient. Puis, brusquement, comme répondant à un invisible signal, les sabres se dressèrent vers le plafond, tandis qu'éclatait un concert de hurlements.

Avec un jappement de terreur, le setter fit volte-face et s'enfuit par la galerie qu'il avait déjà empruntée. Derrière lui, le groupe le suivait de près, en poussant des cris hystériques.

Le setter filait droit devant lui, se heurtant aux parois, s'écrasant contre les murs chaque fois que le tunnel formait un coude… Alors que ses poursuivants ne marquaient pas la moindre hésitation et paraissaient y voir comme en plein jour.

Ce chemin, que le chien avait suivi sans difficulté pour venir, tournait à présent au calvaire. Le museau de l'animal saignait, et son flanc portait une éraflure, longue ligne de douleur laissée par une aspérité de la paroi volcanique.

Derrière lui, les hurlements résonnaient sous la voûte basse. Heurtant une nouvelle fois le mur, le chien tomba à terre. Un regard terrifié jeté en arrière afin de voir où en étaient ses poursuivants ne lui servit à rien, dans l'obscurité totale où il se trouvait. S'il avait pu voir, il aurait constaté qu'aucun d'eux n'atteignait le plafond du boyau.

Fou de terreur, le chien déboucha finalement dans la première salle, qu'il traversa d'un bond. Il franchit l'entrée de la grotte, atterrit dans les vagues qui venaient lécher l'ouverture, sans même sentir la brûlure du sel marin sur ses blessures.

Dérapant dans le sable humide, il roula sur lui-même, se releva et fila d'une traite le long du marais en direction de la forêt toute proche.

Derrière lui, ses poursuivants s'étaient arrêtés à l'entrée de la caverne. Aucun d'eux n'avait posé le pied à l'extérieur. Ils demeurèrent un instant immobiles, silencieux. Puis, d'un seul mouvement, ils firent demi-tour et disparurent de nouveau dans le boyau menant à leur repaire.

Dissimulé dans le marais, le crocodile regarda passer le chien et le suivit d'un œil vaguement intéressé. Le setter était trop loin pour représenter une proie possible, et le crocodile n'avait pas faim. De plus, il avait tout son temps.

Allongée sur la plage où elle se faisait dorer en profitant de ce que le soleil semblait bien être là pour tout l'après-midi, Kelly vit le chien accourir vers elle. La pauvre bête paraissait affolée, et la jeune Anglaise se redressa sur un coude pour la regarder approcher. Vaguement inquiète, elle scruta la forêt, s'attendant presque à voir quelque fauve déboucher des buissons sur les traces du setter.

Tout avait l'air calme et silencieux. Rien ne semblait motiver la terreur du chien, qui passa à côté d'elle sans s'arrêter, l'aspergeant de sable, pour disparaître en direction de la maison.

Kelly demeura un instant en équilibre sur le coude, à observer la forêt. Puis son regard se déporta sur la gauche et erra sur le marais qu'elle distinguait à quelques centaines de mètres. Juste derrière, masse sombre sur le gris du ciel, l'éperon rocheux ressemblait à quelque monstre antédiluvien émergeant de la boue. D'où pouvait bien venir le chien ? Qu'est-ce qui l'avait terrifié à ce point ?

La jeune fille frissonna. Lentement, elle se rallongea sur le sable gris, la tête tournée dans la direction du marais. Elle aurait préféré se lever, regagner la maison, ne pas rester seule sur cette plage… Mais elle venait tout juste d'arriver. Si elle rentrait tout de suite, on lui demanderait pourquoi. Que pourrait-elle répondre ? Dire la vérité ? Qu'elle était seule et qu'elle avait pris peur en voyant le chien courir ? On la prendrait pour une folle. Et elle n'avait vraiment pas besoin de ça en ce moment.

Kelly n'était pas folle. Elle le savait. Elle refusait même d'envisager cette hypothèse. Simplement, il y avait ici quelque chose qu'elle percevait, et dont les autres n'étaient pas conscients. L'attitude du chien venait confirmer ses craintes. Qu'avait-il vu, qu'avait-il découvert de si effrayant ? Qu'y avait-il sur cette île qui les menaçait ?

La jeune fille serra les poings jusqu'à se faire mal. Tout l'inquiétait depuis qu'elle avait posé le pied en Afrique. Il y avait eu tout d'abord cette « vision » à l'aéroport. Ensuite ce cauchemar dont elle avait eu toutes les peines du monde à s'extirper. La scène du jeu d'échecs lui revint également en mémoire, étonnamment précise. Depuis, elle avait vaguement tenté d'en parler avec Alexandre, mais chaque fois qu'elle avait abordé le sujet, il avait changé de conversation. Lui aussi avait vu quelque chose. Elle en était certaine.

Elle ferma les yeux, souhaitant de toutes ses forces ne pas avoir à revivre les heures d'angoisse qu'elle avait connues à sa puberté, lorsque les objets et les pierres volaient quotidiennement autour d'elle. Elle ne voulait plus revoir les traits creusés de sa mère, les gestes nerveux de son père, leurs regards furtifs par-dessus l'épaule, alors qu'ils s'attendaient toujours à voir quelque chose leur tomber sur la tête. Elle ne voulait plus revivre ces moments-là, et savoir qu'elle était la seule cause de leurs soucis.

En cet instant, elle aurait donné tout ce qu'elle possédait pour pouvoir ouvrir les yeux et se retrouver en Angleterre. Mais elle était en Afrique. Regagner son pays, retrouver sa famille, ne se ferait pas avant quelques semaines.

Bien sûr, il lui restait la possibilité d'avancer son retour, mais elle ne pouvait pas faire ça à Irène, ni à Raoul, qui avaient eu la gentillesse de l'inviter ici en pensant lui faire plaisir. Elle ne pouvait pas partir au bout d'une dizaine de jours, sur la foi d'une vague inquiétude. Car, selon eux, il ne s'agissait que de ça : une vague inquiétude. Pour elle, son inquiétude n'avait rien de vague. Elle sentait une menace planer et cette menace se précisait de jour en jour, presque d'heure en heure.

Quelque chose, ou quelqu'un, sur cette île était acharné à leur perte. Elle en était convaincue.

Le problème était qu'elle ne pouvait s'en ouvrir à personne sous peine de passer pour une folle.

Même Raoul, qui était aux petits soins pour elle depuis son arrivée, ne voudrait pas entendre parler de ses « prémonitions », tant qu'elle n'aurait pas de solides arguments à apporter à l'appui de ses craintes.

Elle enfouit son visage dans son coude, crispant les paupières pour contenir ses larmes. Il lui suffisait de tenir quelques semaines. Juste quelques semaines.

Chapitre 11

Quand les autres arrivèrent à leur tour sur la plage, ils trouvèrent Kelly allongée, la tête dans le repli du coude. Croyant qu'elle dormait, et soucieux de ne pas la déranger, ils s'éloignèrent de quelques pas et finirent par s'installer à une dizaine de mètres d'elle.

Ils étaient tous là, à l'exception d'Alexandre, qui avait préféré rester sous la véranda pour lire en étant assis confortablement, et des enfants, qui avaient disparu en direction de l'arrière-cour dès le repas terminé.

Gérard déplia sa serviette un peu à l'écart des autres et posa à côté de lui le livre qu'il avait apporté. Les yeux fermés, il s'allongea sur le dos.

Pour la première fois depuis qu'ils s'étaient mariés, Gérard envisageait sérieusement de se séparer d'Annie.

Jusqu'à présent, leur ménage avait progressé tant bien que mal vers ce qu'il était convenu d'appeler un bonheur tranquille. Il avait mené sa petite vie de journaliste au journal local, tandis qu'elle enseignait au lycée de Saint-Germain-en-Laye. Claude et Richard étaient venus en temps et en heure, ni trop tôt ni trop tard. Ils grandissaient normalement et ne leur causaient pas de soucis particuliers.

La conversation avec son frère n'avait cessé de résonner dans son crâne depuis son réveil. Raoul avait raison. S'il continuait sur sa lancée, il finirait dans la peau d'un journaliste miteux, sans doute alcoolique, et en tout cas inconnu et sans le sou. Quel que soit l'angle sous lequel il examinait sa vie et son avenir, Gérard n'échappait pas à cette scène finale : un peu de terre sur sa tombe et un nom dont personne ne se souviendrait cinq ans après sa mort. La comparaison avec le destin dont il avait rêvé à dix-huit ans était accablante : il était un raté, et il venait d'en prendre conscience.

La vérité était amère à accepter.

Bien sûr, songea-t-il, il n'était pas entièrement responsable de cette faillite. Il s'était marié trop tôt et il avait bien fallu consacrer du temps à sa jeune épouse. Autant de temps pris sur celui qu'il aurait dû passer à écrire tous ces romans dont il rêvait quelques années auparavant. Il lui avait fallu travailler. Ce métier de journaliste, qu'il n'avait pris que comme un tremplin vers une plus glorieuse carrière, il avait dû le conserver : n'avait-il pas alors deux enfants à nourrir ?

Les choses auraient certainement été beaucoup plus faciles pour lui si Annie y avait mis un peu du sien. Mais lui avait-elle jamais proposé de cesser de travailler le temps de se mettre à écrire et de gagner correctement sa vie ? Non ! Jamais ! Bien trop attachée à son petit confort, la dame ! Pas question de se serrer un peu la ceinture pour permettre à son mari de s'épanouir. Elle avait pourtant un bon métier : un prof, ça ne risquait pas le chômage !

Évidemment, il était également un peu responsable. Il devait reconnaître que son métier lui laissait assez de temps libre pour écrire. Il aurait pu sans difficulté écrire une ou deux pages par jour. Il aurait même pu le faire à la rédaction sans que personne s'en rende compte ou y trouve à redire. Mais comment écrire dans une telle ambiance ? Et surtout, comment écrire le soir en rentrant chez soi quand on n'a fait que cela pendant toute la journée ? Non, le seul moyen de se mettre sérieusement à écrire, il en était convaincu, c'était de tout arrêter pour ne plus faire que ça. Sinon, autant continuer comme il le faisait à présent, autant pondre des merdes tout au long de l'année, des merdes dont on savait à l'avance qu'elles seraient publiées, même si elles comptaient trois fautes par phrase et ne voulaient rien dire. Des merdes interchangeables, vagues résumés d'assemblées générales auxquelles il n'était même pas nécessaire d'assister pour en faire le compte rendu, récits de retraites aux flambeaux pour lesquels il suffisait de recopier l'article de l'année précédente…

Il pouvait continuer ainsi, s'il le désirait, dans la médiocrité payante.

Gérard se retourna sur le ventre, aplanit une surface de sable sur laquelle il traça de mystérieux dessins cabalistiques.

Le constat d'échec était dressé, il lui fallait à présent prendre une décision.

Un peu plus haut sur la plage, dans son champ de vision, Irène s'allongea également sur le ventre.

Irène n'est pas le même genre de femme qu'Annie, songea-t-il. Irène aurait été tout à fait disposée à se sacrifier totalement pour permettre à son mari de réussir. N'avait-elle pas tout quitté pour suivre Raoul ici, au fin fond de l'Afrique ?

Il se prit à rêver qu'il était marié à Irène et qu'il lui annonçait qu'elle allait devoir cesser de travailler, qu'elle allait devoir prendre des vacances pendant un an ou deux, pour lui permettre, à lui, de devenir enfin celui qu'il avait toujours rêvé d'être.

Irène aurait certainement été prête à l'épauler. C'était tout à fait le genre de femme à faire des heures supplémentaires pour qu'il puisse cesser de travailler pendant deux ans, si cela devait lui permettre de percer.

Bon Dieu ! Ce qu'il demandait à Annie n'était pourtant pas si terrible ! Prendre deux ans de vacances ! Qui aurait refusé une telle aubaine ?

Mais si, justement, Annie refusait de se soumettre le moment venu et décidait de rentrer en France avec ou sans lui ?

Rapidement, il se mit à compter. Si Raoul lui versait le salaire promis, il devrait pouvoir envoyer à Annie une pension alimentaire largement suffisante pour que les enfants ne manquent de rien.

Et plus il y songeait, plus cette séparation lui apparaissait comme provisoire et salutaire pour tous deux. Pour un peu, il aurait pensé « pour tous quatre ».

Il se retourna sur le dos et regarda le ciel. De lourds nuages noirs se massaient à l'horizon et semblaient venir vers eux. Il ferma les yeux et commença à tracer les grandes lignes de ses projets.

Chapitre 12

Tenant François par la main, tandis qu'Alexandre marchait à son côté en lui posant parfois une question sur la flore à laquelle il était bien en peine de répondre, Hubert avançait lentement pour ne pas distancer ses deux autres fils qui suivaient, quelques pas en arrière.

Devant eux courait le setter, les abandonnant pour revenir ensuite vers eux, trotter quelques instants à leurs côtés, avant de bondir autour du petit groupe et de filer de nouveau droit devant, le long du sentier.

Les enfants ayant exprimé le désir d'aller se promener en forêt, Hubert avait décidé de les accompagner, de crainte qu'ils ne se perdent encore. Seuls ses propres enfants et Alexandre étaient venus. Ceux de Gérard étaient sur le continent, où Annie achetait quelques souvenirs pour leur retour, dont la date commençait à approcher.

Après avoir longé la plage, la petite troupe s'était engagée dans un étroit sentier serpentant entre les palétuviers, à la suite de Dickie qui semblait être sur une piste. La truffe collée au sol, il les précédait d'une dizaine de mètres, s'arrêtant parfois pour s'assurer qu'ils suivaient. Peu à peu, la végétation s'était transformée, les palétuviers cédant la place à des buissons plus touffus, ressemblant à de grosses fougères.

Ils s'étaient enfoncés d'une centaine de mètres à l'intérieur de l'île ; le bruit des vagues s'était peu à peu estompé, étouffé par l'abondante végétation. Autour d'eux, cachés sous les frondaisons, des oiseaux chantaient et s'interpellaient en sifflant, signalant peut-être le passage des humains sous leurs nids.

Parfois, un mouvement furtif dans les buissons trahissait la fuite de quelque petit animal effrayé par leur arrivée.

Dickie, qui flairait le sol en suivant toujours l'odeur qu'il avait relevée sitôt quitté la plage, s'arrêta soudain. Sous son museau, une mince cordelette de cuir l'intriguait. La corde était tendue en travers du sentier et dissimulée par des feuilles.

Alexandre, qui marchait toujours près d'Hubert, vit son chien immobilisé, flairant quelque chose que lui-même ne pouvait pas voir.

– Je crois que Dickie a trouvé quelque chose, dit-il.

Si Dickie avait été un humain, et non un chien, il aurait sans doute deviné le piège. Mais c'était un animal, élevé en ville, où les pièges s'appelaient automobiles et portes automatiques. Il n'avait jamais vu de piège fabriqué dans la jungle africaine. Il renifla la corde, rien ne se produisit. Il y avait juste cette odeur, semblable à celle qui régnait dans la grotte…

Derrière lui, les humains approchaient. Il allait pouvoir leur montrer sa trouvaille. Peut-être pourraient-ils même sentir l'odeur qui imprégnait cette corde.

Alexandre, qui entre-temps s'était suffisamment approché, découvrit soudain la corde. Bien que jeune, il avait beaucoup lu. Il comprit tout de suite de quoi il s'agissait.

– Dickie ! hurla-t-il.

Trop tard. Le chien avait poussé la corde du bout du museau, pour voir.

Toute la végétation autour d'eux sembla soudain s'animer. À gauche et à droite, du haut des frondaisons, transperçant les feuilles épaisses qui jusque-là les dissimulaient aux regards, des javelots fusèrent, tous braqués sur le même point situé environ à un mètre trente du sol, à la verticale de la cordelette, au milieu du sentier.

Si les épieux n'avaient été disposés que de part et d'autre du chemin, le chien leur aurait sans doute échappé, car ils s'entrechoquèrent violemment au-dessus de lui avant de tomber en bloc sur la droite du sentier. Mais certains d'entre eux avaient également été placés en hauteur, de façon à tomber verticalement sur la cordelette. L'un d'eux frappa le chien de plein fouet, le transperçant avant de le river au sol.

Le setter eut un jappement de douleur. Une flaque de

sang apparut sous lui, tandis qu'une autre se formait sur son flanc, là où était entrée l'arme meurtrière. Transpercé de part en part, le chien hurla un court instant. La bave lui coulait de la gueule. Il fit un effort démesuré pour tourner la tête en arrière. La gueule ouverte, il tenta d'attraper le bois. Ses crocs se refermèrent sur le vide avec un claquement, à quelques millimètres à peine de l'arme qui le tuait. Il ouvrit de nouveau la gueule, mais déjà ses yeux se voilaient. Sa gueule se referma avec un frémissement, et sa tête s'inclina sur le côté.

Cloué au sol, le chien était mort.

– Dickie ! hurla Alexandre, qui était resté pétrifié pendant les trois ou quatre secondes qui venaient de s'écouler.

Recouvrant d'un coup l'usage de ses membres, il se précipita en avant.

Par réflexe, Hubert le rattrapa par le bras. Le gamin se débattit, essaya d'échapper à l'étreinte de son oncle, qui dut crisper le poing et s'arc-bouter pour le retenir. Les doigts encastrés dans le biceps d'Alexandre, Hubert jeta un regard affolé sur les autres enfants. Sa main droite agrippait celle de François si fort que l'enfant se mit à sangloter. Heureusement, ses deux autres fils, derrière lui, avaient trop peur pour oser s'approcher. Ils s'étaient serrés l'un contre l'autre et ne bougeaient plus, ne disaient plus un mot.

– Papa, tu me fais mal ! sanglota François.

– Dickie ! hurlait Alexandre.

Les doigts qui lui emprisonnaient le bras glissèrent et il tenta un suprême effort pour leur échapper. Comprenant qu'il allait le perdre, Hubert lâcha François pour empoigner Alexandre à bras-le-corps.

– Alexandre ! Alexandre, calme-toi !

Autour d'eux, les trois enfants restaient pétrifiés. Leurs regards allaient du chien à leur père, puis à leur cousin. Ils ne comprenaient pas. Ils avaient peur.

– Ne bougez pas, leur ordonna-t-il, bien qu'aucun d'eux n'ait fait mine d'avancer. Alexandre, calme-toi. Nous ne pouvons plus rien faire pour lui.

Peu à peu, les soubresauts du gamin s'estompèrent. Ses cris se firent moins perçants. Hubert, qui sentit le fléchissement, desserra son étreinte. Il tourna son neveu vers lui, s'accroupit pour se trouver à peu près à sa hauteur. Alexandre éclata finalement en sanglots, se jeta dans les bras de son oncle. Il enfonça son visage dans le creux de l'épaule d'Hubert, comme s'il espérait s'y noyer et oublier la scène horrible dont il venait d'être le témoin. Gêné, Hubert ne savait comment répondre à la douleur de son neveu.

– Dickie ! murmurait l'enfant entre deux sanglots.

– Nous allons rentrer, lui dit doucement Hubert. Vous ne devez pas rester là. Il y a peut-être d'autres pièges dissimulés dans les buissons. Ne touchez à rien. Allez, on rentre.

– Non ! cria Alexandre. Je ne veux pas laisser Dickie ! Mon chien !

De nouveau, Hubert dut user de toute sa force pour retenir l'adolescent qui tentait de courir près du cadavre de l'animal.

– Calme-toi, lui répéta-t-il. Nous reviendrons le chercher, je te le promets.

L'adolescent semblait sourd. Il ne pensait manifestement qu'à une chose : aller serrer son chien dans ses bras, comme si par ce geste il avait pu le ramener à la vie.

Hubert jeta un regard inquiet sur les buissons qui les entouraient. Il lui avait semblé entendre quelque chose. Les hurlements de l'enfant n'auraient-ils pas attiré celui ou ceux qui avaient tendu ce piège ? N'allaient-ils pas jaillir brusquement d'entre les feuillages pour les exterminer tous ? Que pourrait-il faire, alors, seul, pour protéger les enfants ?

– Cela suffit maintenant ! gronda-t-il dans l'oreille de son neveu. Tu vas m'obéir. Nous allons rentrer, même si je dois te porter ! Il faut mettre les petits à l'abri et prévenir ton père. Nous reviendrons, je te le promets. Mais à présent il faut filer d'ici, et vite !

Alexandre se tut et leva vers lui un regard intrigué. D'un revers de main, il sécha ses larmes. Sur le visage de son oncle, il devinait l'inquiétude, le sentait tendu. À son tour, il parcourut d'un regard méfiant les buissons qui les entouraient.

– Tu as entendu quelque chose ? murmura-t-il.

Hubert hésita. Il craignait d'effrayer l'adolescent. D'un autre côté, ils n'avaient guère de temps à perdre si les poseurs de pièges étaient réellement dans les parages.

– Je ne sais pas, avoua-t-il finalement. Il m'a semblé, mais je n'en suis pas sûr. Je crois qu'on ferait mieux de rentrer.

Alexandre opina, essuya ses larmes.

– Je peux te lâcher, tu ne feras pas de bêtises ? lui demanda Hubert.

– Non.

Il le libéra donc, se redressa, prêt à bondir sur l'adolescent si celui-ci faisait mine de se diriger vers le chien. Mais Alexandre semblait avoir également perçu le danger. Après un dernier regard en direction du setter, il lui tourna résolument le dos.

– Venez, dit-il en prenant la main de Patrick. Il faut rentrer.

Sans dire un mot, les enfants firent demi-tour et repartirent en direction de la plage.

Hubert prit chacun des deux plus jeunes par une main, et leur fit accélérer l'allure en serrant les dents, luttant contre l'envie de se mettre à courir avec un enfant dans chaque bras. Il s'attendait à chaque instant à recevoir une flèche ou une sagaie dans le dos et chaque pas qu'il faisait lui apparaissait comme une victoire. Derrière lui, la jungle était emplie de frémissements imperceptibles, de craquements sinistres, de bruits étranges, comme si une armée entière avait marché sur leurs traces.

Les deux enfants avaient du mal à suivre son allure. Leurs petites jambes ne leur permettaient pas de marcher aussi vite que lui, et s'ils avaient eu peur en voyant mourir le chien devant eux, ils ne comprenaient pas à présent pourquoi il leur fallait courir. Hubert s'arrêta soudain et, se baissant, prit un gosse sous chaque bras.

– Accrochez-vous, dit il en les soulevant.

Les deux enfants se cramponnèrent à son cou, se demandant ce qui pouvait bien leur valoir un tel traitement.

– Dis, papa, il est mort, Dickie ? demanda François.

– Non. Enfin… si.

– Pourquoi il est mort ? insista Alain.

– C'est un accident. Des chasseurs ont tendu un piège pour le gibier, répondit Hubert en repartant à grands pas.

Derrière lui, Alexandre et Patrick suivaient. La plage n'était plus qu'à une cinquantaine de mètres. Il reprit espoir ; ils allaient y arriver. Peut-être n'y avait-il personne derrière eux.

– Il y a des chasseurs ? demanda Alain.

– Oui.

Au moment où il répondait, Hubert sentit la peur l'envahir pour de bon. Il n'y avait pas de gros gibier dans l'île. Aucun animal n'était d'une taille suffisante pour justifier un tel piège. De plus, le piège avait été tendu en travers d'un sentier tracé par les ouvriers venus restaurer la maison. Il leur était donc destiné ! Mais pourquoi ? Qui pouvait en vouloir à ce point à Raoul ou à sa famille ? Qui pouvait le haïr suffisamment pour tendre un tel piège ?

Et surtout, où pouvait bien se trouver cet ennemi ? Le domaine de Raoul s'étendant sur une île, cela limitait singulièrement le champ des recherches.

Les derniers mètres lui parurent les plus difficiles qu'il ait jamais eu à franchir. Si quelque chose devait se produire, ce serait maintenant. Après, il serait trop tard. Devant lui, à moins de dix mètres, la forêt s'achevait. Déjà, les buissons avaient disparu pour laisser la place à d'innombrables troncs de palétuviers emmêlés. Au moins personne ne pouvait-il se dissimuler en lisière de la forêt. Les buissons s'étaient espacés derrière eux, et s'éloignaient à chaque pas qu'ils faisaient. Pourtant, Hubert savait qu'ils n'étaient pas encore tirés d'affaire. Une sagaie vigoureusement lancée n'aurait eu aucune peine à les rejoindre, non plus qu'une flèche. Sans parler d'une balle de fusil. Mais, curieusement, il ne pensait pas avoir à craindre un coup de fusil. Le piège dans lequel était tombé Dickie était trop primitif pour que l'association se fasse dans son esprit avec une arme moderne. Et c'était peut-être ce qui l'effrayait le plus.

Qui pouvait avoir posé un tel piège en plein vingtième siècle ? Quel était l'être assez sauvage pour concevoir un piège à base d'épieux, d'arbres pliés et de lianes tendues ?

Quand enfin ils franchirent la limite de la forêt, il poussa un profond soupir de soulagement. Alexandre et Patrick le suivaient de près.

– Dépêchons-nous, dit-il en partant au pas de course.

Alexandre et Patrick l'imitèrent. Il commença par filer en diagonale, de façon à s'éloigner de la lisière des bois et à se mettre hors de portée d'une arme de jet. Sur la plage, inconscientes de l'angoisse qu'il venait de connaître, Irène et Geneviève étaient étendues sur le sable en compagnie de Gérard. Plus loin, il distinguait également Kelly. Raoul ne semblait pas être là. Sans doute était-il enfermé dans son bureau, comme à son habitude, comptant et recomptant sa fortune.

Hubert courut vers eux, les appelant dès qu'il se trouva à portée de voix. Ils redressèrent la tête en l'entendant, remarquèrent qu'il portait deux de ses fils et qu'il courait, livide, suivi de près par Alexandre qui entraînait Patrick. Ils se redressèrent, pressentant un malheur.

– Vite, dit-il, quand il fut suffisamment près d'eux pour ne pas avoir à crier. Dickie est mort.

– Mort ?

Irène porta la main à sa bouche, comme si elle allait la mordre.

– Mais comment ?

Hubert posa les enfants à terre, s'octroya quelques secondes pour reprendre son souffle avant de répondre :

– Tué, dit-il finalement. Tué dans un piège qui nous était destiné. Il faut prévenir Raoul.

Chapitre 13

Gérard, le dos tourné au groupe, scrutait les buissons avec inquiétude. Ses paumes étaient moites et glissaient sur le bois de la 22 long rifle. Il aurait préféré avoir le riot gun, mais Raoul l'avait pris et il n'y avait pas eu à discuter. Il avait dû opter pour la réplique de Kalachnikov, au chargeur garni, il est vrai, de trente cartouches.

Autour d'eux, la jungle était silencieuse, sans qu'il fût possible de dire si ce silence était dû à leur présence, ou à celle d'autres êtres, responsables de la mort du chien.

Dès qu'il avait vu le cadavre du setter, Gérard s'était trouvé replongé dans sa terreur de l'autre nuit. Il y avait donc bien quelqu'un sur l'île, quelqu'un qui leur voulait du mal. Et il n'avait sans doute pas rêvé, l'autre soir, en pensant qu'on les suivait.

Laissant Raoul et Hubert s'occuper du chien, il avait de lui-même pris un tour de garde, s'attendant à tout instant à voir déferler une horde de sauvages armés de sagaies et de machettes, au détour du sentier. N'Gombala, qu'ils avaient amené avec eux, ne semblait guère plus rassuré que lui.

Sitôt après l'apparition d'Hubert sur la plage, ils étaient tous rentrés précipitamment à la maison. Les enfants une fois mis en sécurité, Raoul avait ouvert le râtelier et distribué les armes.

Ce faisant, il avait grommelé quelque chose que personne n'avait compris, mais son air sombre parlait pour lui : si quelqu'un cherchait la guerre, il l'aurait. Il s'était donc arrogé le fusil à pompe, tendant la Kalachnikov et le chargeur garni à Gérard. Le superposé était resté à la maison, à la disposition des femmes, au cas où…

Puis ils avaient appelé N'Gombala, promu de par ses origines au rang de spécialiste de l'Afrique et des pièges africains.

Après avoir recommandé aux trois femmes de ne pas quitter la maison jusqu'à leur retour, les quatre hommes s'étaient mis en route, allant d'un bon pas en direction du sentier où le setter avait trouvé la mort.

Agenouillé sur le sol, penché sur le cadavre du chien, Raoul semblait perplexe. Il examina l'épieu sans y toucher, en prit un autre sur le sol, les compara…

– Ils ont été taillés tout récemment, dit-il. Regardez : le bois est encore vert. La corde par contre a l'air très ancienne.

Effectivement, la cordelette de cuir tressé ne paraissait pas de première jeunesse. Cassée en plusieurs endroits, elle avait été rafistolée à l'aide de nœuds grossiers. Le cuir qui la composait paraissait extrêmement vieux. Jauni, racorni, il était tellement râpé par endroits qu'il ressemblait à du chanvre usé.

– Je ne sais pas où le type qui a posé ce piège s'est fourni, mais celui qui lui a vendu cette corde l'a sacrément roulé ! murmura Raoul.

– Pas tant que ça, fit remarquer Hubert. Si le chien n'avait pas foncé dedans, l'un de nous y serait sans doute passé : le piège a bien fonctionné comme prévu, seule la victime n'était pas la bonne.

Raoul resta songeur. Il se redressa, scruta les buissons qui bordaient le sentier.

– Reculez, dit-il.

Les autres obtempérèrent aussitôt, en prenant bien soin de rester au milieu du sentier et de ne surtout pas toucher à la moindre branche.

Prudemment, le fusil braqué devant lui et prêt à tirer, Raoul écarta les feuillages en s'aidant d'un épieu qu'il avait ramassé sur le sol. Après avoir fouillé les buissons pendant quelques secondes, Raoul mit finalement au jour un étrange assemblage de gouttières et d'arceaux reliés entre eux par des filins de cuir dans le même état de délabrement que celui qui barrait le sentier. Après avoir forcé quelques instants sur la machine infernale, Raoul acquit la certitude qu'il n'y avait plus de javelots braqués sur eux et qu'il pouvait relâcher sa garde.

– Vous pouvez approcher, dit-il. Voilà le piège qui a tué Dickie.

– C'était peut-être destiné aux animaux ? hasarda Hubert, qui savait déjà que sa suggestion était idiote.

– Quels animaux ? répondit tout de même Raoul. Il n'y a pas d'animaux de grande taille sur l'île. Et tu m'as dit toi-même que les épieux se sont croisés à un mètre cinquante du sol. Sans compter que le piège est disposé de chaque côté d'un chemin que nous avons dégagé ! Non, le piège devait prendre un humain. L'un d'entre nous ! C'est un miracle que seul le chien ait été tué. Qu'en penses-tu, N'Gombala ?

Le cuisinier s'avança en grimaçant. Il frottait ses mains l'une contre l'autre, comme pour les laver. Manifestement, il n'aimait pas ça.

– C'est vrai, dit-il. C'est un piège pour les hommes. Mais ce n'est pas un Bamiléké qui a fait ça.

– Qu'en sais-tu ?

– Les Bamilékés ne font pas comme ça. Les Bamilékés ne chassent jamais de cette manière. C'est un piège de petit homme, ça.

N'Gombala jeta un regard inquiet autour de lui, comme si d'innombrables ennemis pouvaient être tapis sous les frondaisons et les épier.

– Pygmées ! murmura-t-il dans un souffle.

Gérard raffermit sa prise sur la carabine. Des scènes de films repassaient devant ses yeux. Tarzan. Les flèches qui volent, les porteurs qui s'écroulent, et les pygmées qui se dressent lentement au-dessus des herbes qu'ils dépassent à peine. Amusant à voir au cinéma. Beaucoup moins amusant quand on se demandait si la même scène n'allait pas se dérouler pour de bon dans quelques secondes, avec vous dans le rôle de la victime. Il déglutit, resta avec un goût de cendres dans la bouche.

– Impossible ! trancha Raoul. Il n'y a pas de pygmées dans la région. Ils vivent plus au nord, de l'autre côté du mont Cameroun !

Le visage dur et décidé, Raoul semblait avoir enfin renoncé à porter un masque. Le sourire faussement amical qu'il arborait du temps où il vivait à Paris avait disparu. À sa place se trouvait à présent un rictus amer. La bouche n'était plus qu'un pli dur et froid, les lèvres, deux traits plus sombres tracés entre le nez et le menton. Gérard sentit ses cheveux se hérisser sur sa nuque en comprenant qu'il voyait enfin le vrai visage de son frère. Le fait qu'il ait été de son côté ne le rassurait guère ; pouvait-on vraiment être du côté d'un tel homme ? Raoul n'était-il pas seul contre tous, à jamais ?

La proposition qu'il lui avait faite lui revint brusquement à l'esprit. Il n'était plus tellement sûr maintenant de vouloir rester avec lui, même en tenant compte des avantages.

Raoul paraissait vraiment fait pour ce continent : il en avait la sauvagerie à fleur de peau et les noirceurs insondables au fond de l'âme. Mais lui, Gérard, pourrait-il supporter d'être constamment pris entre les deux adversaires : Raoul d'un côté et l'Afrique de l'autre ? Il frissonna, mais cette fois la crainte d'un ennemi invisible n'y était pour rien.

– On va quand même aller les voir ! décida Raoul, avec le même hochement de tête qu'il avait, enfant, quand il se butait.

– Qui ça ?

Gérard avait déjà compris de qui parlait son frère, mais il lui semblait qu'en posant la question il rendait les choses moins évidentes, moins inéluctables, il lui semblait que peut-être il serait possible de discuter, et donc d'éviter une issue tragique.

– Les Bamilékés du bout de l'île.

– Mais puisque N'Gombala dit que ce ne peut pas être eux…

– Non. N'Gombala a dit que la technique utilisée n'était pas bamiléké. Mais rien ne dit qu'un petit malin n'a pas utilisé cette technique justement pour détourner les soupçons. Une bonne discussion devrait permettre de tirer ça au clair. Vous n'êtes pas forcés de me suivre.

Ayant dit ce qu'il avait à dire, il enjamba la cordelette et s'engagea sur le sentier, dans l'intention évidente de traverser toute l'île jusqu'au village bamiléké.

– Si tu y vas comme ça, lui fit remarquer Hubert, tu vas te faire transpercer au prochain piège.

– Il suffit de faire attention !

– Tu parles ! Ceux qui ont installé ce piège connaissent la jungle comme leur poche. Ils sont nés dedans. Ils font partie de la jungle ! Et toi tu débarques avec tes yeux d'Européen. Tu n'as pas l'ombre d'une chance !

Raoul s'arrêta, réfléchit un instant.

– Tu as sans doute raison, reconnut-il. On va attendre qu'Annie revienne, puis on prendra le bateau et on fera le tour par la mer. En cas de coup dur, ça nous permettra de filer plus rapidement.

Il ne précisa pas ce qu'il entendait par « coup dur », mais Gérard sentit brusquement sa bouche se dessécher.

Chapitre 14

Raoul sauta dans l'eau, suivi de N'Gombala, qu'il avait amené comme interprète. Sur le rivage, les Bamilékés s'étaient rassemblés dès que l'approche du Chris Craft leur avait été signalée, et ils les regardaient venir avec curiosité. Après une hésitation, Hubert suivit son frère. Gérard, affecté à la garde du bateau, se tenait debout le long du bastingage. À ses pieds, la 22 long rifle était prête à entrer en action, en cas de besoin. La gorge sèche, Gérard espérait ne pas devoir en arriver là.

Dans l'eau jusqu'à mi-cuisses, les trois hommes avançaient lentement vers le village, Hubert faisant de grands efforts pour rejoindre ses deux compagnons avant qu'ils n'aient pris pied sur la plage.

Le chef bamiléké s'avança vers eux, un grand sourire barrant son visage sombre. Lequel sourire s'éteignit quand il vit la mine renfrognée de Raoul.

Arrivés sur le sable sec, les Européens s'immobilisèrent, imités en cela par leur cuisinier et interprète. Pendant de longues secondes, les deux groupes se toisèrent du regard. L'Africain fit finalement un pas en avant et posa une question, à en juger par le ton de sa voix. Le sourire avait disparu de son visage. Il avait manifestement conscience d'être virtuellement accusé de quelque chose et n'entendait pas se laisser démonter facilement.

Le vent qui soufflait de la mer emportait leurs paroles et, d'où il était placé, Gérard ne pouvait entendre ce qu'ils disaient. Néanmoins, leurs attitudes étaient éloquentes.

Rapidement, gestes menaçants à l'appui, Raoul exposa ses griefs, traduits par N'Gombala au fur et à mesure. Le chef bamiléké, qui était aussi grand que Raoul, avait l'air surpris et peiné d'être ainsi soupçonné. Il protestait avec de grands mouvements, prenant son village à témoin. Derrière lui, une vingtaine de gaillards à la musculature imposante s'étaient massés, tandis que les femmes et les enfants restaient en retrait et commentaient la scène avec de petits cris de stupeur et d'indignation.

Peu à peu, le ton monta entre les deux hommes, jusqu'à ce qu'Hubert intervienne. Tenant son frère par le bras, il lui parla à voix basse. Bien que tendant l'oreille, Gérard ne parvint pas à saisir ce qui fut dit. Raoul parut se calmer, mais son frère, qui le connaissait bien, savait que ce n'était que partie remise : la moue boudeuse était réapparue, et Raoul n'entendait pas abandonner aussi facilement.

N'Gombala ne traduisit pas ce qui s'était dit entre les deux frères. Prenant cette fois le ciel à témoin, avec de grands gestes des bras, le chef bamiléké se lança alors dans une longue tirade que le cuisinier traduisait simultanément. Hubert intervint de nouveau, disant quelque chose à Raoul, qui finit par acquiescer. N'Gombala traduisit, cette fois. Derrière le chef africain, la tension sembla se relâcher parmi les membres de la tribu. Gérard soupira. Même si aucune des deux parties n'était totalement satisfaite, elles avaient l'air tout de même d'être parvenues à s'entendre.

À contrecœur, Raoul et le chef de la tribu se serrèrent la main. Après quoi les Européens tournèrent dignement les talons et revinrent vers le bateau. À leurs visages contractés, Gérard devina qu'ils n'étaient pas vraiment tranquilles et s'attendaient à recevoir une volée de flèches dans le dos. Néanmoins, leur retour se passa sans encombre et ils remontèrent à bord sans qu'il ait eu besoin de montrer son arme.

Les jambes dégouttant d'eau, Raoul s'installa aux commandes.

– Alors ? s'enquit Gérard, comme le bateau s'ébranlait avec un sourd grondement.

– Ils disent qu'ils n'y sont pour rien, évidemment, expliqua Hubert.

Derrière eux, le village disparut, masqué par une avancée de terre recouverte de végétation. Jusqu'au dernier moment, toute la tribu était restée massée sur la plage à les regarder partir, sans faire un geste ni prononcer un mot.

– Tu parles ! bougonna Raoul. Ce piège n'est pas venu tout seul !

– Mais pourquoi auraient-ils fait ça ? demanda Hubert.

– Cette question ! Pour nous chasser de l'île ! Pour y rester seuls !

– Mais ils n'y ont aucun intérêt ! Tu leur achètes de la nourriture, et de plus tu vis dans une partie de l'île où ils ne mettent jamais les pieds.

– Ce n'est pas parce que l'on ne se sert pas de quelque chose qu'on est disposé à laisser d'autres en prendre possession !

– Cela ne me paraît guère convaincant.

– Le piège existe, oui ou non ?

– Oui, bien sûr.

– Quelqu'un l'a donc posé. Et ce, depuis notre arrivée dans l'île, et sur mon territoire.

Hubert grimaça. Impossible de prétendre le contraire.

Une fois sortis de la petite lagune au bord de laquelle était niché le village indigène, Raoul mit pleins gaz, direction la maison. *Sa* maison.

Assis autour d'une table dans la cour, juste devant la véranda où jouaient les enfants, les trois hommes étaient silencieux. Les femmes, qui avaient vaguement tenté d'entretenir la conversation, se taisaient également. L'inquiétude se lisait sur tous les visages.

– Plus j'y pense et moins je crois à la culpabilité des Bamilékés, dit finalement Gérard, en affectant d'examiner par transparence son verre empli de whisky.

– Si tu as raison, dit Hubert, ça veut dire qu'il y a quelqu'un d'autre sur l'île, en plus d'eux et nous.

Raoul ne répondit rien.

– Et s'il s'agissait réellement de pygmées ? suggéra Gérard.

– Il n'y a pas de pygmées dans la région.

Raoul avala une gorgée. Cette précision semblait lui avoir coûté. Pour lui l'affaire était entendue. Toute discussion était inutile.

– C'est tout de même étrange !

– Et même, en admettant ! Qu'est-ce qu'ils viendraient faire dans cette île ?

– Je pensais à un truc, et je suis heureux que tu poses cette question, répondit Gérard. Avant de venir te rejoindre, je me suis tout de même documenté un peu. C'est fou ce qu'on trouve comme renseignements sur un pays quand on veut se donner la peine de chercher. Et j'ai une idée, appuyée sur cette documentation : le Cameroun fourmille de sectes en tous genres. Certaines inoffensives, et d'autres qui le sont moins. Comme partout dans le monde, certaines sectes sont interdites et doivent donc se réunir en secret. Et qu'avons-nous ici ? Une île. Donc un endroit peu accessible à la police et aux curieux. Et qui plus est, une partie de cette île est inhabitée, et personne n'y vient jamais, à cause de vagues légendes. L'endroit rêvé pour y tenir des réunions secrètes.

– Et alors ?

– Et alors, supposons qu'une secte ait choisi cette île pour se réunir de temps en temps. On doit drôlement les gêner, à présent que nous sommes là.

– Cela fait des mois que nous sommes là. Ils auraient attendu tout ce temps pour se manifester ?

– Leurs réunions n'ont sans doute pas lieu très souvent. Personne ne vient peut-être jamais ici dans l'intervalle. C'est en voulant organiser la prochaine qu'ils nous auront découverts, presque par hasard.

– Ouais, grommela Raoul. Ton explication se tient. N'empêche, tant que je n'aurai pas mis la main sur un de tes pygmées, je m'en tiendrai à la mienne.

– Il y a une autre possibilité, intervint alors Hubert, qui était resté silencieux tandis que Gérard exposait sa théorie.

– Et c'est ?

– Qu'il s'agisse de gamins. Le chef n'a sans doute pas la possibilité de contrôler les conneries que font tous les gamins du village. Si deux ou trois d'entre eux sont venus par ici installer un piège, juste pour s'amuser, sans penser à mal, il l'ignore sans doute et peut donc jurer sans mentir qu'il n'y est pour rien.

– C'est ça ! C'est certainement ça ! Il ne peut s'agir que d'un jeu qui a mal tourné ! C'est tout !

Geneviève ponctua sa déclaration d'un farouche hochement de tête.

Agacé par la façon qu'avait sa belle-sœur de s'enfoncer la tête dans le sable, Gérard ouvrit la bouche pour objecter que, jeu ou pas jeu, la technique employée n'avait rien de bamiléké, mais il se ravisa. Après tout, si elle souhaitait croire cette version, libre à elle. Il préférait encore la voir refuser la réalité que courant partout en poussant des cris hystériques et regardant sous les coussins à la recherche d'un ennemi mystérieux. Il vida son verre et le reposa sur la table. Enfoncées dans leurs fauteuils comme s'ils constituaient de solides protections, Annie et Irène ne disaient rien. Gérard évita de rencontrer leurs regards, de peur d'y trouver un écho à sa propre angoisse.

Personne ne tenant à aborder de nouveau le sujet, et tous n'ayant que cela présent à l'esprit, la conversation mourut jusqu'à ce que Geneviève, consultant ostensiblement la montre qu'elle était seule à avoir conservée depuis le début des vacances, décide qu'il était temps de coucher les enfants et, accessoirement, les adultes.

Elle se leva, aussitôt imitée de tous sauf de Gérard, qui demeura les fesses rivées à son siège.

– Je reste encore un peu, répondit-il à la question muette qu'il lut dans le regard de sa femme.

Un à un, tous disparurent à l'étage, et la maison redevint aussi silencieuse qu'elle l'avait été pendant deux siècles.

Gérard se servit un autre whisky qu'il but en savourant longuement chaque gorgée. Peu à peu, l'alcool parvint à chasser le froid qui l'avait saisi à la vue du cadavre de Dickie et ne l'avait plus quitté depuis lors. Une bienfaisante torpeur l'envahit, qui chassa la peur. Autour de lui, la jungle n'était plus qu'un doux murmure.

Il leva les yeux vers la maison, vaste masse d'ombre silencieuse. À l'étage, dans la chambre où les cinq enfants avaient été regroupés, Claude et Richard devaient dormir. Il les imagina, le visage reposé dans le sommeil, un sourire innocent flottant sur ses lèvres au fil de quelque rêve agréable. Le mois était déjà bien avancé, et il n'avait guère le sentiment de s'être tellement rapproché de ces enfants qu'il voyait à peine au cours de l'année. Il rentrait si tard qu'ils étaient déjà couchés, et il dormait encore le lendemain matin quand ils se préparaient à partir à l'école. Il lui faudrait passer plus de temps avec eux dans les prochains jours, abandonner ses lectures et jouer à la bataille ou faire des châteaux de sable. Il leur devait bien cela.

Il soupira.

Un élancement dans le crâne lui fit brusquement cligner des yeux.

Il reposa son verre sur la table en se demandant combien il en avait bu. Très vite, la question lui apparut sans importance. Le verre était en porte-à-faux sur le bord de la table métallique. Gérard voulut le repousser plus au centre, avança la main. Le verre tomba sur le sol sans se briser, roula un instant avant de s'immobiliser contre le pied de la table.

D'un geste de la main, il le condamna à passer la nuit à cet endroit et se leva péniblement. La cour tangua un peu autour de lui avant de se stabiliser.

– Bon Dieu ! grogna-t-il. Quel roulis !

Quand il parvint enfin dans sa chambre, Annie dormait déjà, ou faisait semblant. La différence n'avait au fond aucune importance, décida-t-il. Il affecta de croire qu'elle dormait réellement, et se déshabilla sans faire trop de bruit. Ses affaires éparpillées aux quatre coins de la pièce, il se coucha et s'endormit aussitôt.

Plus tard, bien plus tard, il rêverait que sept masques nègres le regardaient en ricanant. Les sept masques nègres grandiraient soudain, se transformant en vagues silhouettes informes qui peu à peu se concrétiseraient jusqu'à devenir sept pygmées en robe de bure assemblés autour d'un feu.

Autour d'eux, un squelette gigantesque formerait

comme une cage fantastique. En psalmodiant, les silhouettes sombres se tourneraient vers lui, le désigneraient du doigt avant de se mettre à rire, à rire, à rire…

Au matin, il aurait tout oublié. Seul subsisterait un mal de crâne qui durerait presque toute la journée.

Chapitre 15

Raoul se réveilla brusquement, tous ses sens en alerte, le corps à l'écoute de la nuit. La chair de poule hérissait sa peau. La nuit était glaciale, mais le froid qui lui tombait dessus par la fenêtre ouverte ne suffisait pas à expliquer les frissons qui le parcouraient. À travers la protection de la moustiquaire, il voyait la lune, ronde et pleine. Cette vision le mit mal à l'aise, sans qu'il sache pourquoi.

Il inclina la tête sur le côté, cherchant à retrouver parmi les bruits de la nuit celui qui l'avait réveillé. La maison était silencieuse ; à l'extérieur, outre les cris des mille et une créatures nocturnes, seul le son du tam-tam venait troubler le silence de l'île.

Le tam-tam ! Il savait à présent ce qui l'avait réveillé. Et il comprenait pourquoi il avait été ainsi tiré du sommeil : le roulement qu'il entendait n'avait rien à voir avec ceux auxquels il était habitué, depuis près de trois mois qu'il vivait dans l'île. Ce son n'avait aucun rapport avec ceux qu'il avait souvent entendus en provenance de la tribu bamiléké.

Quel qu'ait été le joueur de tam-tam, il s'agissait apparemment d'un étranger. Gérard aurait-il eu raison ?

Il songea un instant à réveiller Irène qui dormait à son côté, repliée en chien de fusil, mais de quelle utilité aurait-elle été ? Quant à ses frères, il renonça à l'idée avant même de l'avoir sérieusement envisagée. Non. Il était sur son île, et cette histoire ne regardait que lui. C'était à lui de la régler et de la façon dont il s'en sortirait dépendrait certainement la suite que chacun d'eux donnerait à ses propositions.

Il se leva en silence, enfila un pull et un pantalon sans allumer la lampe à pétrole. À tâtons, il retrouva ses baskets dont il noua les lacets dans le noir. Puis il quitta la chambre en évitant de faire le moindre bruit et gagna la bibliothèque. Là, il alluma une puissante lampe torche dont il promena le faisceau sur le râtelier d'armes. Après une légère hésitation, il opta pour le riot gun. Ce soir, il chassait l'homme.

D'un mouvement sec du poignet, il introduisit une cartouche dans le canon, cartouche qu'il remplaça aussitôt dans le magasin. Puis il prit deux poignées de cartouches supplémentaires qu'il enfouit dans ses poches. Reprenant la lampe qu'il avait posée sur le râtelier, il quitta la maison pour emprunter en silence le sentier de la guerre.

La fraîcheur nocturne s'abattit sur ses épaules sitôt la porte franchie. Frissonnant, il descendit les marches de bois sans en faire craquer aucune, ce qui lui apparut comme un bon présage. Il éteignit la lampe, la glissa dans sa ceinture.

Un instant, il regretta ne pas posséder l'un de ces fusils équipés d'une lunette à infrarouge. C'était l'arme qu'il lui aurait fallu à ce moment. Dans un coin de sa mémoire, il nota qu'il lui faudrait se renseigner sur les possibilités d'acquisition d'une telle arme.

Au cas où ce genre d'expédition serait appelé à se renouveler, elle lui serait du plus grand secours.

Espérant tout de même mettre un point final à toute cette histoire dès cette nuit, il se courba en deux pour être moins visible et s'élança dans l'obscurité, suivant le sentier qui menait à la plage, puisque c'était de cette direction que paraissait provenir le son du tam-tam.

Ralentissant son allure en arrivant à proximité de la lisière des bois, il tendit l'oreille. Aucun doute. Le tam-tam résonnait bien quelque part devant lui. Il prit pied sur la plage déserte. À cent mètres de là, le ressac venait heurter le sable en produisant un froissement régulier, hypnotique. La lune se reflétait dans la mer, la transformant en un gigantesque plateau constellé de piécettes d'argent. À sa gauche, la plage s'étendait jusqu'à l'avancée de la forêt, dissimulant la petite crique où était amarré le bateau. Sur sa droite, le sable uni était vierge de toute présence, jusqu'au marais derrière lequel le promontoire rocheux dressait son imposante masse obscure, pareil à quelque monstre endormi. C'était là, quelque part dans l'obscurité, que se dissimulait le joueur de tambour.

Il l'entendait parfaitement à présent, comme si le mystérieux musicien était tout près de lui. À vue de nez, il devait – ou plutôt ils devaient, car il lui semblait bien percevoir le son de plusieurs tambours – se trouver dans les marais tout proches.

Raoul hésita un instant : devait-il ramper, au cas où il y aurait des guetteurs disposés alentour, ou bien pouvait-il progresser à découvert ?

L'idée de ramper alors qu'il n'y avait peut-être pas le moindre danger lui paraissait éminemment ridicule. Se courbant de nouveau, seule concession à la prudence, il suivit la lisière de la jungle.

Il n'avait pas progressé de plus de trente mètres qu'il distingua soudain la lueur d'un feu dans le marécage. Certain de tenir quelque chose de concret, il s'immobilisa. Son regard parcourut l'étendue qu'il lui restait à couvrir avant de parvenir en vue des joueurs de tam-tam. La plage paraissait déserte. Paradoxalement, le fait qu'il ne semblât pas y avoir de guetteurs le mettait mal à l'aise. Si les joueurs de tambour étaient bien les individus qui avaient posé le piège dans lequel était mort le setter, ils auraient dû se méfier. Leur cérémonie de cette nuit aurait donc dû être protégée par une ou plusieurs sentinelles.

D'un œil inquiet, il examina la jungle qui s'étendait sur sa droite. Il ne vit que d'imposantes masses sombres, là où les buissons avaient pris l'avantage sur les palétuviers.

Ailleurs, c'était l'inextricable enchevêtrement des troncs étroitement mêlés. Un homme aurait pu se tenir n'importe où dans toute cette végétation sans qu'il lui fût possible de le découvrir avant d'être à moins de trois mètres de lui.

Raoul commençait à regretter de s'être lancé seul dans cette aventure, sans avoir réveillé ses frères. Mais maintenant il était trop tard ; il ne pouvait pas courir le risque de repartir les chercher et de revenir, alors que les oiseaux se seraient envolés. Il était seul et il l'avait voulu ainsi. À lui d'assumer.

Il lâcha un instant son fusil, essuya sa paume moite sur son pantalon, puis fit de même avec l'autre main. Il lui fallait se décider. Soit il s'avançait à découvert au milieu de la plage, et alors un éventuel guetteur n'aurait aucun mal à le repérer de loin, soit il continuait de longer la lisière de la jungle, au risque de se faire embrocher d'un coup de sagaie si quelqu'un se dissimulait dans les buissons.

Rien ne disait non plus qu'en avançant au milieu de la plage il serait à l'abri : une flèche bien ajustée n'aurait aucune peine à le faire passer de vie à trépas, avant même qu'il en ait perçu le sifflement.

Il leva les yeux au ciel, y cherchant la solution de son problème, et effectivement, ce fut là qu'il la trouva.

De gros nuages noirs s'approchaient rapidement de la lune qu'ils allaient bientôt occulter. Il bénéficierait alors de quelques minutes d'obscurité quasi totale. Juste le temps nécessaire pour arriver près du marais sans se faire repérer, et prendre position.

Il sortit la lampe torche glissée dans sa ceinture, l'assura dans sa main gauche, le pouce sur le commutateur. Dans la main droite, il tenait fermement son fusil, l'index reposant sur le pontet, prêt à presser la détente. Après une pensée chargée de regrets en direction de la 22 long rifle, qui offrait sur le fusil l'avantage d'être automatique, il haussa les épaules. S'il devait en venir à tirer, l'arme qu'il avait choisie serait certainement beaucoup plus utile, même si pour l'utiliser il devait lâcher sa lampe.

Dès que la lune disparut derrière les nuages, il bondit hors de son abri et fonça droit devant lui, en direction de la mer. Il ne lui fallut que quelques secondes pour y arriver, et le fait d'enfoncer les pieds dans l'eau sans avoir entendu les flèches siffler à ses oreilles lui apparut comme une immense victoire et la preuve qu'il avait su se montrer un fin stratège. Sans s'attarder sur ce premier succès, il tourna aussitôt à angle droit. Suivant la limite des vagues, en courant toujours à demi courbé pour offrir le moins de prise possible à un éventuel regard, et rendre la tâche plus difficile au tireur qui se trouvait peut-être embusqué dans les sous-bois, il fonça aussi vite qu'il le pouvait en direction du marais où le tambour n'avait pas cessé de résonner.

Ses pieds heurtaient le sable humide à cadence rapide. Le bruit du ressac couvrant celui de sa course, nul ne parut s'apercevoir de son approche.

Une masse sombre à quelques mètres devant lui le fit stopper net. Son doigt se crispa sur le pontet de son arme, et il dut user de tout son self-control pour ne pas tirer au jugé devant lui. Il lui fallut plusieurs secondes pour réaliser qu'il s'agissait d'une touffe de roseaux et qu'il était déjà en bordure du marais.

Il s'accroupit alors, tout contre la végétation, dans l'espoir de s'y dissimuler, et s'employa à reprendre son souffle.

Il avait réussi ! Il demeura immobile pendant de longues secondes, cherchant à se fondre dans la nuit, à s'en imprégner, à percevoir et à identifier tout ce qui l'entourait.

Le son du tam-tam était clair à présent, sa source si proche qu'il semblait à Raoul qu'il n'aurait eu qu'à se lever et faire deux pas pour se retrouver à côté d'elle.

À quinze ou vingt mètres de lui à peine, cachée dans les roseaux, il distinguait la masse rougeoyante du feu autour duquel devait être réunie l'assemblée. Mais quinze ou vingt mètres à vol d'oiseau, dans un marais, ça voulait dire quinze ou vingt occasions de trouver la mort. Autant dire qu'ils étaient à l'autre bout du monde !

Il ne connaissait pas bien le marais. C'était un secteur dans lequel il ne s'était guère aventuré, n'ayant rien de particulier à y faire. Néanmoins, il croyait se souvenir qu'il existait de l'autre côté une langue de terre qui avançait dans les eaux mortes. Sans doute pourrait-il par ce chemin se rapprocher de la mystérieuse assemblée et éventuellement couper sa retraite.

Il se redressa à demi, fit quelques pas. Un glissement dans les roseaux, à quelques mètres de lui, le fit sursauter. Sitôt après, il entendit le bruit d'un grand corps plongeant dans l'eau. Le fusil braqué dans cette direction, il demeura tendu pendant ce qui lui sembla une éternité.

Comme si la créature qui venait de plonger avait été le guetteur qu'il redoutait tant en approchant du marais, le son du tam-tam s'interrompit brusquement, laissant la place à un silence lourd de menace.

Le canon du fusil se redressa pour s'immobiliser dans la direction du feu. Raoul sentit un frisson le parcourir. S'il avait seulement prévenu ses frères ! Isolé comme il l'était, n'importe quoi pouvait lui arriver sans qu'on le retrouve jamais. Frénétiquement, son regard allait et venait, de bas en haut. Il ne savait pas ce qu'il était le plus important de surveiller : l'assemblée silencieuse à une vingtaine de mètres de là, ou les roseaux entre lesquels quelque chose d'énorme venait de se glisser à son approche.

Brutalement, un cri retentit dans le marais. C'était une longue suite d'onomatopées gutturales prononcées par une voix extrêmement difficile à situer. Incantation ou malédiction, Raoul la devinait dirigée contre lui. La sueur perlait à la limite de ses cheveux, lui coulait dans les yeux sans qu'il osât faire un geste pour l'essuyer.

La mélopée sauvage se poursuivait, interminable.

Comme un raz de marée, la peur submergea Raoul. Cette malédiction lui était destinée, il le savait sans avoir besoin de comprendre le sens des paroles prononcées. Celui qui la lançait n'avait qu'un but, une idée, les voir mort, lui et tous les siens.

L'incantation se poursuivait comme si elle ne devait pas avoir de fin et semblait dresser un mur de haine en bordure du marais. Raoul comprit soudain qu'entre la mystérieuse assemblée et lui une lutte à mort était engagée, que cette lutte était entamée depuis longtemps déjà, et qu'elle ne s'achèverait que par la disparition totale et définitive de l'un des deux adversaires.

Sans plus chercher à comprendre, ne tentant même pas de réfléchir, il lâcha sa lampe, assura le fusil dans sa main gauche et tira. Il tira, tira encore, au jugé, espaçant ses coups de feu dans les roseaux, avec l'espoir qu'une cartouche au moins atteindrait son but et qu'elle ferait mal.

Quand finalement le percuteur claqua à vide, Raoul s'immobilisa, hébété. Les oreilles encore emplies du fracas des détonations, il entendit un bruit de course dans les roseaux. Il réagit alors, rechargea fébrilement son arme, certain que bientôt une horde assoiffée de sang allait déferler sur lui, sagaies et machettes aux poings. Mais le bruit de course décrut et disparut dans la nuit avant qu'il ait fini de regarnir le magasin de son arme.

Le silence retomba sur lui, l'enveloppa.

Il redressa la tête, écouta. Peut-être ses frères, alertés par les détonations, allaient-ils apparaître sur la plage, arme au poing ?

Avec une grimace, il constata que le vent avait tourné et soufflait à présent dans la mauvaise direction. Ajouté au rideau d'arbres qui ceinturait la maison, et au fait que tous dormaient, cela rendait l'arrivée de renforts extrêmement improbable.

Il ne lui fallait compter que sur lui-même.

L'arme toujours braquée en direction du marais, il se redressa. Les muscles crispés, les nerfs tendus, il hésitait. Au loin, le cri d'un oiseau plana un instant au-dessus de la forêt. La nuit reprenait ses droits, comme si rien ne s'était passé. Une grosse bulle vint éclater presque sous ses pieds, lui envoyant au visage une bouffée de gaz fétide. Il recula lentement. Quelque chose était là, tout près, dans le marais. Il le sentait. Sur sa gauche, les roseaux bougeaient légèrement, comme agités par une faible brise. Ils ne semblaient pas pencher dans le sens où soufflait le vent. Raoul sentit sa gorge se dessécher. Il retrouva à tâtons sa lampe et l'alluma, braquant le faisceau sur les roseaux. Il eut l'impression que la lumière accrochait un reflet, mais il ne put en être sûr. À tout hasard, il fit feu une fois encore dans cette direction, sans provoquer la moindre réaction.

– Calme-toi, murmura-t-il pour lui-même. Sinon, tu vas voir des fantômes partout, et tu finiras par avoir peur de ton ombre.

Puis, comme si le son de sa propre voix avait le don de le rassurer, il poursuivit :

– Ils ont filé ! Les salauds ! J'espère que j'en ai touché au moins un, encore que ça paraisse peu probable : je n'ai pas entendu le moindre cri de douleur. Si je pouvais traverser ici, je pourrais m'en rendre compte très vite, mais pas question : il faut faire le tour.

Joignant le geste à la parole, il s'élança au pas de course le long du marais dans l'intention de le contourner. Chaque foulée était comme un coup de piston venant gonfler la fureur qui grondait en lui. Sa rage bouillonna, enfla, jusqu'à ce que jaillisse la décision, prise inconsciemment depuis le début, mais enfin clairement exprimée dans son esprit : il allait les poursuivre seul, les pister, les traquer, jusqu'à ce qu'il les tienne.

L'île n'était pas très grande, et ils n'avaient pas une énorme avance sur lui. Il pouvait les rejoindre. Glissant sa lampe sous son bras, il regarnit le magasin de son fusil sans cesser de courir.

Au-dessus de lui, la lune s'était de nouveau dissimulée derrière les nuages, plongeant l'île dans l'obscurité. Sans sa lampe, il n'aurait pas vu à plus de deux mètres. Il la reprit en main, son fusil fermement tenu dans l'autre. Un pli décidé lui barrait le front.

Arrivé en lisière de la forêt, il hésita un instant avant de décider de contourner le marais. Les mystérieux joueurs de tam-tam n'avaient pu venir de son côté : il les aurait repérés. Il leur était donc resté trois possibilité : ou s'enfoncer plus avant dans le marais, où il ne pouvait ni ne voulait les suivre, ou quitter le marais pour gagner la forêt – et là non plus il ne tenait pas à s'engager –, ou suivre la plage de l'autre côté du marais, jusqu'à l'endroit où ils avaient dissimulé leurs pirogues, ceci dans l'hypothèse où les joueurs de tam-tam en question étaient bien venus du continent et non pas de la tribu bamiléké.

S'il s'était agi de Bamilékés, ils étaient certainement déjà dans la forêt et il n'avait aucune chance de les retrouver.

L'angoisse le saisit quand il dut suivre l'étroite bande de sable séparant le marais de la forêt. Un homme dissimulé dans un buisson n'aurait aucune peine à le poignarder au passage, tant le sentier était étroit par endroits. Le canon du fusil balayant les feuillages, il avança prudemment. Qu'une seule feuille bougeât, et il était prêt à vider son arme, quitte à défricher pour rien une bonne portion de forêt.

Jamais une cinquantaine de mètres ne lui avaient paru si longs. Quand enfin la langue de sable s'élargit pour redevenir progressivement une plage, il poussa un soupir de soulagement. Il était passé, et il était toujours vivant. Du coup, il se demanda s'il n'avait pas tellement effrayé les joueurs de tam-tam qu'ils s'étaient sauvés sans demander leur reste, pour ne plus revenir. Il puisa dans cette idée une énergie nouvelle, et examina les alentours, plus décidé que jamais à leur filer le train.

Brusquement redevenu chasseur, il redressa les épaules, huma l'air chargé d'effluves marins, comme l'aurait fait un limier.

À sa gauche, la masse obscure du promontoire rocheux avançait dans la mer. Il élimina d'emblée cette possibilité. Il avait exploré le rocher quelques jours après son arrivée et n'y avait rien découvert qui pût fournir une cachette aux fuyards. Non. Il en était persuadé : si les fugitifs ne s'étaient pas réfugiés dans la forêt toute proche, ils s'étaient enfuis en longeant la plage qui débutait tout près de là, de l'autre côté du promontoire.

Si tel était bien le cas, il devrait les trouver sans

peine. Il éteignit sa lampe, s'élança à grandes foulées dans l'obscurité quasi totale. Dès qu'il eut dépassé le promontoire, il bifurqua sur sa gauche, en direction de la mer.

À l'approche de l'eau, le sol se fit plus dur sous ses pieds, plus propice à la course. La lune l'éclaira un instant, dévoilant une plage vierge de toute trace de pas. Raoul savait cependant que cela ne prouvait rien : si les fugitifs avaient couru dans les vagues, leurs traces s'étaient effacées avant même que leurs pieds n'aient quitté le sol. De même, s'ils avaient préféré rester sur le sable sec, leurs traces seraient difficilement repérables.

Il courut pendant plusieurs minutes d'une foulée rapide, sans repérer âme qui vive. La plage était une longue bande de sable rectiligne, et apparemment déserte. Il commençait à croire que ceux qu'il poursuivait avaient trouvé refuge dans la forêt, ainsi qu'il le craignait, et qu'il ferait donc mieux d'abandonner cette poursuite inutile, quand il repéra soudain une forme vague dans le lointain.

De nouveau, la lune disparut pour quelques instants derrière un nuage. Mettant cette obscurité à profit, Raoul accéléra l'allure, espérant tomber sur les fugitifs avant qu'ils n'aient pris conscience de sa présence.

Quand la lune réapparut, il n'était plus qu'à une centaine de mètres à peine de son objectif. Dès lors, il put identifier une pirogue et trois hommes de grande taille, juste en bordure des vagues. Il s'immobilisa dans le sable, alluma sa torche et la braqua sur le groupe.

– Hé! cria-t-il dans le même temps.

Les trois hommes redressèrent la tête et regardèrent dans sa direction. Ils levèrent la main devant leurs yeux pour tenter de discerner celui qui tenait ainsi une lampe braquée sur eux. De son côté, Raoul ne les distinguait pas clairement non plus. Bien que puissante, la torche ne l'était cependant pas suffisamment pour éclairer jusqu'à une centaine de mètres, et la lumière qu'il venait de faire jaillir avait eu pour conséquence de rendre plus sombre encore tout ce qui n'était pas pris directement dans son faisceau. En fait, Raoul voyait à présent moins nettement les trois hommes que précédemment, quand leurs silhouettes se découpaient en ombre chinoise sur la mer argentée.

Quand ils levèrent la main pour la placer au-dessus de leurs yeux afin de mieux le voir, il prit cela pour un geste menaçant. Sans viser, il tira.

Les trois hommes détalèrent aussitôt en direction de la forêt.

– Merde! jura Raoul.

Il lâcha la lampe. Sa main gauche trouva naturellement la pompe du riot gun qu'il actionna d'un coup sec, tandis que son coude droit bloquait la crosse de bois contre sa hanche. L'arme tonna plusieurs fois. Il tirait au jugé, ne sachant plus où étaient les trois hommes. Un cri lui parvint et il lui sembla voir une masse sombre s'écrouler dans l'obscurité, à une vingtaine de mètres du rideau d'arbres. Il tira de nouveau, mais cette fois le percuteur claqua à vide. Fébrilement, il chercha d'autres cartouches dans la poche de sa chemise, en trouva deux qu'il introduisit dans l'arme.

Là-bas, près de la forêt, les deux hommes valides étaient revenus chercher leur compagnon. Le soulevant chacun par un bras, ils l'avaient traîné en direction de la forêt toute proche. Raoul épaula et tira. Ils avaient disparu, et aucun cri ne vint lui dire s'il avait fait mouche cette fois encore. Il tira sa seconde cartouche en direction du feuillage dans lequel s'étaient enfoncés les trois hommes, à tout hasard. Là non plus, pas la moindre réaction.

Il se releva, le goût du sang dans la bouche. Tâtant ses poches, il trouva une dernière cartouche dans son pantalon. Suivre les trois hommes dans la forêt avec une seule cartouche aurait été de la folie, même en tenant compte du fait que l'un des trois était sans doute blessé. Il y renonça, glissa mélancoliquement la cartouche dans le fusil qu'il arma.

Il ramassa la lampe, l'éteignit et repartit en direction de la maison, en longeant les vagues, comme quand il était venu.

Chapitre 16

Les enfants jouaient en silence sous la véranda, comme s'ils avaient senti l'inquiétude qui régnait dans l'antique demeure et que les adultes tentaient pourtant de leur dissimuler.

Irène avança jusqu'à la porte-fenêtre ouverte, regarda dans la cour, comme si son regard avait pu traverser la barrière végétale qui entourait la maison et l'isolait du reste de l'île. Un pli soucieux lui barrait le front.

– Ils sont toujours là ? demanda-t-elle à mi-voix.

– Oui, madame, répondit N'Gombala, occupé à passer un coup de chiffon sur les meubles. Sinon monsieur Raoul et ses frères seraient remontés.

– Tant pis, je ne peux plus attendre. J'y vais.

– Monsieur Raoul n'aimera pas ça.

Agacée, elle se retourna, prête à le tancer, se contint.

– Et moi ? demanda Alexandre en relevant la tête du livre dans lequel il paraissait plongé l'instant d'avant. Je peux venir aussi ?

– Non, tu restes ici avec Kelly et tes tantes. Aide-les à surveiller les enfants. Qu'ils ne quittent pas la maison.

L'adolescent grimaça, mais accepta néanmoins, pour faire plaisir à sa mère qu'il devinait tendue et inquiète. Et puis, si Kelly se décidait à sortir enfin de la salle de bains, ils pourraient peut-être faire une partie de dames.

Irène traversa la véranda, descendit l'escalier de bois. Après un instant d'hésitation, N'Gombala lui emboîta le pas. Le repas était encore loin, et lui aussi estimait qu'il avait le droit d'être tenu au courant de ce qui se passait. Après tout, il était aussi concerné que les autres.

– Pourquoi crois-tu qu'ils font ça ? demanda-t-elle, alors qu'ils s'engageaient dans le sentier menant à l'appontement.

– Je ne sais pas. Je ne comprends pas ! Ils doivent être très en colère !

– Tu crois qu'ils peuvent devenir dangereux ?

N'Gombala la regarda de côté, hésitant à répondre.

– S'ils sont vraiment en colère, ils peuvent être très méchants. Pendant la guerre civile, il y a eu beaucoup de morts. Et certains de ceux qui sont là ont été maquisards.

– Mais ça remonte à des années ! Tout ça est fini depuis longtemps, c'est oublié !

– Quand on a tué des gens, on n'oublie jamais.

Son ton s'était fait grave, comme s'il avait voulu que la jeune femme s'imprègne bien de ses paroles.

– C'est un souvenir qui n'est jamais loin dans la mémoire. Un homme qui a tué n'est plus jamais le même. Toujours, il se souviendra de ce qu'il a fait. Toujours !

Irène frissonna. Un détour du sentier, qui leur dévoila la mer, la dispensa de répondre. Ils s'immobilisèrent, pétrifiés par le spectacle qui s'offrait à eux. À deux cents mètres environ de l'entrée de la petite crique où était amarré leur Chris Craft, une quinzaine de pirogues déployées en éventail bloquait l'accès à la mer.

Chaque pirogue était occupée par plusieurs hommes et, malgré la distance, Irène voyait nettement qu'ils étaient tous armés. Ici et là, des boucliers et des sagaies évoquaient ces mauvais films d'aventures dans lesquels des tribus de Papous partaient à l'attaque de vaillants explorateurs, mais – chose nettement plus inquiétante – plusieurs guerriers étaient équipés d'armes modernes, de fusils de chasse notamment, et malgré la distance, Irène crut même reconnaître une Kalachnikov, jumelle de la reproduction en 22 long rifle achetée par son mari ; la différence résidait dans le calibre et la cadence de tir. Face à cette arme de guerre, le jouet de Raoul ne pèserait pas lourd.

Ce dernier devait d'ailleurs en être conscient. Irène le vit par une trouée dans le feuillage, à plusieurs mètres en contrebas. Encadré de ses deux frères, debout sur le débarcadère, il semblait faire grise mine. Son regard braqué sur les pirogues et la ligne dure de ses mâchoires disaient clairement son mécontentement. Les trois frères étaient immobiles, silencieux, telles les statues de trois gardiens interdisant l'accès à la maison.

– Descendons, dit-elle à N'Gombala.

Le cuisinier sur les talons, elle s'engagea sur les marches taillées dans le roc qui menaient au débarcadère.

Entendant des pas résonner sur les lattes de bois, Raoul se retourna. Ses sourcils se haussèrent de surprise.

– Que fais-tu ici? cracha-t-il. Je t'avais dit de rester avec les gosses.

Sans prendre la peine de répondre, elle vint se placer près des trois hommes, les yeux fixés sur les pirogues qui demeuraient immobiles, à deux cents mètres de là.

– Que veulent-ils? demanda-t-elle.

– On s'apprêtait justement à aller le leur demander.

Gérard se tourna vers elle et lui adressa une grimace qui se voulait un sourire.

– On va prendre le bateau et aller les voir. S'ils sont là, c'est forcément pour nous. Autant discuter avant qu'ils ne soient trop excités. Et voir ce qu'ils nous reprochent.

– On y va? demanda Raoul d'un ton coupant.

Déjà, il était sur le bateau. Gérard le suivit après un sourire encourageant à l'adresse d'Irène, puis vint Hubert.

– N'Gombala, tu viens aussi ! précisa Raoul, qui s'était déjà installé aux commandes.

– Moi ? demanda le cuisinier, effaré.

– Oui, toi ! Tu ne crois quand même pas que j'ai appris le bamiléké pendant la nuit, non ? Allez, grimpe !

Semblant soudain regretter d'avoir cédé à sa curiosité, N'Gombala monta à bord en bougonnant. Irène le suivit.

– Descends, lui ordonna Raoul. Nous n'avons pas le temps de jouer.

– Je ne joue pas ! Je suis aussi concernée que n'importe lequel d'entre vous dans cette affaire, et je n'entends pas être tenue à l'écart !

– Après tout, si tu y tiens… grommela son mari.

D'un mouvement du poignet, il mit le contact.

Le bateau recula lentement, se détacha du débarcadère et fit un tranquille demi-tour pour pointer son étrave vers le barrage organisé par les Bamilékés.

Irène, qui s'était assise sur la banquette arrière, alors que ses deux beaux-frères se plaçaient de part et d'autre de Raoul, sentit ses pieds heurter quelque chose quand elle les recula pour les placer sous le siège. Elle se pencha, vit un grand sac de toile brune à côté d'une petite musette de toile. À l'intérieur, elle découvrit les gueules noires de plusieurs fusils et carabines, au nombre desquels le riot gun et la reproduction de Kalachnikov, dont le chargeur engagé indiquait clairement qu'elle était prête à tirer. La petite musette devait contenir les cartouches. Debout devant elle, N'Gombala la regardait, effrayé.

– Pourquoi avoir emporté tout ça ? demanda-t-elle à Raoul. Et quand les avez-vous pris ?

– Tu ne crois quand même pas qu'on va aller voir ces cinglés avec leurs peintures de guerre en emportant des bâtons de réglisse, non ?

Le visage de N'Gombala avait pris la couleur de la cendre.

– Mauvais, souffla le Camerounais. Très mauvais.

Déjà, Raoul avait mis les gaz et le vaisseau filait droit vers le barrage. Il était trop tard pour reculer. Un instant, la jeune femme ressentit la folle envie de prendre le sac de toile et son mortel chargement pour le jeter par-dessus bord.

– Raoul ? cria-t-elle pour couvrir le bruit du moteur. Qu'est-ce que tu comptes faire ?

– Discuter, bien sûr. Au début tout au moins. Si on n'arrive pas à s'entendre, on verra !

À l'expression de son visage, elle comprit qu'il n'hésiterait pas à employer la manière forte s'il l'estimait nécessaire. Et connaissant le peu de patience dont il était capable, la jeune femme se sentit envahie d'une profonde angoisse à l'idée de ce qui pourrait survenir durant la prochaine demi-heure.

Cramponnés au tableau de bord pour garder leur

équilibre, ses deux beaux-frères paraissaient moins décidés. Ils avaient presque l'air fragiles, comparés au bloc de froide détermination qu'était devenu son mari. Comment réagiraient-ils si la fusillade éclatait ?

D'un mouvement du menton, Raoul désigna les pirogues qui se trouvaient très proches maintenant.

– Je fonce dans le tas ? proposa-t-il, mi-figue, mi-raisin.

Irène se mordit les lèvres. Elle savait qu'il aurait suffi d'un rien, d'un mot, qu'un de ses frères lui dise « chiche » en plaisantant, pour que Raoul abaisse la manette des gaz et mette sa menace à exécution.

– Déconne pas, dit simplement Gérard qui semblait avoir compris lui aussi que son frère ne plaisantait qu'à moitié. Nous sommes venus pour voir ce qu'ils veulent, pas pour déclencher une guerre avec le Cameroun. N'oublie pas que si tu veux vraiment t'établir ici, tu dois avoir de bonnes relations avec tes voisins.

Raoul haussa les épaules et, après une infime hésitation que la jeune femme fut seule à percevoir, il coupa les gaz. Le bateau termina sur sa lancée, pour venir s'immobiliser à quelques encablures des pirogues.

Un long moment se passa, pendant lequel nul ne dit mot. Les deux forces en présence se regardaient en silence, chacune jaugeant l'autre.

Du coin de l'œil, Irène constata qu'elle ne s'était pas trompée : l'un des Bamilékés était bien armé d'une

Kalachnikov – la silhouette caractéristique de l'arme ne laissait aucun doute sur ce point –, tandis que d'autres gardaient, posés en travers de leurs genoux, des fusils de guerre qui ne paraissaient pas en très bon état. Mais il suffisait qu'un seul d'entre eux fonctionne et que son propriétaire sache s'en servir pour que leur sort à tous les cinq soit rapidement réglé.

Irène sentit l'aile de la mort passer sur leur bateau et frissonna. Elle commençait à regretter d'être venue.

Assis dans leurs pirogues, les Africains demeuraient rigoureusement immobiles, les yeux braqués sur le groupe d'Européens qui leur faisait face. Contre les flancs du Chris Craft, la mer transparente clapotait doucement. Dans le ciel, les nuages avaient disparu. Une belle journée qui se prépare, idéale pour la baignade et le bronzage, songea Irène. Pourquoi fallait-il que tout se passât si mal ?

Curieusement, les Bamilékés ne lui faisaient pas vraiment peur. Bien sûr, elle craignait l'affrontement qui risquait de se produire d'un instant à l'autre, mais elle était prête à tout leur pardonner : ils ne semblaient pas méchants. La colère et la détermination se lisaient sur leurs visages fermés, mais pas la méchanceté. Aucune haine sur ces visages. Seulement la colère. Colère dirigée contre eux, apparemment. Qu'avons-nous pu faire pour la justifier ? se demanda Irène sans parvenir à trouver la réponse.

– Demande-leur ce qu'ils veulent, dit finalement Gérard à N'Gombala.

À contrecœur, le cuisinier s'approcha du plat-bord et interpella le chef de la tribu, qui se trouvait dans l'une des pirogues les plus proches.

Les quatre Européens écoutèrent la conversation qui s'ensuivit sans rien y comprendre.

– Il dit, traduisit finalement N'Gombala, que quelqu'un a tiré sur trois de ses hommes cette nuit. Et que l'un d'eux a été blessé. Il dit que c'est l'un de vous qui a tiré.

– C'est ridicule ! trancha Gérard. Pourquoi aurions-nous fait une chose pareille ?

N'Gombala traduisit la question, tandis qu'Irène jetait un regard intrigué à Raoul. Elle s'était réveillée dans le courant de la nuit et avait constaté que son mari n'était plus dans son lit, et qu'elle ne l'entendait nulle part dans la maison. Il était resté longtemps absent. Si longtemps qu'elle avait fini par se rendormir avant qu'il ne revienne.

Imperturbable, comme si tout ceci ne le concernait pas vraiment, Raoul gardait la main sur la manette des gaz, prêt à lancer le bateau d'un geste, si le besoin s'en faisait sentir.

Irène n'eut pas le temps de pousser plus avant sa réflexion : N'Gombala traduisait déjà la réponse que venait de faire le chef de la tribu.

– Il dit qu'il ne sait pas. Que peut-être vous avez fait ça pour vous amuser.

– Dis-lui que nous ne nous amusons pas de la sorte. Dis-lui que nous sommes ses amis. N'avons-nous pas toujours entretenu de bons rapports avec sa tribu ? Rappelle-lui que nous achetons souvent du poisson et des fruits. Pourquoi irions-nous tirer sur ses hommes ?

Debout dans sa pirogue, l'Africain hésitait, visiblement troublé par les objections qu'on lui opposait. Sans lui laisser le temps de se reprendre, Gérard poursuivit :

– Dis-lui que nous sommes vraiment désolés de ce qui est arrivé à ses hommes et que nous aimerions sincèrement l'aider. Dis-lui que nous pouvons lui fournir des médicaments, ou même de l'argent s'ils en ont besoin pour le faire entrer à l'hôpital.

Quand N'Gombala eut fini de traduire, le Bamiléké se lança alors dans une série de vociférations qui semblèrent mettre le cuisinier mal à l'aise.

– Il dit, traduisit finalement ce dernier, que si vous voulez faire tout ça, c'est parce que vous vous sentez coupables ! Donc, c'est bien vous qui avez tiré sur ses hommes !

À demi dressés dans leurs pirogues, les Bamilékés s'agitaient furieusement, brandissant leurs armes à bout de bras. Il aurait suffi de très peu de chose pour que les canons des fusils se braquent sur le Chris Craft et crachent soudain la mort.

Très pâle, Gérard se leva, les bras en l'air, paumes ouvertes vers les Africains, comme un orateur s'adressant à une foule d'électeurs. Ce geste grandiloquent eut le don de calmer un peu les Bamilékés, qui le regardèrent avec une certaine curiosité.

– Non ! cria-t-il en s'adressant directement à eux. Non, nous ne sommes pas coupables !

Il fit une pause volontairement dramatique, que N'Gombala mit à profit pour traduire ce qu'il venait de dire.

– Simplement, nous sommes vos amis, et il est normal que des amis s'épaulent mutuellement dans le malheur.

Dans leurs légères embarcations secouées par la houle, les Africains s'étaient un peu calmés et l'écoutaient. Toute l'assemblée était silencieuse, attentive, même quand c'était Gérard qui parlait et qu'ils ne comprenaient pas directement ses paroles.

– Nous avons de la peine pour celui d'entre vous qui a été blessé cette nuit. Beaucoup de peine. Et nous voulons l'aider. Mais ne prenez pas cela pour un aveu ou un signe de faiblesse !

Assis dans leurs pirogues, les Bamilékés étaient semblables à des statues, sans que rien sur leurs visages vienne trahir les sentiments qui s'agitaient en eux.

– Ne tombez pas dans le piège grossier qui est ouvert devant vous !

Intrigués, certains penchaient la tête de côté, comme pour mieux l'entendre. Un piège grossier ? Quel piège ?

– Ne voyez-vous pas que quelqu'un cherche à nous dresser les uns contre les autres ? Ne voyez-vous pas que quelqu'un veut que nous ne soyons pas amis ? Ne voyez-vous pas que quelqu'un, dans l'ombre, agit pour que nous nous déchirions mutuellement alors que nous souhaitons tous vivre en bon voisinage ?

À présent, la perplexité se lisait dans tous les regards.

– Souvenez-vous de ce qui est arrivé à notre chien ! insistait Gérard en montrant du doigt la forêt lointaine. Il a été tué, et nous avons cru que vous étiez responsables de sa mort ! Nous vous avons accusés ! Nous étions prêts à nous battre contre vous alors, comme vous êtes prêts à vous battre contre nous aujourd'hui !

Le silence qui était tombé sur les pirogues était presque palpable. Manifestement, les Bamilékés étaient frappés par les arguments de Gérard qui poursuivait, impitoyable :

– Souvenez-vous ! Vous étiez innocents ! Quelqu'un a donc tué notre chien exprès, dans l'espoir que nous vous accuserions et qu'ainsi nous nous fâcherions à mort ! Et ce quelqu'un a presque réussi ! Nous vous avons accusés ! Seule la discussion avec vous nous a permis de comprendre notre erreur !

Les Bamilékés approuvèrent avec véhémence, poussant quelques cris qu'ils ponctuaient de coups frappés sur la coque de leurs pirogues à l'aide des crosses de leurs fusils.

– Ce quelqu'un qui nous veut du mal, ce mauvais homme, a vu que nous n'étions pas ennemis. Comme son premier piège n'a pas fonctionné, il a décidé d'en tendre un autre ! Et c'est à vous qu'il l'a tendu cette fois, en essayant de vous faire croire que nous sommes vos ennemis ! Allez-vous tomber dans son piège et vous comporter comme il attend que vous le fassiez ? Allez-vous le laisser triompher et se réjouir de nous voir dressés les uns contre les autres ?

Un concert de protestations véhémentes lui répondit. Gérard retint à grand-peine un soupir de soulagement. Un à un, les fusils regagnèrent le fond des pirogues, tandis que les Bamilékés commentaient entre eux son allocution.

Toujours assise sur la banquette arrière, Irène se rassurait peu à peu. Lentement, ses mains relâchèrent le plat-bord sur lequel elles étaient crispées depuis un bon moment sans qu'elle s'en soit rendu compte. La crise semblait surmontée.

La sueur coulait sur le visage de Gérard, lui inondait les yeux, mais il ne fit rien pour l'essuyer. Il craignait que le moindre geste de sa part ne puisse prêter à confusion et ne déclenche une réaction violente des Africains.

Finalement, le chef bamiléké, qui était resté debout dans sa pirogue, fit taire sa troupe d'un ample geste du bras. Il entama un long discours d'une voix grave, parlant lentement, s'arrêtant souvent pour permettre à N'Gombala de traduire au fur et à mesure.

– Il dit qu'il est désolé, traduisit le cuisinier. Ils se sont trompés et voient à présent que quelqu'un essaie de semer la haine entre nous. Ses hommes et lui vont rentrer dans leur village et fouiller l'île pour voir si quelqu'un s'y cache. Il dit qu'il souhaite que vous restiez amis, et que vous excuserez cette accusation, comme ils ont pardonné celle que vous avez lancée contre eux pour le chien.

– Dis-lui que c'est déjà oublié, répondit Gérard.

– Dis-lui également que j'ai mon diplôme d'infirmière, ajouta Irène qui était demeurée silencieuse jusque-là. Je vais aller dans leur village voir le blessé et le soigner si c'est dans mes possibilités.

Raoul ouvrit la bouche pour dire quelque chose, mais Irène lui jeta un regard glacial qui l'en dissuada. Haussant les épaules, il lui tourna ostensiblement le dos.

Quand N'Gombala eut fini sa traduction, le chef bamiléké les salua et jeta un ordre à ses rameurs. Lentement, en une large courbe empreinte de majesté, la pirogue s'éloigna en direction de l'autre extrémité de l'île, aussitôt suivie par les embarcations les plus proches, en une longue procession.

À bord du Chris Craft le petit groupe les regarda s'éloigner en silence, n'osant pas encore croire que tout s'était si bien terminé.

– Félicitations, dit finalement Raoul à Gérard en remettant les gaz. Tu fais un excellent diplomate.

Son frère le fixa, incapable de décider s'il avait vraiment senti de l'agacement dans le ton qu'il avait employé pour le féliciter.

Quand ils arrivèrent à la maison, Annie et Geneviève, qui s'étaient portées à leur rencontre, les accueillirent avec un visible soulagement.

– Alors ? Qu'est-ce qu'ils voulaient ? demanda Geneviève.

Sans prendre la peine de répondre, laissant ce soin à Hubert qui commençait à rapporter leur entrevue aux deux femmes, Irène disparut dans sa chambre pour en ressortir peu après, sa trousse de premiers soins à la main.

– Je savais bien que j'en aurais besoin tôt ou tard dans ce pays ! dit-elle, avec un sourire qui ne parvint pas à totalement décrisper ses traits.

Raoul se tourna vers elle, la regarda comme s'il ne la reconnaissait pas.

– Tu ne vas pas aller là-bas, tout de même !

– Il y a un homme qui souffre, et qui a besoin de moi. Je vais y aller. D'ailleurs, si tu veux vraiment que nos bonnes relations avec la tribu se poursuivent, il faut bien que quelqu'un répare ce que quelqu'un d'autre a cassé !

– Que veux-tu dire ?

Les conversations s'étaient brusquement interrompues, chacun écoutant le couple sans bien comprendre encore où Irène voulait en venir. Celle-ci, peu désireuse d'envenimer la situation, répondit sèchement :

– Rien de plus que ce que j'ai dit ! N'Gombala, tu viens avec moi ? J'aurai besoin d'un interprète.

Le cuisinier ne se fit pas prier cette fois. Il sentait que la tension avait sérieusement monté dans la maison et qu'il vaudrait mieux se trouver au loin quand l'orage éclaterait. Baissant la tête, il sortit presque au pas de course et attendit la jeune femme à l'extérieur.

– Est-ce que quelqu'un peut aller au marché pendant ce temps ? demanda Irène. Il faut refaire provision de café, de lessive, acheter de la viande…

– Je vais y aller, dit Raoul. Il faut que j'achète des cartouches. Qui vient avec moi ?

– Moi, accepta Annie. Cela me changera un peu les idées. Tu viens aussi, Geneviève ?

Geneviève hésita, frotta ses mains le long de sa robe au tissu imprimé.

– Je ne voudrais pas laisser les enfants…

– Kelly s'en occupera! Et puis il y a Alexandre, et Hubert, et Gérard…

– Non, dit Gérard. Je vais accompagner Irène au village. Cela m'intéresse de voir un village africain de près. Et puis, on a beau être de nouveau amis, il vaut peut-être mieux ne pas laisser une femme aller seule là-bas après ce qui s'est passé. On ne sait jamais…

– En route, alors, décida Irène. Nous n'avons pas de temps à perdre.

Ils rejoignirent N'Gombala à l'extérieur et, à sa suite, se faufilèrent derrière la maison où ils empruntèrent un sentier qui les mènerait jusqu'à l'autre bout de l'île.

Chapitre 17

Irène et Gérard ne reparurent que tard dans l'après-midi. La jeune femme était exténuée, à tel point que c'était son beau-frère qui portait la trousse des premiers secours. Derrière eux marchait N'Gombala, souriant comme à son habitude.

– Alors ? demandèrent les autres, réunis autour d'une table dans la cour.

Irène s'assit, se servit un grand verre de jus de fruits, qu'elle vida avant de répondre.

– Il a pris une décharge de chevrotines dans le mollet. Pas grand-chose, heureusement. Le plus gros est passé à côté et il n'a ramassé que quelques plombs. Comme il refusait de se laisser hospitaliser, j'ai dû les extraire. Je crois qu'il se remettra rapidement, mais je devrai tout de même retourner le voir pour surveiller la cicatrisation. Je ne voudrais pas qu'il attrape la gangrène, nous n'avons pas besoin de ça.

– Vous avez mangé ? s'inquiéta Geneviève.

– Non. On va aller grignoter un morceau dans la cuisine.

– Grignoter ? protesta Gérard. Je vais *dévorer* quelque chose, oui ! Toute cette viande que tu as découpée, ça m'a mis en appétit !

Il s'enfuit sous les hurlements dégoûtés des autres, et se retrouva dans la cuisine, où Irène et N'Gombala le rejoignirent.

Ils dressèrent rapidement l'inventaire des aliments à leur disposition, déballant les fruits et légumes achetés le matin même sur le marché, et dont certains étaient encore enveloppés de papier journal. Irène, qui examinait l'aspect d'une salade, poussa soudain un cri étouffé.

– Qu'est-ce qui se passe ? s'inquiéta Gérard en s'approchant. Tu as trouvé une araignée ?

Sans répondre, la jeune femme déplia le journal qu'elle venait d'ouvrir et le lui tendit.

– Tiens ? s'étonna Gérard. Ils reçoivent *France-Soir*, ici ?

Très pâle, Irène désigna une photo dans le quart inférieur droit de la page.

– Je connais cet homme, murmura-t-elle.

Gérard examina la photo à son tour. C'était celle d'un jeune homme blond, portant des lunettes. Le genre de visage qui passait inaperçu en toute circonstance. Puis il parcourut l'article qu'illustrait la photographie.

On est toujours sans nouvelles d'Olivier Truchant, disparu de son domicile depuis maintenant plus de cinq mois. Le jeune homme, sujet à de fréquentes crises d'amnésie, a déjà disparu de la sorte à plusieurs reprises dans le passé sans que ses absences durent jamais plus d'une semaine. De plus, certains proches d'Olivier Truchant prétendent que le disparu leur avait affirmé, deux jours à peine avant sa disparition, que sa vie allait se trouver bouleversée, sans pour autant préciser la nature de ce bouleversement.

La police, qui n'a pour l'instant aucune piste sérieuse, poursuit son enquête…

– Il travaillait avec Raoul, expliqua Irène. Je l'ai souvent vu quand je passais à l'agence. C'était un garçon timide, effacé, qui rougissait facilement.

Elle reprit le journal, quitta la cuisine. Dans le salon, elle dut faire un détour pour éviter de marcher sur les routes que les gosses avaient tracées à l'aide de badines, et où ils faisaient rouler leurs Majorette.

Raoul était toujours assis près de la table dans la cour, entouré de son frère et de ses belles-sœurs. Irène vint lui mettre le journal sous les yeux.

– Regarde !

Il recula la tête, prit la feuille des mains de sa femme, l'écarta pour pouvoir lire.

– Et alors ? demanda-t-il après avoir parcouru l'article.

– C'est bien ton collègue ?

– Oui, et après ?

– Il a disparu.

– C'est ce qu'ils disent, oui. Ils disent aussi qu'il était sujet à des crises d'amnésie. Il a dû avoir une nouvelle attaque et disparaître, dans l'incapacité de se souvenir de son nom. Que veux-tu que j'y fasse ?

– Tu pourrais contacter la police.

Les mâchoires de Raoul se contractèrent et il laissa passer quelques secondes avant de répondre.

– Qu'est-ce que la police a à voir là-dedans ? Et que veux-tu que j'aille leur dire ?

– Eh bien… Il a disparu. Ils disent là que toute personne susceptible de fournir des renseignements doit les contacter. Il t'a peut-être parlé d'un endroit qu'il aimait et où il aurait pu retourner en pleine crise.

Raoul éclata de rire.

– Bon Dieu ! Je connaissais à peine ce type ! J'ai dû lui adresser la parole trois fois en deux ans ! C'était un crétin fini, une espèce de dégénéré ! Et tu voudrais que j'aille trouver les flics pour leur expliquer de quelle façon il me disait bonjour et bonsoir ?

– Non, mais… je pensais…

– Tu pensais… Allons, ça ne tient pas debout. Laisse tomber. Je ne connaissais pas ce type et je n'ai aucun lien avec lui. S'il était amnésique, il n'avait qu'à porter une chaîne autour du cou indiquant son nom et son adresse ! Mais c'est son problème, pas le mien. Et ne me demande pas de jouer les saint-bernard !

Raoul froissa la page de journal et la jeta à terre, à côté de son fauteuil.

– Va plutôt manger quelque chose, dit-il pour bien signifier que la discussion était close.

Irène hésita, eut un regard pour le papier roulé en boule à ses pieds. Elle haussa finalement les épaules et, les lèvres crispées, fit demi-tour. À grands pas rageurs, elle regagna la maison. Gérard, qui l'attendait sous la véranda, s'effaça pour la laisser passer et la suivit jusqu'à la cuisine où N'Gombala avait profité de ce répit pour confectionner trois énormes sandwiches.

– Il n'a pas tort, tu sais, dit son beau-frère, quand ils furent assis autour de la table. S'il ne connaît pas ce type, aller à la police ne lui apportera que des ennuis. Témoignages, contre-témoignages, visites à la morgue à chaque fois qu'on repêchera un noyé quelque part… Toute une flopée d'emmerdements qui lui tomberont dessus sans qu'il puisse savoir quand ils se termineront. Crois-moi, je sais de quoi je parle.

– Sans doute, mais… commença Irène, qui hésita, comme si ce qu'elle allait dire lui paraissait soudain trop énorme. Je ne sais pas, dit-elle finalement. Il y a quelque chose.

– Mais non. Et puis, à l'époque, il était encore en France. Si la police avait eu besoin de lui, on l'aurait convoqué, tu ne crois pas ?

– Si, bien sûr…

Irène prit son sandwich d'un geste machinal et mordit dedans sans même sentir le goût de ce qu'elle avalait. La police faisait-elle vraiment une enquête en cas d'amnésie ? Une enquête aussi poussée que dans le cas, disons, d'un… meurtre ?

Chapitre 18

Seul le bruit des couverts heurtant le fond des assiettes venait troubler le silence. Même les enfants, qui avaient dîné bien avant leurs parents, jouaient en silence sous la véranda, comme s'ils avaient été sensibles à l'atmosphère tendue qui régnait dans la maison.

Irène et Gérard avaient déjeuné au milieu de l'après-midi et ne se sentaient guère d'appétit. Aussi grignotaient-ils du bout des dents les plats que N'Gombala posait devant eux. Tous repensaient aux événements du début de la matinée et chacun, à tour de rôle, relevait la tête, écoutait un instant puis retournait son attention vers son assiette.

– Raoul a reçu ses livres ! annonça soudain Hubert, dans l'espoir de ranimer enfin la conversation qui n'avait cessé de s'éteindre tout au long du repas.

– Ah oui ?

L'œil de Gérard s'était allumé. Il allait peut-être enfin pouvoir lire quelque chose de sérieux. Depuis leur arrivée sur l'île, il avait rapidement épuisé tous les livres disponibles, y compris la série des aventures de Tarzan appartenant à Alexandre, et venait de passer les deux derniers jours à lire les bandes dessinées que les gosses voulaient bien lui prêter. *Mickey* et *Lucky Luke*, il commençait à en être saturé.

– Intéressant, commenta-t-il. On peut voir ?

– Bien sûr, accepta Raoul. Ils sont dans la bibliothèque. On prendra le digestif là-bas.

Les trois hommes se levèrent de table, sitôt fini de manger, immédiatement imités par Annie qui n'avait jamais pu résister au plaisir de fouiner dans une caisse de livres.

– Je peux venir aussi ou c'est une réunion de machos ? demanda-t-elle, en constatant qu'elle était la seule femme à les suivre.

– Bien sûr. Tu es ici chez toi.

Cinq cantines métalliques étaient alignées dans la bibliothèque.

– Tout est là, dit Raoul en les désignant d'un geste.

Il fouilla dans le tiroir du bureau qui occupait un angle de la pièce, en sortit un trousseau de clefs avec lesquelles il ouvrit les cadenas des cantines.

– Si vous ne savez pas quoi faire, vous pouvez mettre les livres sur les étagères, cela m'épargnera du travail.

– Dans n'importe quel ordre ? demanda Hubert.

– Oui. L'essentiel, c'est qu'on puisse lire les titres. Je les classerai plus tard. J'ai tout mon temps pour ça.

Aussitôt, chacun s'octroya une cantine qu'il entreprit de vider afin d'en répartir le contenu sur les rayonnages vides qui couraient autour de la pièce.

Personne ne cherchant à établir un classement rigoureux, le travail avançait vite. Hubert avait presque fini de vider la cantine qu'il s'était attribuée, quand il poussa une exclamation de surprise :

– Eh ! Le livre de l'Ancêtre !

Il se redressa, tenant entre les mains une espèce de grimoire manifestement très ancien. La couverture, qui avait dû être de cuir brun à l'origine, était à présent d'un beige marbré de taches sombres.

Gérard, qui était en train de sortir une série de disques de hard rock appartenant à Alexandre – Iron Maiden, AC / DC, Black Sabbath –, s'approcha, intéressé. Il posa les disques à côté des classiques de son frère et saisit au passage le livre qu'Hubert s'apprêtait à ranger sur une étagère, entre un atlas et un traité d'astronomie.

– Tu vas pas t'y mettre toi aussi ? s'exclama le rouquin. Fais gaffe, c'est peut-être contagieux. Tu vas finir par acheter une case aux Bamilékés !

Sans prendre la peine de lui répondre, Gérard se tourna vers Raoul.

– Je peux le lire ?

– Si tu en prends soin…

Malgré lui, Gérard fut agacé par la recommandation. Son frère avait toujours eu un côté « droit d'aînesse » qui ne lui avait jamais rendu la vie facile. Ce livre aurait dû être leur propriété à tous trois, héritage commun d'un ancêtre disparu depuis longtemps. Le fait que Raoul se l'approprie lui paraissait relever une fois de plus de ces abus de pouvoir dont il était coutumier étant enfant.

D'un autre côté, Gérard ne pensait même plus à ce livre l'instant d'avant ; il ne savait même plus qu'il existait et aurait été bien en peine de dire où il se trouvait. Si Raoul ne l'avait pas jalousement conservé durant toutes ces années, le livre en question aurait sans doute fait le bonheur d'un brocanteur depuis fort longtemps, ou serait en train de pourrir au fond d'un grenier.

– Bien sûr que j'en prendrai soin, s'entendit-il répondre.

– Alors, pas de problème. Tu n'auras qu'à le reposer là quand tu l'auras fini, ajouta Raoul avec un grand sourire.

Gérard acquiesça d'un hochement de tête. Le sous-entendu l'irritait. *Tu n'auras qu'à le reposer là*, autrement dit : *Ne te goure pas, mon bonhomme, ceci est à moi. Pas question que tu le gardes !*

Il posa l'ouvrage sur le coin du bureau tout proche et

se reporta à la cantine qu'il avait entrepris de vider. Assise dans un coin, Annie avait ouvert un livre sur ses genoux et paraissait plongée dans sa lecture. Elle ne semblait pas avoir suivi le bref échange entre les deux frères.

Raoul alignait une série de romans policiers à côté des œuvres de Proust reliées plein cuir, quand il s'immobilisa et dressa l'oreille.

– Vous avez entendu ? demanda-t-il.

Les autres relevèrent la tête, intrigués.

– Non, dit Gérard. Nous n'avons rien entendu. Pourquoi ? Qu'est-ce qu'il y avait à enten…

Des cris et des appels leur parvinrent soudain, lui coupant la parole. D'un même bond, tous se redressèrent.

Au pas de course, ils traversèrent le salon désert. La moustiquaire protégeant la porte-fenêtre était grande ouverte, signe que quelqu'un venait de passer par là précipitamment. Ils filèrent dehors.

Dès qu'ils posèrent le pied dans la véranda, un long gémissement, pareil à celui d'une bête blessée, s'éleva du milieu de la cour. Franchissant les marches d'un bond, Raoul fut le premier sur les lieux.

Là, entourant Kelly qui geignait, se trouvaient Irène, Geneviève et Alexandre. Les enfants se tenaient en retrait, les yeux fixés sur la jeune Anglaise, fascinés et inquiets.

La tête renversée, Kelly avait les yeux révulsés ; un filet de bave lui coulait sur le menton et dans le cou, mouillait le col de son tee-shirt. Irène et Geneviève la maintenaient chacune par un bras pour l'empêcher de tomber. Les membres raides, tétanisés, la jeune fille semblait incapable de conserver seule son équilibre.

Irène lui parlait à l'oreille, tentait de la calmer avec des mots rassurants.

Raoul écarta Geneviève presque avec brusquerie, la remplaça auprès de la jeune fille.

– Fais rentrer les enfants, dit-il à sa belle-sœur. Ils n'ont pas besoin de voir ça. Que s'est-il passé ? demanda-t-il ensuite en se tournant vers sa femme.

– Je ne sais pas. Elle était dans la cour, nous étions sous la véranda. J'étais sortie prendre l'air, et je me tenais près de la rampe. Elle a voulu remonter – je la voyais très bien, elle n'était qu'à quelques mètres de moi, juste sous la lampe du porche. Et soudain, elle a poussé un cri et s'est retrouvée dans cet état.

– Elle n'a pas été piquée par quelque chose ?

– Je ne pense pas. Je l'aurais vu ! J'étais vraiment tout près.

– Bon. Le plus urgent, c'est de l'étendre. Portons-la à l'intérieur.

Comme si elle avait compris, malgré son malaise, la jeune fille eut un soubresaut.

– Nooooooooooooonnnnnnnnnnn, gémit-elle.

– Kelly ! Tu m'entends ? C'est Irène. Nous sommes là. Il ne peut rien t'arriver. Calme-toi. Tout va s'arranger. Cela va passer. Respire doucement, profondément… N'aie pas peur.

Pendant ce temps, les enfants refluaient en désordre sous la véranda, canalisés par Geneviève. Même Alexandre s'était vu intimer l'ordre de monter se coucher. Après avoir vainement tenté de résister, il avait dû se résoudre à obéir.

– Ce n'est pas un spectacle pour vous ! était en train d'expliquer Geneviève à la petite troupe. Même toi, Alexandre ! À cette heure-ci vous devriez tous être au lit depuis longtemps. Vous avez déjà rabioté suffisamment, ne venez pas vous plaindre ! Allez ! Ouste !

Ils disparurent dans le salon, direction l'étage et leurs lits.

Restés à distance respectueuse pour ne pas gêner la jeune Anglaise, Gérard, Hubert et Annie échangèrent un regard inquiet. Peu à peu cependant, sans doute grâce à l'effet apaisant de la voix d'Irène et au contact rassurant des mains qui la maintenaient, Kelly se calmait. Ses muscles se détendaient, sa mâchoire se décrispait, le filet de bave qui lui coulait de la bouche diminuait, ses lèvres commençaient à trembler…

– Voilà, l'encouragea Irène. C'est fini.

Les yeux de la jeune fille se fermèrent et, soudain, elle craqua. Ses jambes se dérobèrent sous elle, et elle se serait écroulée comme une poupée de chiffon si Raoul et Irène ne l'avaient soutenue. Elle éclata en sanglots et s'abattit sur l'épaule d'Irène.

Gêné, Raoul la lâcha après s'être assuré que le soutien de sa femme suffirait à la maintenir debout. Il s'écarta, resta deux pas en arrière, prêt à la rattraper si elle faisait mine de s'écrouler.

Pendant ce temps, Hubert et Gérard s'étaient écartés, chacun dans une direction, pour fouiller la cour et chercher sans trop y croire ce qui aurait pu effrayer la jeune fille : serpent, araignée... n'importe quoi.

– Il n'y a rien, annoncèrent-ils à Raoul, quand ils revinrent près du groupe entourant Kelly qui semblait aller beaucoup mieux.

Sanglotant, la jeune fille paraissait avoir surmonté le plus gros de la crise et ne plus souffrir que du relâchement de ses nerfs.

– Si, murmura-t-elle. Je les ai vus. Ils sont là !

– Qui ? demanda Irène à mi-voix.

Malgré eux, les trois hommes jetèrent des regards inquiets alentour, scrutant les buissons qui cernaient la cour, où une armée entière aurait pu se dissimuler sans peine.

– Je les ai vus quand j'ai voulu remonter dans la véranda. Là !

La jeune Anglaise pointait le doigt vers le sol devant elle. Sur les colonnes. En bas.

Suivant la direction indiquée, ils voyaient tous à présent ce qui avait suscité une telle épouvante chez la jeune fille. Au pied de chacun des deux montants de bois qui encadraient l'escalier et soutenaient l'avancée du toit, directement dans la colonne elle-même, quelqu'un avait sculpté un masque nègre que l'éclairage rasant rendait plus sinistre encore.

Raoul et Gérard bondirent presque en même temps. Ils étaient déjà penchés pour examiner ce qui, dans d'autres circonstances, aurait pu passer pour deux œuvres d'art, quand Hubert les rejoignit.

Hauts d'une vingtaine de centimètres, larges des dix centimètres que permettait tout juste l'épaisseur des colonnes, les deux masques nègres souriaient hideusement. Taillés avec une science certaine de la sculpture sur bois, leurs traits déformés n'exprimaient qu'un sentiment unique : la haine.

Gérard passa le doigt sur les arêtes vives, remua la poussière au pied des colonnes…

– Ce n'est pas vieux, constata-t-il. Il y a encore des copeaux sur le sol. Cela remonte à un ou deux jours, tout au plus.

Raoul se redressa et jeta un regard fou autour de lui. Son visage en cet instant aurait pu sans peine figurer entre les deux masques tant il leur était semblable : la haine et la colère s'y mêlaient étroitement. Gérard sentit un frisson le parcourir. Pour la seconde fois en deux jours, il découvrait son frère sous un jour qui lui faisait peur.

– Qui a osé ? demanda Raoul d'une voix rauque. Qui a pu venir jusqu'ici me narguer sans que personne le remarque ? Et quand ?

– Peut-être cette nuit, suggéra Hubert. Ce pourrait être le même homme que celui qui a tiré sur les Bamilékés.

Son frère lui jeta un tel regard qu'il n'insista pas. L'hypothèse lui paraissait pourtant plausible. Il n'imagina pas une seule seconde que Raoul était bien placé pour savoir qu'elle ne tenait pas debout.

– C'étaient les mêmes masques, dit Kelly. Exactement ceux que j'ai vus dans mon rêve et à l'aéroport. Et ils nous voulaient du mal… Oh, j'ai peur ! J'ai si peur !

Gérard ne dit rien, mais il sentit une boule lui obstruer la gorge. La vue de ces masques éveillait en lui un vague souvenir qui le mettait mal à l'aise, sans qu'il puisse s'expliquer pourquoi.

La jeune Anglaise enfouit son visage dans l'épaule d'Irène pour y chercher un réconfort et tenter de se rassurer. De lourds sanglots la secouaient. Irène essaya de la réconforter en lui parlant doucement mais, sur le visage de sa belle-sœur, Gérard n'eut aucune peine à lire un sentiment que tous commençaient à éprouver à des degrés divers : la peur.

Ils étaient visés. Personnellement visés, par un ennemi

qui venait de leur démontrer d'éclatante manière qu'il pouvait venir les trouver chez eux, pratiquement dans leur lit, quand il le voulait. Mieux encore : il pouvait venir passer un certain temps tout près d'eux – car, pour rudimentaires qu'elles fussent, les deux sculptures avaient dû nécessiter plus d'une heure de travail chacune – sans que personne en ait conscience.

La peur enlaçait le petit groupe de ses bras glacés. Chacun jetait des regards inquiets autour de lui, scrutant l'obscurité qui les entourait afin d'y déceler l'indice d'une présence menaçante.

Provenant de la forêt toute proche, des centaines de petits bruits résonnèrent soudain à leurs oreilles. Ce craquement de brindilles n'avait-il pas été causé par le poids d'un homme marchant vers eux en tapinois ? Ce frémissement n'était-il pas dû à une main écartant les feuilles pour mieux les observer ? Ce bruit de course rapide trahissant la fuite de quelque rongeur n'avait-il pas pour origine l'approche d'un danger inconnu ?

Toute l'île semblait d'un seul coup devenue hostile. Seule la maison, à la lueur des lampes-tempête qui trouait l'obscurité de la cour, leur paraissait sûre. Et pourtant, la présence des sculptures autour de cette porte qu'ils empruntaient plusieurs fois par jour ne venait-elle pas de leur démontrer que même là ils n'étaient plus en sécurité ? N'était-ce pas la preuve que leur ennemi pouvait les atteindre quand il le désirait ?

Mais qui, dissimulé quelque part sur cette île, pouvait leur vouloir du mal ? Et surtout, pourquoi ?

– Qu'est-ce qu'on va faire ? demanda d'une voix à peine audible Geneviève, qui était revenue près d'eux.

Raoul la regarda, comme si la question le faisait brusquement s'éveiller d'un cauchemar. Le fait qu'on ait demandé quelle devait être la conduite à adopter lui permettait de reprendre contact avec la réalité. Il lui incombait de décider. Il se retrouvait sur un terrain familier et avait presque l'illusion de dominer encore la situation.

– Pour l'instant, dormir, dit-il. Demain on avisera.

– Il serait peut-être sage d'instaurer un tour de garde, au moins pour quelques jours, proposa Hubert. On ne sait jamais. Apparemment ces gens se déplacent toujours de nuit. Cette sculpture n'a pu être fabriquée de jour : nous l'aurions vu faire. Et les Bamilékés se sont fait tirer dessus pendant la nuit. De même, l'installation du piège a vraisemblablement eu lieu de nuit. Durant la journée, ils couraient trop le risque d'être découverts par les gosses, qui sont toujours en train de cavaler partout.

Raoul acquiesça. Le raisonnement se tenait. Et puis, ne souhaitant pas être égorgé dans son lit pendant son sommeil, l'idée d'instaurer un tour de garde ne lui déplaisait pas. De plus, cela aurait le mérite de rassurer les femmes, qui avaient l'air très angoissées. Geneviève surtout l'inquiétait : elle paraissait à deux doigts de craquer.

– C'est une bonne idée, dit-il. Si nos visiteurs reviennent cette nuit, ils trouveront à qui parler. Qui commence ?

– Moi, dit Gérard. Je n'ai pas sommeil. J'en profiterai pour lire le livre de l'Ancêtre.

– Je prendrai le second tour, dit Raoul. Dans deux heures et demie. Ainsi nous couvrirons toute la nuit à trois.

– C'est ça. J'assurerai le dernier tour. Si nous manquons de sommeil, nous pourrons nous rattraper en faisant la sieste sur la plage demain, fit remarquer Hubert. Je ne crois pas que nous risquions grand-chose en plein jour : si notre mystérieux sculpteur était tellement fort, nous l'aurions déjà vu. Le fait qu'il tente de nous intimider par des moyens détournés indique qu'il n'est pas de taille à nous affronter directement.

Irène parut sur le point de se proposer à son tour, mais ne dit rien. La nuit était déjà découpée entre les trois hommes, qui n'avaient manifestement pas besoin d'elle. Sachant que de toute façon elle demeurerait éveillée, elle se tut. Ainsi, ils seraient deux à monter la garde, ce qui ne lui semblait nullement superflu.

Confortablement installé dans un fauteuil en rotin rembourré de coussins, les pieds sur la table basse du salon, et le riot gun chargé à portée de la main, Gérard s'était plongé dans la lecture du livre de bord du comte d'Estèves dès que les autres avaient disparu dans leurs chambres respectives.

Jamais encore il n'avait eu l'occasion d'ouvrir l'imposant volume que son frère avait passé des journées entières dans son enfance à lire et à relire.

Fasciné, Gérard comprenait maintenant l'attrait exercé sur Raoul par l'antique manuscrit. Livre de bord rédigé par l'un de leurs ancêtres, corsaire du Roy de France, l'ouvrage avait de quoi passionner un jeune esprit. Gérard, absorbé dès les premières pages, regrettait à présent de ne pas l'avoir lu à l'époque où un livre avait encore le pouvoir de le transporter dans un monde de rêves qui n'avait que peu de rapport avec le monde réel. Que de voyages sur toutes les mers du globe il aurait pu faire alors!

Il était vrai qu'à l'époque Raoul veillait jalousement sur son bien.

Peu à peu cependant, alors que s'écoulait la première heure de sa veille, la fascination qu'il éprouvait s'estompa. Une fois habitué à déchiffrer l'écriture malhabile de leur ancêtre, une fois franchi l'obstacle du vieux français, il parcourut très vite les pages, franchissant en quelques minutes des mois et des années de la vie du comte. Plus que d'un véritable livre de bord, il s'agissait en fait d'un journal personnel dans lequel le comte consignait tous les faits marquants de sa propre existence, qu'ils aient eu ou non un rapport avec la bonne marche de ses navires successifs.

De ce fait, la sécheresse administrative que l'on peut s'attendre à trouver dans un livre de bord était absente de cet ouvrage, qui prenait plutôt l'allure d'un album de souvenirs racontés au jour le jour, à chaque fois qu'un incident le justifiait. Et c'était peut-être à cause de cela, justement, à cause de cette implication directe du comte, de son ancêtre, dans ce qu'il écrivait, que Gérard commença à ressentir un obscur malaise.

Car, peu à peu, la vie du comte évoluait. Certes, il était bien corsaire du Roy, ainsi que le leur avait dit Raoul. Les premières pages étaient pleines de bruit et de fureur, pleines de récits d'abordage de navires ennemis, dont la prise était faite au nom de la France et du Roy.

Mais progressivement, au fil des pages, et comme les prises ennemies se faisaient plus espacées dans le temps, un nouveau comte d'Estèves voyait le jour. La déchéance commençait.

Le corsaire disparaissait graduellement, se transformant, entre deux prises légales, en un pirate voguant sous le sinistre pavillon à tête de mort. D'Estèves écuma alors l'Atlantique pendant de longs mois, laissant dans son sillage des navires éventrés et des équipages entiers jetés aux requins. Les boucheries succédaient aux tueries, à chaque fois plus sanglantes, chaque fois décrites avec un plus grand luxe de détails. Le comte d'Estèves était devenu un pirate, et manifestement cette nouvelle vie lui plaisait. Il y prenait goût, se complaisait dans le sang et le meurtre, et semblait prendre un plaisir tout aussi grand à coucher le récit de ses atrocités sur le papier.

Vaguement écœuré, Gérard parcourut rapidement les pages qui avaient trait à la carrière de pirate du comte. Était-il possible que le sang de cet homme coulât aujourd'hui dans leurs veines ? Ce qu'un homme avait accompli jadis, ses descendants étaient-ils encore capables de l'accomplir, quelques siècles plus tard ? Involontairement, Gérard fit le rapprochement avec Raoul. Sans qu'il puisse s'expliquer pourquoi, cette association le mettait mal à l'aise. Il revint au livre. Progressivement, ainsi que l'écrivait le comte lui-même, le métier de pirate se faisant trop dangereux pour une rentabilité assez faible, sa vie changea de nouveau d'orientation.

Gérard lut les dernières pages du volume sans vouloir y croire. Jamais encore Raoul ne leur avait parlé de cet aspect de la vie de leur ancêtre.

Ce dernier, pourtant, s'étendait longuement sur le sujet. Gérard parcourut rapidement les derniers mois de la vie aventureuse du comte, avant qu'il ne se retire sur ses terres, fortune faite, pour y épouser une fille de trente ans plus jeune que lui ; elle lui donnerait un fils avant que n'éclate la Révolution, au cours de laquelle il serait guillotiné. Mais ça, bien sûr, ce n'était pas dans son livre.

Ce qui était dans son livre, par contre, c'était la mention du nouveau commerce auquel il s'était adonné pendant les derniers mois de sa vie sous les tropiques.

Et pour Gérard, ce fut comme si un voile se déchirait soudain dans son esprit. Brusquement il comprit tout : la maison dans l'île, au large du continent africain, la cave immense qui courait sous toute la demeure, les barreaux énormes sur les soupiraux…

– Négrier ! murmura-t-il, abasourdi par sa découverte.

Chapitre 19

Les traits tirés, Hubert passa le beurrier à Gérard qui ne semblait guère plus reposé. Seul Raoul paraissait en pleine forme, comme si les trois heures de veille qu'il avait assurées n'étaient pas exceptionnelles, mais faisaient tellement partie de sa vie courante qu'il n'y prêtait même plus attention.

Tout avait été calme, la garde des trois hommes inutile : personne n'était venu rôder autour de la maison.

Irène mangeait en silence, évitant même de faire craquer ses biscottes quand elle les croquait, comme si ce simple bruit avait été de nature à déclencher une catastrophe. Malgré ses résolutions, elle avait fini par s'endormir vers une heure du matin, terrassée par la fatigue et les émotions de ces derniers jours. Paradoxalement, son sommeil avait été particulièrement réparateur. Peut-être parce qu'elle n'avait cessé de réfléchir pendant tout le temps qu'avait duré sa veille, et que, juste avant de sombrer dans le sommeil, elle était parvenue à prendre une décision qui, pour elle, signifiait la fin du cauchemar.

Elle avait décidé de renvoyer Kelly chez elle, en Angleterre. Profitant de l'occasion, et prenant prétexte des fréquents malaises de la jeune fille, Irène partirait avec elle. L'argument selon lequel la jeune Anglaise ne pouvait voyager seule lui paraissait irrécusable. Elle partirait donc également, et elle emmènerait Alexandre avec elle.

Elle but son café brûlant en souriant intérieurement. Depuis qu'elle avait pris sa décision, c'était comme si un corset lui avait été ôté : elle avait l'impression de mieux respirer. Elle se sentait presque en pleine forme. Presque seulement, car tant qu'elle n'aurait pas quitté l'île, elle savait qu'elle sentirait peser sur elle une sourde menace. Mais tout de même, le fait de s'être décidée lui faisait envisager les choses sous un jour beaucoup plus favorable. Ses tourments, ses angoisses, allaient prendre fin.

Les autres, songeait-elle, feraient comme elle, s'ils avaient deux sous de jugeote. Après tout, le mois tirait à sa fin. Il leur restait tout juste une semaine à passer dans l'île. Même si personne n'en parlait encore, le retour était proche. Un jour de plus ou de moins…

Pour elle, cependant, un jour cela comptait énormément. Aussi avait-elle décidé de ne pas perdre une minute. Cette journée qui commençait serait la dernière qu'elle passerait sur l'île. Le temps de boucler les valises, de faire un saut jusqu'à Victoria pour réserver les billets d'avion, et le lendemain elle serait en Angleterre.

De son côté, Raoul semblait absorbé par ses pensées. Il avait le regard fixé sur le vide, et portait distraitement à sa bouche les tartines qu'il mâchait d'un mouvement machinal. Manifestement, lui non plus n'était guère à ce qu'il faisait.

Irène, qui n'avait pu trouver l'occasion d'aborder le sujet depuis son réveil, l'observait à la dérobée. Impossible de lui parler à présent. Il était inaccessible. Et l'attaquer de front, en présence de ses frères et de ses deux belles-sœurs, serait le meilleur moyen de le buter et de lui faire refuser sa proposition. Le connaissant, Irène devinait qu'il valait mieux pour elle attendre un meilleur moment, et lui parler seule à seul. Peut-être l'instant le plus propice serait-il celui où tous quitteraient la table pour passer dans le salon ; ils marqueraient alors un temps d'hésitation, comme chaque matin, se demandant comment ils allaient employer la journée, avant de se décider finalement à descendre sur la plage.

Elle attendit donc, se hâtant de finir de déjeuner pour être prête à se lever de table en même temps que son mari, s'il lui prenait la fantaisie de ne pas attendre les autres. Effectivement, à peine eut-il avalé sa dernière bouchée qu'il se leva brusquement.

– Je vais faire un tour, annonça-t-il à la cantonade. Juste pour m'assurer que tout est en ordre.

Puis, en quelques enjambées rapides, il contourna la table et s'en alla, non sans avoir raflé au passage le riot gun que quelqu'un avait posé sur l'armoire avant que les enfants ne descendent.

Irène n'avait pas eu le temps de réagir quand il s'était levé, et elle le regarda partir sans mot dire. Le rappeler à présent n'aurait servi qu'à l'irriter. Tout ce qu'elle pouvait faire, c'était attendre son retour pour lui parler. Mais elle lui parlerait. Sa décision était prise, et rien ne la ferait changer d'avis.

En le voyant s'éloigner dans le couloir, le fusil formant comme un prolongement naturel de son bras, elle comprit qu'elle devait faire vite : bientôt il serait trop tard.

Debout sur la véranda, humant l'air frais du matin, Alexandre promenait autour de lui un regard interrogateur. Que faire ? Éprouvée par la scène de la veille, Kelly était toujours endormie et personne n'avait eu le cœur de la réveiller. Il se retrouvait donc seul, les enfants ayant disparu en direction de l'arrière-cour, où ils devaient encore jouer à un de leurs jeux idiots à base de cris et de bousculades.

Lire ? Oui, bien sûr. Mais il ne faisait que ça depuis des mois. Et la journée commençait à peine. S'il se mettait à lire dès maintenant, que ferait-il durant l'après-midi ?

Il hésita, regarda autour de lui en quête d'une improbable distraction, mais il n'y avait rien.

Brutalement, il ressentit la mort de son chien comme une terrible absence. Si le setter avait été là, ils auraient pu aller courir sur la plage, se rouler dans le sable, plonger dans les vagues… Pourquoi ? Pourquoi avait-on tué son chien ?

Les larmes aux yeux, il se glissa entre la maison et la forêt, en quête des enfants. Il était prêt à jouer avec eux. À n'importe quoi. N'importe quoi pour ne pas rester seul.

Quand il arriva dans l'arrière-cour, il ne put retenir une grimace de dépit. Les enfants n'étaient pas là. Ils avaient dû filer vers la plage pour profiter du beau temps. Décidément, ce n'était pas de chance.

De nouveau, l'indécision s'empara de lui. Il s'immobilisa au milieu de la cour, se demandant si, finalement, il n'allait pas regagner la véranda pour lire, mais cela ne le tentait vraiment pas. Pas aujourd'hui. Et pourquoi pas la plage, pour lui aussi ? Après tout, un bain de mer, ça occupait et ça fatiguait. Pendant ce temps, on ne pensait à rien. Et puis il se trouverait bien un adulte ou deux pour venir le rejoindre avant la fin de la matinée, ils pourraient alors nager de concert et s'éclabousser sans penser à rien d'autre.

Il s'engagea dans le sentier qui quittait l'arrière-cour pour gagner la plage après un léger détour.

La matinée était calme, presque fraîche. Il avait plu peu avant le lever du jour, et la forêt gorgée d'eau semblait récupérer, tel un gros animal se séchant au soleil.

Parfois, une grosse goutte roulait avec détermination le long d'une feuille, glissait, tombait sur une autre feuille où elle éclatait avec un bruit humide. Ici et là, dissimulés par le feuillage, des oiseaux s'interpellaient en poussant des cris étranges, modulés dans un registre grave qui ne donnait en rien une impression de bonheur paisible.

Devant lui, un petit rat traversa le sentier, disparut sous de larges feuilles sombres. Alexandre put entendre pendant quelques instants encore le frémissement de sa fuite sous les buissons.

L'adolescent s'arrêta, leva la tête vers le ciel dont il distinguait quelques pans à travers la voûte végétale. Il ferma les yeux, savoura l'instant. Le souvenir douloureux avait reflué de son esprit, gommé par l'extraordinaire aptitude de la jeunesse à s'adapter, à composer avec les cruautés de la vie. En cet instant, il ne pensait plus. Il n'était plus que sensations. Et des sensations, l'île lui en procurait. Il inspira comme s'il avait voulu respirer l'île entière. Il aimait ce pays. Il se gorgea des odeurs fortes de la jungle, les aspira par tous les pores de sa peau. Autour de lui, les minces troncs des palétuviers emmêlés formaient comme une cage magique et protectrice, muraille infranchissable entre son monde et l'extérieur.

Alexandre resta plusieurs minutes ainsi, immobile, les yeux fermés, sans aucune notion du temps. Il serait resté sans doute beaucoup plus longtemps si un froissement derrière lui n'avait attiré soudain son attention. Il rouvrit les yeux, se retourna, s'attendant à voir son père ou l'un de ses oncles, gêné de s'être laissé surprendre dans un état de si total abandon.

Il n'y avait personne sur le sentier.

Alexandre promena son regard de droite à gauche, étonné. Il avait pourtant entendu quelque chose. Il en était certain. Un gros animal, peut-être ? Mais il n'y avait pas de gros animaux sur l'île.

Un Bamiléké à la poursuite de gibier ? Les Bamilékés ne venaient jamais dans cette partie de l'île ; c'était une chose qu'il avait apprise dès son arrivée. Ils la considéraient comme tabou. Comme si elle était interdite ou… maudite.

Brusquement, les récents événements lui revinrent en mémoire. Et derrière eux se profilait l'angoissante question à laquelle nul jusqu'à présent n'avait pu fournir de réponse satisfaisante : y avait-il réellement quelqu'un leur voulant du mal sur cette île ? Son chien était bien mort, tombé dans un piège placé là pour prendre un humain ! Peu à peu, à force d'autopersuasion, il était parvenu à se convaincre que le piège se trouvait là depuis des années, malgré les invraisemblances et les impossibilités qui allaient contre cette explication. Mais il avait presque réussi à se persuader qu'il n'y en avait aucune autre.

Malgré tout, quelqu'un avait bien sculpté les masques sur le porche de l'entrée. Personne ne pouvait le contester. La veille au soir, après qu'on l'avait forcé à rentrer, il était resté près d'une fenêtre ouverte, dissimulé dans l'obscurité, à écouter ce qui se disait dans la cour. Il avait entendu Kelly parler des masques et il était descendu les voir le matin même, avant de déjeuner. Les masques étaient bien là, c'était indubitable.

Il les avait trouvés très laids, mais les avait aussitôt attribués aux enfants. Ne les avait-il pas vus jouer tout près de là la veille ?

Tout d'un coup, alors qu'il se retrouvait seul sur ce sentier, hors de portée de voix de la maison, il n'était plus sûr de rien. Quelques enfants, dont le plus âgé avait huit ans à peine, pouvaient-ils sculpter des masques reprenant toute une tradition artistique avec une telle précision, une telle facilité, et leur donner une expression telle qu'on les aurait presque crus vivants ?

Alexandre n'y croyait plus et s'apercevait soudain

que, comme pour la mort de son chien, il n'avait jamais accepté l'explication qu'il s'était donnée.

Et là-bas, à une vingtaine de mètres de lui, tout près du tournant qu'il avait franchi quelques minutes plus tôt, les buissons s'agitèrent. L'adolescent sentit une coulée de sueur glacée lui dévaler les reins. Le vent n'y était pour rien, il en était sûr. Seuls deux buissons avaient remué ; les autres étaient restés immobiles.

L'adolescent sentit sa gorge se dessécher, il déglutit avec difficulté.

– Qui est là ? demanda-t-il d'une voix si faible qu'elle ne devait pas porter à plus de quelques mètres.

Il inspira, déglutit de nouveau, comme si ce geste devait lui redonner du courage, et reposa sa question d'une voix plus forte :

– Qui est là ?

Aucune réponse ne lui parvint, comme s'il n'y avait rien ni personne derrière ces buissons.

Alexandre ne dit plus rien. Les yeux braqués sur l'endroit où quelque chose se dissimulait, il tendit l'oreille, à l'affût du moindre bruit susceptible de le renseigner sur l'identité de celui – ou ceux – qui était embusqué là, à quelques pas de lui.

Tout d'abord il n'entendit rien. Puis, peu à peu, il prit conscience que quelque chose d'étrange était en train de se passer. Sans bien savoir de quoi il s'agissait tout d'abord, il scruta les buissons alentour, à la recherche de ce qui avait pu ainsi éveiller son attention. Soudain il comprit.

Le silence s'était emparé de la forêt, au moment même où il avait entendu les buissons remuer derrière lui pour la première fois.

Comme si toutes les créatures, le rat qui avait traversé le sentier à toute allure, les oiseaux qui s'interpellaient d'une branche à l'autre, s'étaient brusquement immobilisées pour mieux se dissimuler aux yeux de ceux qui venaient de surgir sur leur domaine. Comme si ceux-là, justement, représentaient une menace telle que même la plus infime et la plus innocente des créatures de la forêt était pétrifiée de terreur en leur présence.

L'adolescent sentit ses bras nus se couvrir de chair de poule. Devant lui, les buissons étaient redevenus totalement immobiles, mais cette immobilité même les rendait plus terrifiants que s'ils avaient été agités par une main frénétique.

Un instant, Alexandre se demanda s'il aurait le temps de passer devant les buissons en courant assez vite pour regagner la maison sain et sauf. Il dut vite reconnaître qu'il n'en serait rien. S'il passait devant les buissons, il ne pourrait échapper à ceux qui y étaient tapis. Il ne lui restait qu'une solution : suivre le sentier jusqu'à la plage, ainsi qu'il en avait primitivement conçu le projet, puis, de là, regagner la maison en longeant la mer. Ce chemin ne le mettrait peut-être pas à l'abri d'une agression, mais au moins verrait-il à qui il avait affaire.

À pas lents, sans quitter les buissons des yeux, il se mit à reculer, persuadé qu'à tout moment ils pouvaient s'écarter pour livrer passage à une horde de créatures qu'il se refusait à imaginer.

Quand enfin il parvint au coude suivant et qu'il perdit de vue les buissons qui l'inquiétaient tant, il se retourna en marchant. Une voix tout au fond de lui-même lui criait de se mettre à courir, de prendre ses jambes à son cou pour gagner la plage au plus vite, mais il se refusa à l'écouter. Que diable, il avait tout de même treize ans ! Fuir sans même avoir vu l'ennemi lui aurait paru le comble de la lâcheté. Bien que terrifié, il se contraignit donc à marcher normalement. Ce fut tout juste s'il se décida à accélérer le pas, avançant à grandes enjambées, comme s'il était pressé d'arriver.

De toutes parts pourtant lui parvenaient d'étranges bruits : glissements feutrés, brindilles écrasées sous des pas, troncs d'arbre tout proches heurtés par quelque objet solide… Il n'était plus seul dans la forêt. De part et d'autre du sentier marchaient d'autres créatures. Hommes ou animaux ? La question restait posée.

Des fragments de lectures lui revenaient en mémoire. Des lectures où l'on parlait d'hommes-léopards, de monstres préhistoriques survivant en Afrique, de sociétés secrètes anthropophages…

De pressé, son pas se fit rapide. Il courait presque, et tant pis pour sa fierté. Autour de lui, un bruit de course s'était fait l'écho du sien. Mais comment, songea-t-il soudain, comment des hommes auraient-ils pu le suivre si vite au sein des palétuviers ? Comment auraient-ils pu courir entre les troncs emmêlés ?

Et pourtant, on courait. Quelles étaient donc les créatures qui le poursuivaient ?

La panique le submergea. Un instant encore, et elle lui ferait perdre tout contrôle de lui-même. Au moment où cela allait se produire, il s'immobilisa brutalement, comme tétanisé. Devant lui, à une dizaine de mètres à peine, un gros buisson empiétait sur le sentier, le transformant en un étroit couloir où un seul homme pouvait passer de front. Que quelque chose ou quelqu'un se soit dissimulé dans ce buisson, et il n'aurait même pas à sortir les bras du feuillage pour l'empoigner.

Comme pour répondre à ses craintes, le buisson se mit soudain à s'agiter.

C'était plus que n'en pouvait supporter l'adolescent, qui laissa échapper un long gémissement de terreur. Un frisson lui parcourut le corps, le laissant tremblant comme s'il avait la fièvre. Il était perdu. Il le savait à présent. Quels qu'ils soient, les êtres invisibles qui l'encerclaient ne pouvaient lui vouloir que du mal, et il était à leur merci.

– À l'aide ! hurla-t-il soudain, abandonnant toute retenue.

Il pivota comme un fou, cherchant une issue. À présent toute la forêt semblait prise de folie. Il n'y avait pas un buisson, pas une feuille, pas un arbre qui ne s'agitât, comme si une armée de singes s'y balançait.

– Au secours ! cria de nouveau l'adolescent.

Avisant une trouée dans le feuillage à deux pas de lui, Alexandre s'y engouffra, comme un naufragé se jette sur une planche flottant près de lui.

Devant lui s'ouvrait un sentier. Un sentier inconnu, un sentier qu'il n'avait jamais vu malgré le temps passé sur l'île. Un sentier tout neuf, visiblement, taillé à coups de machette dans la végétation exubérante.

Alexandre n'aima guère découvrir ainsi ce sentier. Il lui paraissait trop providentiel pour ne pas cacher quelque chose. Néanmoins, c'était la seule direction qui lui restât ouverte. Courant à perdre haleine, il le suivit sur une trentaine de mètres à peine. Brusquement, le sentier se mit à grimper et le jeune garçon dut ralentir sa course. Quand il parvint en haut de la petite côte, il s'arrêta, aveuglé par le soleil. Mettant sa main en visière sur ses yeux pour mieux se repérer, il constata qu'il venait de déboucher sur une plate-forme de quelques mètres de large. Il avança prudemment jusqu'au bord, pour se trouver devant un à-pic d'une dizaine de mètres. En bas coulait le ruisseau qui alimentait toute l'île en eau douce. À gauche et à droite, les troncs emmêlés des palétuviers formaient une grille défiant toute tentative de pénétration. Quant à sauter dans le vide, l'eau n'était pas assez profonde pour qu'il puisse y plonger, et la petite plage de sable gris qui la bordait se révélerait aussi dur que du roc après une chute de dix mètres.

Il était coincé, acculé au centre d'une cage végétale dont les seules issues étaient le vide et le sentier par lequel il était venu. Il se retourna, prêt à tenter de nouveau sa chance dans cette direction, se figea brusquement.

– Non… murmura-t-il. Non. Pas ça.

Débouchant à leur tour du sentier, plusieurs petites silhouettes vêtues de robes de bure s'alignaient lentement à l'autre bout de la plate-forme. Leurs capuchons rabattus sur la tête empêchaient l'adolescent de distinguer les traits de ses poursuivants.

Il les regarda, sans oser croire au témoignage de ses yeux.

– Ce n'est pas possible ! marmonna-t-il. Vous n'existez pas. Qui êtes-vous ? Qu'est-ce que vous me voulez ?

Son cri résonna sous la voûte des arbres, se perdit sur l'eau calme du ruisseau.

Sans répondre, celui qui paraissait être le chef du groupe avança d'un pas. D'un geste lent, il leva le poing au-dessus de sa tête, en pivotant de façon à l'amener derrière lui. Ce ne fut que lorsqu'il le rabattit en avant qu'Alexandre vit qu'il tenait une pierre. Le projectile traversa l'espace qui les séparait avant que l'adolescent n'ait pensé à l'esquiver. Touché en plein front, Alexandre battit l'air de ses bras en se sentant partir en arrière. Le sol se déroba sous ses pieds sans qu'il trouve rien à quoi se raccrocher.

– Noooooooonnnnnnnnn!!!! hurla-t-il en basculant dans le vide.

Il tournoya un instant dans les airs, avant de heurter durement le sol, dix mètres plus bas.

Sa chute, venant s'ajouter au choc causé par le projectile, le laissa à moitié étourdi. Il tenta de se remettre debout, mais le monde entier semblait s'être mis à tourner autour de lui, comme un manège en folie. Loin, très loin au-dessus de sa tête, d'étranges et minuscules créatures vêtues de robes de bure s'étaient rassemblées et l'examinaient en silence. L'une d'elles tendit soudain le bras et tous les capuchons se redressèrent pour regarder dans la direction indiquée.

Alexandre voulut relever la tête. Secoué par un spasme, il se mit à vomir, le visage tourné sur le côté. Des larmes lui montèrent aux yeux.

– Maman, gémit-il sans fausse honte.

Les spasmes cessèrent. Péniblement, il parvint à se dresser sur un coude, déclenchant d'innombrables vagues de douleur qui roulèrent dans tout son corps.

D'aveuglantes lueurs de toutes les couleurs lui passèrent devant les yeux.

Devant lui, à quelques mètres à peine, le ruisseau charriait une terre sombre qui le transformait par endroits en un véritable fleuve de boue.

Un tronc d'arbre émergea soudain au milieu de toute cette boue, et il fallut à l'adolescent plusieurs secondes pour se rendre compte de ce que cette apparition avait d'étrange.

Ce ne fut que lorsque le tronc d'arbre tourna vers lui deux yeux malveillants qu'il comprit à quoi il avait affaire.

– Non… geignit-il en tentant de se redresser. Oh non…

Mais son corps refusait de lui obéir. Il songea avec terreur qu'il devait être paralysé, qu'il allait demeurer immobile jusqu'à ce que le crocodile vienne le dévorer vif!

L'animal s'arrêta au milieu du ruisseau. Ses petits yeux ronds scrutaient les alentours, comme à la recherche de quelque piège. Ne découvrant rien d'alarmant, il se propulsa en avant d'une détente de sa puissante queue. Tout de suite, il fut sur la plage où il s'immobilisa, le corps encore à demi immergé. Ses petits yeux roulaient dans leurs orbites, toujours à la recherche d'un piège, puis se fixèrent sur sa proie.

Terrifié, Alexandre n'osait faire un geste. Il caressait

encore l'espoir insensé que, s'il demeurait parfaitement statique, l'animal se laisserait peut-être tromper et disparaîtrait comme il était venu.

De longues secondes s'écoulèrent, pendant lesquelles les deux adversaires s'affrontèrent du regard. L'animal, le corps à moitié sorti de l'eau, deux pattes fermement ancrées dans le sable sec, semblait réfléchir.

Finalement, il prit sa décision.

D'une détente de sa queue accompagnée d'une brusque traction sur ses pattes antérieures, il se propulsa en avant en un mouvement si rapide que même Alexandre ne le vit pas venir. En un dixième de seconde à peine, il fut sur l'adolescent. Les énormes mâchoires de cuir s'ouvrirent, découvrant les dents carrées et jaunâtres, la grosse langue blanche, la membrane laiteuse tapissant le fond de la gorge, et se refermèrent brutalement sur la jambe du garçon qui hurla de douleur et de terreur.

Comme s'il n'avait attendu que cet instant pour recouvrer l'usage de ses membres, l'adolescent se redressa soudain, s'assit dans le sable d'un même mouvement. De ses poings fermés, il frappa l'ignoble museau en hurlant :

– Non ! Lâche-moi ! Au secours ! Au secours ! Au se…

D'un mouvement de la gueule, le reptile tira brutalement Alexandre sur le sable en direction de l'eau. Le sang coulait à présent entre ses mâchoires serrées sur la jambe.

Fou de douleur et d'angoisse, Alexandre bascula en arrière quand l'animal le tira. En trois pas, le reptile fut de nouveau dans l'eau, où il entraîna sa proie avec lui.

Rapidement, il plongea, et les deux corps étroitement serrés l'un contre l'autre disparurent à la vue des petits êtres vêtus de robes de bure.

Chapitre 20

Raoul écarta de la main une lourde branche qui lui bouchait la vue. Il inclina la tête, comme pour mieux entendre, resta un instant sans respirer. Lentement, il laissa la branche reprendre sa position initiale en secouant la tête avec exaspération. Rien. Il n'y avait rien. Plusieurs fois déjà au cours de la matinée, il avait eu le sentiment d'entendre quelque chose. Des éclats de voix, des bruits de branches brisées sous un pas trop lourd, un froissement du feuillage qui semblait indiquer une présence toute proche... À chaque fois il n'avait rien trouvé d'anormal. Soit un animal quelconque détalait soudain devant ses yeux, soit le vent laissait retomber le feuillage qu'il venait de déplacer, soit son imagination, tout simplement, venait de lui jouer un nouveau tour.

Il rabaissa le canon de son arme vers le sol, presque à regret.

Devant ses yeux, le feuillage avait retrouvé son immobilité première. La forêt s'était refermée, conservant jalousement ses secrets. Raoul haussa les épaules et se détourna. Il devait être près de midi à présent. S'il ne rentrait pas, tout le monde s'inquiéterait.

Plus pour éviter des complications que pour rassurer sa famille, il reprit le chemin de la maison, dont il n'était d'ailleurs guère éloigné, son périple l'ayant conduit à faire quasiment le tour de l'île.

Il déboucha très vite sur la plage où Hubert était seul, plongé dans la lecture d'un roman. À côté de lui se trouvait un grand sac de toile, duquel émergeait la crosse de la 22 long rifle.

– Tu as les chocottes ? s'enquit narquoisement Raoul en approchant de son frère.

– Non. Je suis venu faire quelques cartons…

Le rouquin hésita.

– En fait, si, avoua-t-il. J'ai peur. Les cartons, c'est l'excuse pour apporter le fusil. Je voulais te parler, et je préférais t'intercepter avant que tu n'arrives à la maison.

Raoul s'immobilisa à moins de deux mètres de son frère, qui s'assit dans le sable pour rassembler ses affaires.

– Je pensais bien que tu reviendrais par là, expliqua-t-il en enfilant un pantalon de toile beige. J'ai souvent croisé les doigts pour que tu ne regagnes pas la maison en coupant à travers bois.

– C'est si grave que ça ?

Sans répondre, son frère ramassa le sac de toile qui contenait le fusil et en passa la bandoulière autour de son épaule.

– Tu n'as rien trouvé? demanda-t-il en passant devant lui pour lui montrer le chemin.

– Non. Et pourtant, j'ai parcouru toute l'île.

– Moi j'ai trouvé. Sans chercher. Et ça n'a rien de drôle.

Raoul grimaça. Quelle nouvelle catastrophe avait bien pu s'abattre sur eux? Qu'avait-il pu se produire en son absence qui justifiât autant de crainte et de mystères de la part de son frère? Hubert avait toujours eu une certaine propension au mélodrame, mais Raoul sentait que cette fois il ne jouait pas la comédie. Il s'était produit quelque chose de grave. Renonçant à poser des questions qui, il le savait, resteraient sans réponse, il le suivit sans mot dire.

Très vite, ils dépassèrent le sentier qui menait à la maison. Dans cette direction, il ne restait qu'une seule possibilité: le bateau. On l'a volé! songea Raoul en un éclair. Un instant, la panique le submergea à l'idée qu'ils se trouvaient désormais coupés de tout, sans aucune possibilité de regagner le continent. Puis, presque instantanément, son esprit enchaîna sur les moyens de pallier les inconvénients que susciterait une telle disparition. L'émetteur-récepteur ondes courtes installé dans la maison leur permettrait d'appeler de l'aide, et en quelques heures un bateau pourrait quitter Victoria pour leur apporter tout ce qu'ils pourraient désirer, ou les ramener sur le continent si le besoin s'en faisait sentir.

Il redressa les épaules. Allons, il avait toujours la situation bien en main.

Devant eux se dressait une dune qui leur masquait l'endroit où le Chris Craft venait s'amarrer. Ils la gravirent à pas rapides, leurs pieds s'enfonçant dans un sable qui avait la consistance de la cendre.

Arrivé à mi-pente, Raoul dépassait déjà la crête de la dune d'une bonne tête. Tout de suite, son regard se porta à l'endroit où aurait dû être ancré le navire. La vue de la timonerie le rassura. Bon, il s'était inquiété pour rien : le bateau était toujours là. Ce devait être encore une crise d'inquiétude de son frère qui, décidément, serait toujours incapable de se débrouiller seul.

Raoul s'apprêtait à le tancer vertement quand les mots se figèrent dans sa bouche. Il était maintenant au sommet de la dune, et la vue qui s'offrait à lui le rendait muet de consternation.

Le bateau était toujours là, certes, mais à présent qu'il le découvrait en totalité, Raoul comprenait l'inquiétude de son frère : la poupe était dans l'eau, la banquette sur laquelle s'était assise Irène la veille disparaissant totalement sous les vagues qui venaient lécher l'intérieur de la timonerie.

– Nom de Dieu ! jura Raoul.

Son frère, qui s'était immobilisé à côté de lui au sommet de la dune, se tourna dans sa direction.

– On l'a saboté, expliqua-t-il. Sabordé, quoi.

– Aucune idée de qui a pu faire ça ?

– Le fantôme de l'île ? proposa Hubert, mi-figue mi-raisin.

Raoul secoua rageusement la tête et brandit son fusil devant son visage.

– S'il y a un fantôme dans l'île, il a intérêt à être insensible au calibre douze !

Ils restèrent tous deux pendant quelques instants à contempler le spectacle désolant qui s'offrait à eux. Finalement, Raoul s'élança le long de la dune, en direction du bateau.

– Viens, dit-il.

– Où comptes-tu aller ? demanda son frère, en le rejoignant alors qu'il entreprenait d'escalader le talus bordant la lagune, en direction du débarcadère.

– Au bateau. Appeler Victoria, qu'ils nous envoient un réparateur si nous ne pouvons le faire nous-mêmes.

Le premier en haut du talus, Raoul attendit tout de même que son frère l'ait rejoint avant de s'élancer au pas de course vers la passerelle qui permettait de franchir le cours d'eau pour atteindre le débarcadère.

Une fois dessus, Raoul s'arrêta à la hauteur du bateau. L'eau sombre empêchait de distinguer l'étendue des dégâts. Néanmoins, la voie d'eau était suffisante pour que le Chris Craft se trouve très nettement au-dessous de sa ligne de flottaison. Nul doute que si la lagune avait été plus profonde à cet endroit, le petit bateau aurait totalement disparu sous les flots depuis longtemps.

Rapidement, Raoul ôta son pantalon et ses chaussures avant d'enjamber le bord du navire. D'un pas prudent, il se dirigea vers la cabine qui n'était qu'en partie inondée du fait de sa position à l'avant.

Hubert, demeuré sur le ponton, cala le riot gun que lui avait confié son frère dans le creux de son bras.

– Qu'est-ce que tu fais ? demanda-t-il en jetant un regard inquiet sur la forêt qui les entourait.

– Je vais appeler Victoria par radio, expliqua Raoul en disparaissant dans la cabine.

Il n'y était pas entré depuis trois secondes que son frère l'entendit soudain pousser un hurlement. Comme mû par une volonté propre, le riot gun lui glissa du bras et vint se fixer entre ses mains serrées. Le canon braqué sur la porte de la cabine, Hubert s'immobilisa, crispé.

Quand une tête apparut dans l'ouverture, il s'en fallut d'un cheveu qu'il ne tirât sans réfléchir.

– Tu es fou ou quoi ? s'exclama son frère. Ne braque pas cet engin sur moi, ça part tout seul !

Lentement, de peur de tirer malgré lui, Hubert

releva l'arme jusqu'à ce qu'elle se retrouve pointée vers le ciel. Ce fut alors qu'il comprit que le hurlement qu'il avait entendu son frère pousser n'était autre qu'un « merde » retentissant.

– Qu'est-ce qui se passe ? demanda-t-il, quand il fut de nouveau suffisamment maître de lui pour pouvoir poser une question sans bégayer.

– Ces fumiers ont bousillé la radio ! expliqua Raoul en franchissant le plat-bord dans l'autre sens pour le rejoindre.

Il essuya ses jambes dégoulinantes d'eau à l'aide de son pantalon, qu'il enfila ensuite avant de remettre ses tennis. Il se redressa, reprit le fusil des mains de son frère.

– Qu'est-ce qu'on va faire ? s'inquiéta Hubert.

– Attends, je ne suis pas encore battu.

À grandes enjambées, sans même s'assurer que son frère le suivait, il remonta le débarcadère, gravit la volée de marches qui menait au sentier, sur lequel il s'engagea. Quand il posa le pied dessus, son frère avait deux mètres de retard sur lui et courait presque pour le rattraper.

– Pas un mot à quiconque, ordonna sèchement Raoul. Il sera toujours temps de les inquiéter quand tout sera rentré dans l'ordre.

– OK. C'est pour ça que je t'ai attendu : je voulais éviter la panique.

Lorsqu'ils arrivèrent dans la cour de la maison, les autres étaient attablés autour des apéritifs.

– Enfin vous voilà ! s'exclama Gérard. Nous allions nous mettre à table sans vous !

– Dans deux secondes, répondit Raoul en souriant. Un détail à régler, et nous vous rejoignons.

Sans attendre qu'on leur pose plus de questions, les deux frères disparurent dans la maison sous les regards vaguement intrigués des autres.

Rapidement, ils traversèrent le salon, gagnèrent la bibliothèque où Raoul avait fait installer, dissimulée dans un secrétaire Louis-Philippe, une radio à ondes courtes ultramoderne. D'un geste rapide, il remonta le volet de bois.

– Merde ! jura-t-il sourdement.

Atterré, Hubert contemplait le spectacle qui avait provoqué le juron de son frère. L'émetteur-récepteur était en miettes, comme si quelqu'un s'était acharné dessus à coups de marteau et de pince, arrachant, tordant, fracassant tout ce qui pouvait être d'une quelconque utilité dans son fonctionnement.

– Eh bien, murmura Hubert, on aura plus vite fait d'essayer d'émettre directement avec le secrétaire !

– Tu t'y connais en électronique ?

– Moi ? Tu veux rire ? Pourquoi crois-tu que je vends des slips et des chaussettes ?

– Et Gérard ?

– Tu parles ! Même son rasoir est mécanique ! De toute façon, ce n'est pas un électronicien qu'il faudrait. C'est un magicien ! Regarde, tout est en miettes. Il n'y a plus rien à tirer de ce truc.

– Qui a pu faire ça ? Et pourquoi ?

– Si on le savait…

Raoul demeura silencieux quelques instants, comme s'il pesait tous les éléments de la situation.

– Inutile de se mettre la tête dans le sable plus longtemps, dit-il. La situation est grave. Très grave. Cette fois, on nous veut vraiment du mal. On vient de nous couper du continent. Et c'est quelqu'un d'assez fort pour pouvoir s'introduire ici et bousiller ce qu'il a envie de bousiller sans que personne le voie. Il faut que nous trouvions un moyen de joindre le continent. Et vite.

– Peut-être que les Bamilékés…

– J'aimerais autant me passer d'eux. Malgré leurs promesses solennelles, je ne suis pas convaincu qu'ils n'aient rien à voir là-dedans.

– Que comptes-tu faire, alors ?

– Renflouer le bateau, si c'est possible. Pour l'instant nous ne pouvons rien faire : la marée est haute. Mais cet après-midi le niveau de l'eau va baisser de trente ou quarante centimètres. Ce sera peut-être suffisant pour que nous puissions faire quelque chose. D'ici là, pas un mot à quiconque. C'est bien d'accord ?

À contrecœur, Hubert acquiesça. La situation s'était

nettement aggravée en quelques heures. Il lui semblait que les autres auraient eu le droit d'être tenus au courant des derniers événements. Il ne dit rien pourtant, espérant que le bateau était réparable, même si une voix au fond de lui lui disait que cet espoir, comme les autres, serait déçu. Contre toute logique, il refusait de croire qu'ils étaient irrémédiablement perdus, isolés sur cette île, à la merci d'un fou aux buts mystérieux.

Et puis, se dit-il pour achever de se convaincre, avertir les autres ne servirait à rien dans un premier temps. Ce serait les affoler sans aucune raison et sans que cela change quoi que ce soit à la situation.

– OK, concéda-t-il finalement. On se tait jusqu'à ce qu'on ait examiné le bateau de plus près. Mais si on ne peut pas le renflouer, il faudra les prévenir.

Raoul acquiesça, visiblement soulagé de voir que son frère le suivait.

– À table ! les appela soudain Geneviève de l'autre bout du couloir.

Rapidement, comme un gamin craignant d'être pris en faute, Raoul referma le secrétaire. Il donna un tour de clef, qu'il empocha afin d'être sûr que personne ne découvrirait le sabotage en ouvrant le meuble par hasard. Puis ils quittèrent la pièce, passant dans la salle de bains, où ils se lavèrent les mains, avant de rejoindre les autres autour de la table de la salle à manger.

– Quelqu'un sait où est Alexandre ? demanda Irène, quand ils furent tous assis.

Raoul redressa la tête et remarqua alors que la place habituellement occupée par son fils était vide. Autour de la table, chacun secoua la tête. Personne n'avait vu l'adolescent depuis le début de la journée.

Chapitre 21

Ce ne fut que lorsque N'Gombala entreprit de débarrasser la table que la famille d'Estèves commença à réellement s'inquiéter. Il était improbable qu'Alexandre ait laissé passer l'heure du déjeuner sans même s'en apercevoir.

Les enfants s'étaient révélés incapables de fournir le moindre renseignement. Ils ne l'avaient pas vu de la matinée.

De nouveau, les adultes entreprirent des recherches à travers toute l'île. En plein jour, il ne leur fallut guère de temps pour quadriller leur territoire.

La pendule du salon marquait seize heures quand ils se retrouvèrent sous la véranda. Personne n'avait trouvé trace du garçon. Le sentier dans lequel il s'était enfoncé en fuyant ses agresseurs s'était refermé comme s'il n'avait jamais existé, et nul ne soupçonnait sa présence si proche de la maison.

Nerveusement, Irène essuya la paume de ses mains sur son short.

– Où est-il passé ? s'inquiéta-t-elle.

– Il ne peut pas s'être perdu ! dit Raoul. Ce petit con connaît l'île comme sa poche.

– Ne parle pas comme ça !

– Et pourquoi donc ? s'emporta Raoul. Tu veux que je te dise ce que je pense ? Je pense qu'il se cache quelque part. Je pense qu'il était peut-être perché dans un arbre pendant que nous le cherchions au ras du sol, et qu'il rigole bien en ce moment !

Raoul avait haussé le ton, peut-être pour se dissimuler la peur qu'il commençait à ressentir au fond de lui.

– Mais pourquoi ferait-il ça ?

– Pourquoi ? Pour s'amuser, tiens ! Pour nous flanquer la trouille ! Depuis le début, toute cette histoire me paraît bizarre. Nous étions tranquilles, peinards, et puis d'un seul coup un tas d'événements bizarres se produisent. Et certains ici même, dans la maison ! Je ne pense pas qu'un inconnu ait pu se glisser jusqu'ici sans qu'on le voie ! Je pense que tout ce qui s'est passé ici a été le fait de quelqu'un qui vit ici !

– Ce que tu dis est monstrueux !

– Possible ! Mais en tout cas ça expliquerait pas mal de choses !

Blême, Irène se leva.

– Je vais au village bamiléké. Je dois voir le blessé. Peut-être pourront-ils me dire où est Alexandre ? Peut-être même est-il là-bas. Qui vient ?

Après une hésitation, Gérard se leva. D'un signe de tête, il indiqua à N'Gombala qu'il devrait les suivre également. Le cuisinier acheva de passer l'éponge sur la table et disparut dans la cuisine d'où il ressortit aussitôt, prêt pour le départ.

Raoul, qui se tenait sous la véranda, leva les yeux vers le ciel.

– Vous allez en prendre plein la gueule, annonça-t-il. Il va pleuvoir.

Effectivement, de lourds nuages noirs s'amoncelaient au-dessus de l'île et la journée risquait fort de ne pas se terminer aussi sereinement qu'elle avait commencé.

– Raison de plus pour se dépêcher, répondit Irène qui avait déjà sa trousse en main. Avec un peu de chance, on pourra faire l'aller-retour avant que n'éclate l'orage. De toute façon, dans ce pays, une averse peut durer quinze jours. Et j'ai promis de revenir au village. Inutile d'attendre plus longtemps, donc.

D'un geste nerveux, elle décrocha un ciré avant de sortir, imitée en cela par les deux hommes, qui lui emboîtèrent le pas.

Le trio contourna la maison et traversa l'arrière-cour. La pluie se mit à marteler leurs cirés avant qu'ils ne soient engagés dans le sentier.

Toujours debout sous la véranda, Raoul secoua la tête. Un pli amer lui déformait la bouche. Les événements commençaient à le dépasser. Tout ce qu'il avait entrepris jusqu'ici pour lutter contre l'ennemi invisible s'était soldé par un échec. Et maintenant son fils avait disparu, sans que nul ait la moindre idée de l'endroit où il pouvait se trouver. Il tenta de se rassurer en se disant qu'ils n'avaient pas exploré toute l'île. Alexandre était peut-être parti faire un tour chez les Bamilékés, qui l'auraient retardé. C'était une possibilité qu'il ne fallait pas négliger. Si tel était bien le cas, il reviendrait bientôt avec sa mère. Sinon… sinon, il ne resterait que deux solutions : ou bien il était effectivement responsable d'une bonne partie des incidents survenus depuis le début du mois, ou bien il avait été capturé par leur mystérieux ennemi.

Contre toute raison, c'était là une possibilité que Raoul refusait d'envisager. Cette solution aurait été par trop inquiétante. Elle aurait eu trop d'implications.

Mal à l'aise, il examina le ciel. La situation de ce côté au moins ne paraissait pas s'aggraver. Les nuages les plus noirs étaient passés ; il ne restait qu'un moutonnement gris et informe, dispensateur d'une pluie fine et désagréable, mais toute menace d'orage semblait écartée. Peut-être auraient-ils droit à une éclaircie en fin d'après-midi.

– Encore deux bonnes heures avant que la marée ne soit au plus bas, constata-t-il à l'intention d'Hubert, qui se tenait debout, en silence, juste derrière lui. Je vais aller m'étendre un peu.

– Et Alexandre ?

– Il reviendra quand il aura fini de jouer au con.

Geneviève, assise dans l'un des fauteuils en rotin, à quelques pas d'eux, réprima un sursaut d'indignation. Du coin de l'œil, elle s'assura que les cinq petits étaient là. Sagement assis dans un angle de la véranda, ils jouaient au milieu d'une débauche de voitures miniatures. Rassurée, elle prit un roman-photo qu'elle avait déjà lu trois fois et se replongea dans sa lecture.

Installée dans le rocking-chair, Annie avait l'air absorbée par un volume de la Pléiade. Hubert ramassa le roman policier qu'il avait abandonné le matin même sur la table du salon et rejoignit les deux femmes.

Après un vague signe de tête adressé à tout le monde et à personne, Raoul disparut dans la maison. Il traversa le salon, grimpa à l'étage où se trouvaient les chambres.

Arrivé sur le palier, il eut une hésitation. Allait-il gagner sa chambre, ainsi qu'il l'avait annoncé, ou suivre son idée première ? Il tendit l'oreille, n'entendit que quelques mots prononcés par Hubert sous la véranda. Tout était calme. Il céda alors, et alla frapper doucement à la porte de Kelly. La jeune Anglaise s'était de nouveau retirée dans sa chambre sitôt le repas terminé, prétextant un mal de tête. Depuis, elle n'en était pas ressortie.

N'obtenant pas de réponse, Raoul frappa une nouvelle fois. Il s'apprêtait à abandonner et à regagner sa propre chambre, quand la voix de l'adolescente lui parvint à travers le battant de bois sombre.

– Oui ? Qui est là ?

– Kelly ! C'est Raoul. Je peux entrer ?

Il avait parlé à voix basse sans même s'en rendre compte, de sorte que personne n'avait pu l'entendre depuis la véranda. La jeune fille resta silencieuse un instant, avant de répondre :

– Oui, entre.

Il ouvrit la porte, qui n'était pas fermée à clef, Kelly ne s'enfermant plus depuis la nuit où ils avaient dû forcer sa fenêtre. Il entra dans la chambre et referma derrière lui. Les volets étaient rabattus, les rideaux à demi tirés, et il lui fallut quelques secondes pour s'habituer à la pénombre régnant dans la pièce.

L'adolescente était couchée. Le drap ramené sur elle épousait étroitement ses formes et Raoul l'imagina nue dessous. Dormant sans le moindre vêtement, elle avait dû tirer le drap lorsqu'il avait frappé. Il sentit une boule de feu lui enserrer le bas-ventre et il s'assit au bord du lit, posant le coude sur sa cuisse pour dissimuler son érection naissante.

– Kelly, dit-il d'une voix rauque, j'ai besoin de ton aide.

La jeune fille leva vers lui des yeux étonnés. Dehors, la pluie commença à marteler le toit, assourdissant les sons, les enveloppant dans un cocon qui les isolait du monde.

– Nous n'avons pas pu retrouver Alexandre, poursuivit-il. N'as-tu pas une idée de l'endroit où il peut être ?

Kelly réfléchit quelques instants, mais sans rien trouver qui fût susceptible d'aider Raoul. Elle secoua la tête avec un regret évident. D'un geste de la main, il l'interrompit avant même qu'elle ait ouvert la bouche pour répondre.

– Attends, dit-il. Je ne dis pas que tu sais où il est. Je dis que, peut-être, tu sais quelque chose qui nous permettrait de le retrouver. N'y a-t-il pas un endroit où il se rend souvent, un arbre qu'il préfère, une espèce de jardin secret, si tu veux ?

La jeune fille réfléchit, fit un effort pour creuser sa mémoire à la recherche d'un indice quelconque, mais sans découvrir quoi que ce soit.

En un geste faussement paternel, Raoul la prit par les épaules, la redressa. La jeune fille se laissa faire. Dans ce mouvement, le drap qu'elle avait tenu serré contre elle glissa, dévoilant ses seins. Les doigts de Raoul s'incrustèrent dans ses épaules.

– C'est très important, insista-t-il. Réfléchis.

Kelly ferma les yeux pour mieux évoquer l'image de l'adolescent. Désespérément, elle cherchait un indice, une phrase, un mot qu'il aurait prononcé et qui aurait été susceptible de les renseigner. Peu à peu, quelque chose prit forme dans son esprit. Quelque chose d'étroit, de sombre…

Le regard errant sur les murs, Raoul tentait de fixer ses pensées sur son fils. Il essayait de ne pas regarder la poitrine offerte à quelques centimètres à peine de lui, de sa bouche, de ses mains…

– Je… murmura Kelly avec difficulté. Il y a quelque chose. Quelque chose au sujet d'une grotte. Un endroit sombre… Très sombre… Je… Ahhhhhhh!!!!

En un réflexe, Raoul lui plaqua une main sur la bouche, étouffant le cri avant même qu'il ait franchi les lèvres de la jeune fille. Kelly se débattit, tenta de se libérer pour hurler sa terreur. Il la renversa sur le lit, l'écrasa sous son poids, lui maintint de force la bouche close.

– Calme-toi, murmura-t-il à son oreille. Calme-toi, il n'y a rien.

Tout en tentant de la rassurer, il tendait l'oreille, guettant un bruit de pas dans l'escalier. Si quelqu'un survenait à cet instant, il aurait beaucoup de mal à expliquer sa présence dans la chambre de l'adolescente, sans parler de son comportement.

Personne ne vint. Le roulement continu de la pluie avait suffi à couvrir le peu de bruit qu'ils avaient fait.

Soulagé, il relâcha son étreinte au fur et à mesure que la jeune fille semblait se calmer. Ses soubresauts avaient cessé, ses cris avortés avaient fait place aux sanglots. De gros hoquets la secouaient, et des larmes roulaient le long de ses joues.

– Que s'est-il passé ? demanda Raoul, dès qu'elle parut de nouveau en état de lui répondre.

– Le sang… Tout ce sang… J'ai vu… Oh, c'est horrible.

Elle pleura en silence et il tenta de la calmer. Doucement, il lui caressa les cheveux, lui murmura des paroles rassurantes.

– Allons, dit-il, ce n'était rien. Rien qu'un cauchemar éveillé. Tu n'étais pas très bien après le repas, et avec mes questions idiotes je t'ai effrayée. C'est tout. Ne t'inquiète pas…

Elle noua fiévreusement ses bras autour de son cou, cherchant le réconfort en se blottissant contre lui.

– Vous le retrouverez, sanglota-t-elle. J'espère que vous le retrouverez.

Doucement, Raoul lui caressa les cheveux. Sa main glissa peu à peu, caressa le dos nu avec tendresse, avec délicatesse. La jeune fille frissonna. Peu à peu, les sanglots s'espacèrent, se calmèrent tout à fait. Le rythme de sa respiration se modifia, se fit plus lent, plus profond.

Contre son torse, Raoul sentit les seins de la jeune fille durcir. Les pointes en étaient sorties et lui agaçaient la poitrine. Sa main descendit, s'attarda un instant sur les hanches, suivit la longue cuisse fuselée… Kelly se serra plus étroitement contre lui. La main de l'homme remonta, écarta le drap qui la gênait, effleura la toison bouclée, tenta de s'insinuer entre les cuisses qui résistaient encore.

Sur le toit, la pluie roulait comme un tambour de guerre. Avec le bruit des gouttes tombant des feuilles pour éclater dans les flaques, c'était le seul son qui leur parvenait.

La bouche de Raoul courait sur la joue de l'adolescente, cherchait ses lèvres, les trouva, les prit. Un court instant, Kelly refusa le baiser. Puis ses lèvres s'entrouvrirent. Leurs langues se joignirent, s'accrochèrent, roulèrent l'une sur l'autre, l'une autour de l'autre... Sous sa main, Raoul sentit les cuisses s'entrouvrir. Il prit une cuisse à pleine main, l'écarta. Ses doigts trouvèrent le sexe de la jeune fille, se glissèrent avec délice dans l'ouverture chaude et humide.

– Je n'ai jamais... murmura Kelly.

Il reprit ses lèvres et la fit taire d'un baiser.

Rapidement, il se défit de son pantalon de toile et se glissa en elle. Elle cria légèrement, puis commença à gémir.

Sur le toit, la pluie s'était faite assourdissante.

Chapitre 22

Un martèlement sourd ébranlait les tempes d'Alexandre, tandis qu'un étau lui enserrait le crâne, se refermant un peu plus à chaque fois que son cœur refoulait le sang en direction de son cerveau.

L'adolescent voulut bouger ; une série d'explosions lumineuses jaillit de sa nuque et éclata devant ses yeux. Sa tête entière résonnait et lui semblait vibrer comme une cloche de bronze.

Plusieurs minutes s'écoulèrent, ou peut-être plusieurs heures, pendant lesquelles il n'eut conscience de rien d'autre que la douleur. Pendant une éternité, il n'osa faire un geste, de crainte de la voir augmenter encore.

Puis, d'un seul coup, comme un rideau qui se déchire, la mémoire lui revint. Il revit sa chute après que la pierre lui avait heurté le front. Il éprouva de nouveau le choc qui lui avait coupé la respiration quand il avait heurté le sol. Il revoyait la sarabande des petites créatures en robe de bure loin, très loin au-dessus de lui, leurs gestes en direction du cours d'eau, l'apparition du crocodile…

Le crocodile !

La panique submergea l'adolescent. Il revit les énormes mâchoires se refermer sur sa jambe, et prit soudain conscience de la douleur sourde qui pulsait de sa cuisse et de la paralysie qui lui immobilisait presque tout un côté du corps. Il revit les yeux cruels et avides fixés sur lui, alors que le monstre le tirait dans l'eau, sous l'eau…

Autour de lui, c'était le noir total. Le crocodile avait dû le traîner jusque dans sa tanière, à en juger par la puanteur atroce qui régnait en cet endroit.

Un froid de glace envahit les membres d'Alexandre. Il se souvint d'avoir lu quelque part que les crocodiles ne dévoraient pas leurs proies immédiatement après les avoir capturées, mais qu'ils les entraînaient dans leur repaire où elles pourrissaient quelque temps avant d'être mangées. L'animal se creusait généralement un habitat dans la berge du fleuve où il vivait, à quelques centimètres sous terre seulement. L'entrée étant située sous l'eau, ce repaire était totalement invisible depuis la terre ferme.

D'autres souvenirs de lectures affluaient à présent à l'esprit du jeune homme. Des histoires d'hommes entraînés par des crocodiles jusque dans ces grottes, où ils étaient alors abandonnés par l'animal qui repartait à la recherche d'autres proies. Plusieurs de ces hommes, encore vivants quand ils étaient arrivés dans la tanière, avaient pu creuser un tunnel jusqu'à la surface et s'échapper.

Envahi par un fol espoir, Alexandre leva les mains au-dessus de lui, rencontra la terre toute proche. Ses doigts se crispèrent, prêts à creuser, quand soudain il s'immobilisa. Et si le crocodile était là, juste à côté de lui, dans le noir, somnolant, ou même endormi ? Et s'il le réveillait en creusant ?

Totalement immobile, l'adolescent tendit l'oreille, à l'affût du moindre bruit susceptible de trahir la présence du reptile dans la galerie.

Il n'entendait rien.

Mais pouvait-on entendre la respiration d'un crocodile ? Ces animaux qui pouvaient demeurer figés pendant des heures dans l'attente du passage d'une proie éventuelle n'avaient-ils pas appris également à dissimuler leur respiration ?

Ses oreilles ne lui apprenant rien, et l'obscurité totale l'empêchant de distinguer ne fût-ce que la silhouette de ses mains devant son visage, il tenta d'user de son odorat pour déterminer si oui ou non le monstre se trouvait bien près de lui. La puanteur qui régnait dans la tanière du reptile ne le renseigna en rien. À en juger par l'odeur, un cadavre devait achever de pourrir tout près de là. Il abandonna très vite, sentant que s'il persistait, il finirait par vomir tout ce qui lui restait dans le ventre.

Le silence se prolongeant, Alexandre comprit qu'il devait agir. Si l'animal se trouvait là et qu'il le réveille, cela signifierait sans aucun doute sa mort. Mais s'il était bien seul, ainsi qu'il l'espérait, il devait profiter de sa chance avant le retour du monstre. Car cette fois, il n'aurait sans doute pas le courage de rester immobile à jouer le mort en attendant que le reptile veuille bien repartir.

Tentant le tout pour le tout, il commença à creuser. Ses doigts crochetèrent la terre humide qui céda facilement. De lourdes mottes grasses lui tombaient sur le visage, lui entraient dans la bouche. Il toussa, cracha, s'essuya d'un revers de main qui causa plus de dégâts encore.

Tout ce bruit n'ayant suscité aucune réaction, Alexandre avait au moins acquis une certitude : il était bien seul dans l'antre du monstre.

Dans l'impossibilité de respirer par le nez, il entrouvrit de nouveau la bouche, espérant ainsi arrêter la terre humide qui tombait par gros paquets mous. Sous ses doigts, de petites créatures se tortillaient parfois, vers ou insectes, avant de choir sur son visage et sur son corps, où elles rampaient pour glisser sur le sol ou fuir le long de ses jambes.

Pleurant d'horreur, de terreur et de rage mêlées, il

creusait frénétiquement, persuadé à présent d'être seul, mais également intimement convaincu que le monstre reviendrait bientôt pour le saisir avant qu'il ne soit parvenu à s'échapper.

Un à un, ses ongles cassèrent. Ses doigts éclataient sur l'arête tranchante des pierres volcaniques. Souffrant déjà mille morts de ses blessures à la tête et aux jambes, l'adolescent ne sentait plus ces nouvelles douleurs. Il creusait, creusait, creusait encore, agrandissant sans cesse le trou dans lequel fouillaient ses mains ensanglantées, ne cessant de creuser que pour refouler au loin la terre qui finissait par le gêner à force de tomber.

Une pensée horrible lui traversa soudain l'esprit et il cessa de creuser pendant un instant. Et s'il se trouvait sous un énorme rocher ? Et si, après avoir creusé son tunnel, ses doigts rencontraient un roc, un roc gigantesque, infranchissable ?

Le désespoir l'envahit, et il dut lutter pied à pied pour le refouler, le chasser hors de lui. Il ne devait pas abandonner. Il ne devait pas se décourager. Rageusement, il recommença à fouiller la terre. Combien avait-il déjà creusé ? Trente centimètres ? Quarante ? Le tunnel qu'il avait commencé vers l'extérieur était maintenant tellement long que ses bras s'y enfonçaient complètement. Il devait s'arrêter de plus en plus souvent, repousser de plus en plus loin la terre qui s'amoncelait autour de lui, menaçant de l'étouffer et de l'immobiliser.

L'adolescent ne cherchait plus à contenir ses sanglots. Les récits d'évasions de ce genre qu'il avait lus avaient toujours fait état d'une mince pellicule de terre qu'il suffisait de crever pour se retrouver à l'air libre. Parfois même, les victimes voyaient la lumière du jour avant de commencer à creuser. Pourquoi n'avait-il pas eu cette chance?

Et surtout, la pensée était là, informulée depuis longtemps dans son esprit, mais il en prit brutalement conscience: combien d'hommes avaient commencé à creuser sans jamais parvenir à l'extérieur?

Combien avaient fouillé la terre pendant des heures dans l'obscurité la plus complète, jusqu'à ce que le crocodile revienne et les dévore, alors qu'ils n'étaient peut-être plus qu'à quelques centimètres de l'air libre?

Combien avaient creusé dans la mauvaise direction?

Alexandre s'arrêta soudain, l'oreille tendue. Il lui avait semblé entendre un bruit. Une main crispée dans le vide, son corps douloureux comme tétanisé, plus inerte qu'un gisant, il scruta l'obscurité, espérant contre toute raison y discerner quelque chose.

Il n'y avait rien. Il soupira de soulagement et reprit frénétiquement ses efforts.

Il avait l'impression de creuser depuis des heures.

Bientôt, ses bras devinrent le siège d'une douleur sourde qui se transforma en une semi-paralysie, rendant ses gestes maladroits et peu efficaces, le ralentissant et retardant sa progression.

Arrivant à la limite d'extension de ses bras, il lui fallut changer de position pour pouvoir creuser plus haut et il se redressa sur les coudes. Des étoiles multicolores filaient devant ses yeux. Sous lui, le sol s'était mis à tourner, et des flèches de douleur partaient de sa jambe broyée par les dents du monstre pour remonter jusque dans son flanc. Sa tête avait l'air d'une véritable caisse de résonance, et ses mains n'étaient plus que deux gants de douleur à l'extrémité de ses bras exténués. Serrant les dents, il lutta contre l'évanouissement qu'il sentait approcher.

– Pas maintenant, gronda-t-il. Il faut d'abord sortir!

Peu à peu, le sol cessa de tourner sous lui. Les étoiles s'éteignirent une à une, et la douleur redevint ce qu'elle était auparavant: omniprésente, mais supportable s'il évitait d'y penser.

Dès qu'il eut acquis la certitude qu'il ne s'évanouirait pas dans les prochaines secondes, Alexandre prit plusieurs profondes inspirations. Il avait à présent totalement perdu conscience de l'horrible puanteur régnant dans l'antre du reptile.

S'appuyant sur son coude droit, il recommença à creuser, d'une seule main cette fois. Du fait de sa position, il pouvait creuser plus haut que précédemment, et estima bientôt avoir foré un tunnel sur cinquante ou soixante centimètres de longueur. Et toujours pas la moindre lueur indiquant qu'il atteignait l'extérieur.

Que ferait-il s'il se trouvait sous quatre ou cinq mètres de terre ? L'adolescent n'ayant aucun moyen d'évacuer la terre, il ne pouvait être question pour lui de creuser sur une telle distance. Alors ? Que restait-il comme solution ? Fuir par l'entrée de la tanière s'il pouvait la trouver, nager sous l'eau et regagner la surface ? L'idée l'avait effleuré à plusieurs reprises tandis qu'il creusait mais, outre le fait que sa jambe blessée rendrait sa nage extrêmement malaisée, la pensée qu'il pourrait se trouver nez à nez dans le tunnel avec le monstre rentrant chez lui le glaçait d'horreur. Comment aurait-il pu espérer se défendre à mains nues contre l'énorme mâchoire ?

Refusant d'envisager cette solution, la gardant en réserve pour le cas où il aurait épuisé toute autre chance, il continua de creuser. Il voulait croire que l'air libre était proche. Il voulait croire que bientôt il serait dehors, qu'il n'avait plus que quelques centimètres à creuser, que…

La lumière qui inonda soudain la caverne le fit cligner des yeux et l'aveugla pour quelques instants. Son mal de crâne augmenta brusquement d'intensité, et il dut garder les yeux fermés pendant de longues secondes, avant de les ouvrir progressivement pour se réhabituer à l'éclatante lueur du jour.

Dès qu'il le put, il examina l'ouverture qui se découpait à une soixantaine de centimètres au-dessus de lui.

– J'ai réussi ! murmura-t-il avec stupeur.

Se mordant les lèvres pour ne pas hurler de soulagement, il entreprit d'élargir la galerie afin de permettre à son corps de passer. De grosses larmes de joie lui coulaient sur les joues, se mêlant à la pluie qui tombait, et il ne cherchait pas à les contenir, ni même à les essuyer. Autour de lui, d'énormes mottes de terre chutaient et s'entassaient sans qu'il prît la peine de les repousser plus loin, maintenant qu'il touchait au but.

– Réussi ! J'ai réussi ! chuchota-t-il, en dégageant le passage par lequel il allait recouvrer la liberté.

Un sourire béat lui avait figé les lèvres depuis qu'il se savait hors d'affaire. Il était sauvé à présent. Il voulait le croire. Plus rien ne pouvait lui arriver.

Rapidement, ses mains dégageaient l'ouverture. Le tunnel était étroit, mais permettait à sa tête de passer. Péniblement, ne pouvant s'appuyer sur sa jambe blessée qu'il devait tirer comme un poids mort, il s'assit, le torse engagé dans le passage, les jambes encore dans la grotte.

De nouveau, la douleur fusa dans tout son corps, mais le fait qu'il soit assis, avec la possibilité d'appuyer son dos contre la paroi de la galerie, lui permit de résister une nouvelle fois à l'évanouissement.

Le soleil entrant par l'ouverture éclairait directement sa jambe blessée. Sa cuisse ouverte laissait voir la chair à nu. Il avait eu une chance inouïe de ne pas se faire sectionner l'artère fémorale. Dans sa blessure, entre la chair à vif et les caillots de sang séché, il distinguait des éclats de blancheur. L'os ? Atrocement pâle, il détourna le regard mais ne put se contenir plus longtemps. Le spasme lui noua le ventre, remonta tout son corps, et il vomit. Un filet de bile lui coula le long du menton. Il ferma les yeux, s'appuya à la paroi de terre, épuisé.

Autour de lui, tout s'était remis à tourner.

– Pas maintenant, gémit-il. Pas maintenant.

Peu à peu, les spasmes s'estompèrent, disparurent. Évitant de penser à sa blessure, il reprit son travail de terrassement. Cette fois pourtant, ses étourdissements ne cessèrent pas et il comprit que, bientôt, il s'évanouirait pour de bon.

– Je dois sortir, murmura-t-il. Je ne peux plus attendre.

Doucement, évitant tout mouvement brusque qui déclencherait la douleur et le plongerait certainement dans l'inconscience, il commença à se lever, prenant appui sur ses mains posées à plat sur le sol. Sa jambe valide à demi repliée sous lui vint bientôt prendre le relais, et il put se dresser.

Sa tête déboucha à l'air libre, forçant un peu le passage. La pluie fine lui inondait le visage, le lavant des impuretés accumulées sous terre, tel un véritable bain de jouvence. Si cela lui avait été possible, il serait resté des heures ainsi, le visage levé vers la pluie bienfaisante, à savourer ses caresses sur sa peau.

Mais c'était un luxe qu'il ne pouvait pas se permettre. Il lui fallait sortir de ce trou avant le retour du crocodile. Sa jambe blessée ne lui serait d'aucun secours ; l'autre devrait suffire.

Ses épaules s'engagèrent à la suite de la tête. Il se trouvait sur une petite plage proche de celle où le crocodile l'avait attaqué. Devant lui se dressait un mur de palétuviers et, à sa gauche, à quelques mètres à peine, le ruisseau s'écoulait paresseusement.

Poussant sur sa jambe valide, il tenta de dégager ses épaules qui avaient plus de mal à passer que la tête. Sa jambe était en porte-à-faux et glissait sur le sol humide de la tanière. Ses bras étant immobilisés le long du corps, il lui était impossible de les utiliser pour se dégager et sortir. Il comprit qu'il aurait dû s'y prendre autrement, faire sortir d'abord ses bras, puis, en s'appuyant dessus, extirper tout le corps.

Il voulut redescendre dans la tanière pour mettre ce plan à exécution, mais ne put bouger dans ce sens non plus. Il avait trop forcé pour sortir et était à présent coincé à mi-chemin, incapable d'avancer ou de reculer.

Un raclement dans son dos lui fit tourner la tête. Immobilisé comme il l'était, il ne put la tourner complètement et voir ce qui se trouvait derrière lui. Ce qui avait produit ce bruit demeurait invisible pour lui.

Frénétiquement, gagné par une peur panique, il essaya de se dégager. La tête tournée en arrière à s'en briser les vertèbres cervicales, il tenta dans le même temps d'identifier la source de ce bruit étrange.

À l'angle de son champ de vision apparut alors la silhouette caractéristique d'une longue gueule plate.

– Non ! hurla l'adolescent. Au secours ! À l'aide !

Le crocodile ne bougeait pas. Un œil fixé sur sa proie, il paraissait hésiter. Allait-il renoncer ? L'animal ne se posa pas longtemps la question. D'une détente des pattes, il bondit sur l'adolescent. Alexandre poussa un hurlement en voyant l'immense gueule grande ouverte fondre sur lui.

Les mâchoires se refermèrent avec un claquement sec, interrompant net le cri. La tête du jeune garçon éclata sous la force des puissants maxillaires, comme une vulgaire coquille de noix prise dans un étau. La tête broyée se fondit en un magma informe de cervelle, de cheveux et d'os brisés que le crocodile arracha du cou en une brusque traction. Un geyser de sang jaillit vers le ciel, à ras des épaules.

La calotte crânienne s'était détachée en un seul morceau, tel le couvercle d'une boîte, et s'en alla rouler sur la tranche, terminant sa course contre les racines d'un palétuvier où elle retomba à plat.

Le corps sans vie s'agita encore quelques instants, tandis qu'entre les mâchoires du monstre s'écoulaient des filets de sang, d'os et de cervelle que recouvraient de grosses bulles rosâtres. Le monstrueux reptile agita les mâchoires, rattrapant au vol un morceau de chair qui allait lui échapper et tomber au sol. Les dents claquèrent.

Le geyser de sang qui giclait toujours du cou tranché vint inonder le crocodile et le sable alentour. Rapidement, le monstre acheva de broyer la tête de l'adolescent entre ses dents énormes puis l'avala d'un coup. Après quoi il s'attaqua aux épaules couvertes de sang qui dépassaient encore du sol. Il les déchiqueta à grands coups de maxilaires. Le sang inondait la berge, vaste tapis écarlate sur lequel se vautrait l'animal, tandis que résonnait sinistrement le bruit de ses énormes molaires broyant les épaules de sa victime.

Près des palétuviers, à quelques mètres de là, un rat d'eau saisit ce qui restait du crâne du jeune homme et l'entraîna à sa suite jusqu'à son repaire. Le crocodile ne broncha pas, trop occupé à dévorer l'adolescent dont bientôt il ne resterait d'autre trace que cette berge ensanglantée, que lavait déjà la pluie.

Chapitre 23

Gérard essuya d'un revers de main l'eau qui lui ruisselait sur le visage. Pour sa troisième visite au village bamiléké, il n'y avait pas de comité d'accueil. Les enfants avaient préféré rester à l'abri des cases où leurs mères préparaient déjà le repas du soir. Et il les comprenait. La pluie fine qui avait marqué leur départ de la maison s'était transformée en un véritable déluge.

On les regardait tout de même curieusement, du seuil des cases devant lesquelles ils passaient, et quelques chiens vinrent leur renifler les mollets, malgré la pluie, ou les suivirent en aboyant, tout en prenant garde de se tenir à distance.

Irène n'avait pas dit un mot depuis leur départ de la maison, imposant à leur petit groupe une allure effrénée, comme s'il avait été question de battre un record.

Son regard anxieux errait d'une case à l'autre, cherchant un visage blanc parmi ceux de tous ces enfants noirs. À deux pas derrière elle, Gérard ne pouvait s'empêcher de ressentir de la pitié pour la jeune femme. Son fils n'était pas là. S'il l'avait été, à présent prévenu de leur arrivée, il serait déjà devant eux.

Quelques hommes sortirent à leur tour de leurs cases pour les regarder passer.

Maintenant qu'il voyait le village sous la pluie, Gérard comprenait pourquoi les cases étaient faites de rondins de bois et non de tourbe séchée, comme il s'y était tout d'abord attendu. Le climat était trop humide ; les précipitations abondantes auraient eu tôt fait de transformer en boue toute construction à base de terre. Seuls le bois et la tôle ondulée, que l'on trouvait çà et là – encore que dans une bien moindre proportion qu'à Victoria –, permettaient de lutter de manière efficace contre la pluie et les orages.

Cherchant toujours avec anxiété la moindre trace de son fils, Irène traversa le village, passa devant la grande salle commune, un bâtiment de six ou sept mètres de large sur une quinzaine de long, pour aller droit vers la case où reposait le blessé.

Soudain, sortant d'une case abondamment décorée, un imposant personnage se dressa devant eux, comme s'il avait guetté leur venue et soigneusement choisi son moment pour jaillir, tel un diable de sa boîte. Tous trois s'arrêtèrent. Même s'ils ne l'avaient pas déjà vu à plusieurs reprises, ils auraient reconnu le chef du village à son port altier et à sa démarche imposante. Il s'immobilisa et les toisa un instant. Puis il reconnut Irène, malgré le ciré qui la recouvrait de la tête aux pieds, et son visage s'éclaira d'un large sourire. Il prononça quelques mots rapides.

– Il vous souhaite la bienvenue, traduisit N'Gombala à l'intention de la jeune femme. Il dit que l'homme que vous avez soigné va mieux, et il vous remercie de la peine que vous vous donnez.

– Dis-lui que je suis heureuse d'apprendre que l'état du blessé s'est amélioré, mais que je vais tout de même changer ses pansements, et jeter un œil à ses blessures. Et…

La jeune femme marqua un temps d'arrêt, comme si elle avait craint de poursuivre plus avant, comme si elle avait déjà connu la réponse à la question qu'elle s'apprêtait à poser.

– Et demande-lui s'il n'a pas vu mon fils, acheva-t-elle finalement. Dis-lui qu'il a disparu et que nous ne l'avons pas retrouvé malgré nos recherches dans l'île.

N'Gombala traduisit et le visage du chef bamiléké se fit grave. Quand il répondit, il s'adressa directement à la jeune femme, comme si elle avait pu le comprendre. Après quoi il se retourna et interpella ses guerriers, qui se rassemblèrent rapidement autour d'eux, tandis que N'Gombala traduisait pour les deux Français :

– Il dit qu'il ne l'a pas vu, mais il va interroger ses hommes pour savoir s'ils ont remarqué quelque chose.

Les signes de dénégation qu'opposaient les guerriers à la question de leur chef étaient aisément compréhensibles, et Irène n'eut nullement besoin d'une traduction. Ses traits se creusèrent d'un coup en voyant cet espoir s'effondrer comme les autres.

– C'est impossible, murmura-t-elle. Il faut qu'il soit ici.

Gérard s'approcha, lui passa un bras autour des épaules. Il sentait bien pourtant que ce geste n'était d'aucun réconfort pour la jeune femme. Elle avait dépassé le stade de l'inquiétude que l'on pouvait calmer avec quelques mots apaisants.

– Très bien, dit-elle d'une voix étrangement calme, alors que N'Gombala s'apprêtait à traduire. Dis-leur que je les remercie. Et demande-leur de me prévenir s'ils découvrent quelque chose.

Le cuisinier traduisit et le chef jura en retour devant toute sa tribu qu'il ferait tout ce qui était en son pouvoir pour retrouver l'enfant. Déjà, il donnait des ordres et ses hommes s'égaillaient en direction de la forêt par groupes de deux ou trois.

D'un pâle sourire, Irène remercia le chef pour son aide. Après quoi, à pas lents, elle se dirigea vers la case où l'attendait le blessé. Le grand guerrier s'écarta pour la laisser passer et la suivit du regard jusqu'à ce qu'elle ait disparu à l'intérieur. Puis il se détourna et rentra dans sa demeure.

Resté seul sous la pluie après que N'Gombala eut suivi la jeune femme pour remplir son office d'interprète, Gérard hésita un instant. Suivre sa belle-sœur pour la voir se pencher de nouveau sur la blessure ne le tentait guère. Rester sous la pluie ne le séduisait pas davantage. À quelques pas de là, dans une hutte fermée sur un côté seulement, un vieil homme était occupé à marteler ce qui, de là où il était placé, apparaissait au Français comme un enjoliveur de voiture. Il s'approcha donc, pour constater qu'effectivement il s'agissait bien d'un enjoliveur que le Noir, à force de petits coups de marteau infiniment répétés, avait entrepris de transformer en une espèce de soupière.

Gérard gagna l'abri auprès du vieillard et le regarda travailler. Le vieil homme leva les yeux vers lui, lui sourit, puis replongea dans son ouvrage.

Gérard ôta son ciré, heureux d'échapper enfin à la chaleur étouffante qui régnait sous le vêtement. Il l'accrocha à une cheville de bois émergeant du plafond, avant de s'accroupir à la hauteur du vieil homme pour mieux le regarder faire.

Comme s'il avait été seul, l'autre continua.

Aux portes des cases, les enfants continuaient d'observer le Blanc, qu'ils semblaient considérer comme un animal étrange. Gérard, qui prenait conscience de l'intérêt dont il était l'objet, se sentit soudain extrêmement gêné. N'était-il pas lui-même en train de regarder ce forgeron, comme s'il s'agissait de quelque fossile disparu du reste de la planète depuis des siècles ?

Il se redressa et, pour se donner une contenance, affecta d'examiner les produits artisanaux que le vieillard avait accrochés au mur unique de la case. On trouvait de tout, suspendu çà et là. Quelques armes, des couteaux surtout, dont l'aspect rudimentaire ne parvenait pas cependant à faire oublier le tranchant acéré des lames ; de nombreux plats également. Très simples, très purs, ou bien chargés d'une décoration à base de graines séchées de différentes couleurs et collées par quelque procédé lui aussi rudimentaire, mais apparemment très efficace.

Le forgeron avait arrêté de marteler son enjoliveur pour regarder Gérard. Il lui dit quelque chose en bamiléké, que le Français fut incapable de comprendre. Voyant cela, le Noir insista en faisant de grands gestes en direction du mur, puis de Gérard.

– Ah ! s'exclama finalement ce dernier. Désolé, je ne peux rien acheter ! Je ne pensais pas avoir besoin d'argent en venant ici, et je n'ai rien pris sur moi.

Pour bien montrer qu'il avait compris, mais qu'il ne pouvait rien pour lui, il retourna les poches de son short. Le Noir lui sourit et écarta les bras en signe d'impuissance avant de reprendre son travail.

En le voyant fouiller dans ses poches, quelques gamins

s'étaient approchés, à l'affût d'un bonbon ou d'un morceau de chocolat.

– Désolé, leur cria Gérard en souriant, mais je n'ai rien pour vous non plus. J'y penserai la prochaine fois.

En voyant les grands yeux noirs fixés sur lui, il pensa à ses fils et, bien qu'ils ne soient pas à plus de quelques kilomètres de lui, ils lui manquèrent tout d'un coup terriblement, et il comprit qu'il ne pourrait jamais décider de les abandonner. Ils avaient besoin de lui. Il avait besoin d'eux. En cet instant, il prit la décision de refuser l'offre que lui avait faite Raoul. Il sourit au groupe d'enfants sans vraiment les voir, hocha la tête avec satisfaction. Sa décision le rendait heureux, plus heureux qu'il ne l'avait été depuis longtemps. Dans la foulée, il prit la résolution de se mettre à écrire sérieusement dès qu'il serait de retour en France. Il se jura d'écrire au moins une page chaque matin, avant de partir au journal. Une page ce n'était rien et pourtant, cela lui permettrait de faire au moins un livre par an. Dans un premier temps.

– Je viens de prendre les deux décisions les plus importantes de ces dernières années, dit-il au forgeron, qui le regarda sans comprendre.

Puis il se tut, car un groupe qui traversait la place à grands pas attira alors son attention.

Le personnage qui venait en tête était en effet haut en couleurs et vêtu d'une manière très spectaculaire.

Drapé dans une ample toge rouge sang, il portait divers ustensiles, dont le sabre de cavalerie qu'il tenait en main n'était pas le moins étrange. La vue de ce sabre inquiéta un instant l'Européen, d'autant que le curieux personnage semblait se diriger tout droit vers la case où Irène était en train de soigner le blessé. Toutefois, le groupe qui l'accompagnait ne paraissait pas animé de mauvaises intentions.

Prudent, Gérard quitta tout de même l'abri de la case où il se tenait et, sans prendre le temps d'endosser son ciré, il alla se poster près de l'entrée de la case où avaient disparu Irène et N'Gombala.

– N'Gombala, appela-t-il à mi-voix. Sors tout de suite.

La tête puis le corps du cuisinier apparurent bientôt par l'ouverture de la case.

– Qu'est-ce que c'est que ça ? demanda Gérard en désignant le groupe d'un léger mouvement du menton.

– C'est Lien, le nganga, expliqua le Noir.

– Le quoi ?

– Le guérisseur, le sorcier du village.

N'Gombala n'eut pas le temps d'en dire plus. Déjà le nganga était sur lui et l'interpellait.

– Que veut-il ?

– Il dit qu'il est prêt à nous aider à retrouver le garçon. Il dit que madame Irène a montré qu'elle était leur amie et qu'il veut l'aider pour la remercier.

Satisfait de voir que la traduction suivait ses déclarations, le nganga poursuivit son discours.

– Il dit, traduisit N'Gombala, qu'il y a une mauvaise magie sur l'île et qu'il faut chasser les mauvais sorciers.

Le nganga se lança alors dans une série de vociférations ponctuées de grands gestes et de moulinets tracés dans l'air avec son sabre.

– Il dit qu'il veut chasser les sorciers de l'île, poursuivit N'Gombala. Il n'a pas peur des mauvais sorciers. Il est lui-même un grand sorcier. Il a appris la magie dans la brousse et il a même travaillé à Douala. Mais il a été chassé de la ville pour sorcellerie, alors qu'il ne faisait que soigner les gens. Il dit que des gens viennent de toute l'Afrique, et même d'Europe, pour se faire soigner par lui.

À ce moment, Irène émergea à son tour de la case, sa trousse médicale à la main. Elle parut surprise par l'aspect du nganga, mais ne dit rien.

– Qu'est-ce que tu en penses ? s'enquit Gérard. Tu as entendu ?

– J'ai entendu.

– On lui dit merci et on s'en va ?

– Nous risquons de le vexer. Et ce n'est pas le moment de nous fâcher avec eux. Nous avons besoin de ces gens.

La jeune femme paraissait extrêmement lasse.

– Que propose-t-il de faire exactement ? demanda-t-elle à N'Gombala, avant que Gérard ait pu intervenir.

Une discussion animée s'ensuivit entre N'Gombala et Lien, que le cuisinier résuma :

– Il veut faire une cérémonie, tout de suite. Tant que les forces mauvaises sont à l'œuvre, avant qu'elles aient eu le temps de regagner leur repaire, où elles seront plus fortes pour faire leur mauvaise magie.

– Cela va durer longtemps ?

– Voyons, s'interposa Gérard, tu ne vas pas te laisser embobiner par ces conneries !

Mais déjà, N'Gombala avait traduit la question.

– Deux heures, dit-il. Peut-être plus.

– Dis-lui que nous ne pourrons pas rester plus de deux heures, trancha la jeune femme. Après quoi, il nous faudra rentrer, même si la cérémonie n'est pas terminée. Sinon la nuit tombera avant notre retour, et notre famille risque de s'inquiéter. Dis-lui que s'ils s'inquiètent, cela risque de causer un incident, après tous les événements que nous avons vécus récemment. Un incident que tout le monde regretterait.

Tandis que N'Gombala traduisait sa réponse, elle se tourna vers Gérard.

– Il s'agit de mon fils, lui dit-elle d'une voix tendue. Et il a disparu. Cela peut sembler idiot, c'est même certainement idiot, mais je ne laisserai passer aucune chance de le retrouver.

– Bientôt tu te mettras à faire tourner des tables !

– Si cela peut m'aider à le retrouver, je le ferai ! Voyons, tu peux bien m'accorder ça ? Qu'est-ce que c'est que deux heures ? Pars devant, si tu veux. Rentre à la maison. Dis aux autres que j'ai été retenue et qu'ils ne s'inquiètent pas… Je garderai N'Gombala. Il ne peut rien m'arriver…

– Pas question. Nous rentrerons ensemble. J'attendrai.

– Comme tu veux. Mais cesse de faire cette tête-là. Même si cette cérémonie ne sert à rien, elle aura au moins le mérite de nous rapprocher un peu de ces gens.

Sans répondre, Gérard haussa les épaules.

N'Gombala, qui écoutait pendant ce temps la réponse de Lien, se tourna de nouveau vers eux.

– Il dit qu'il va essayer de faire vite, traduisit-il. Il faut qu'on se dépêche.

Les bousculant presque, il les guida vers la case commune en direction de laquelle le nganga avait déjà disparu. Manifestement, leur cuisinier prenait tout cela très au sérieux.

Chapitre 24

De l'intérieur, la case commune paraissait encore plus grande. Peut-être était-ce dû au fait qu'elle était totalement nue, à l'exception des poteaux de soutènement régulièrement alignés et de l'espèce d'autel qui occupait le mur du fond. Près de cet autel se tenait Lien, qui préparait la cérémonie. N'Gombala les mena près de lui, ne s'arrêtant que lorsqu'ils furent à moins de cinq mètres du sorcier. Il s'assit.

Ils l'imitèrent en silence, les yeux fixés sur le sorcier.

Gérard fit une grimace significative. Pour lui, tout ceci n'était que du cinéma, et ils s'apprêtaient à perdre deux heures qu'ils auraient pu employer plus utilement. Irène ne dit rien, affecta de ne rien remarquer, et concentra son attention sur le nganga, et surtout sur l'autel qu'il était en train de préparer.

Si la jeune femme n'avait pas été prévenue qu'il s'agissait d'une cérémonie magique, sinon religieuse, elle aurait pu se croire face à une décharge publique.

L'autel n'avait en effet rien de l'austérité qu'un Européen pouvait s'attendre à trouver dans un lieu de culte. Il s'agissait à l'origine d'une simple table de bois, dont la couleur était à présent indéfinissable, disparue sous une épaisse couche noirâtre à l'aspect graisseux. Sans doute était-ce là le fruit des nombreux sacrifices et du sang versé à flots sur tout ce qui constituait l'autel. À peine reconnaissables sous cette couche, de nombreux objets étaient disposés selon un ordre savant. Parmi ceux que la jeune femme parvint à identifier figuraient un flacon de parfum bon marché, vide, deux boîtes de conserve dont l'étiquette et le couvercle avaient disparu, posées face à face, quelques bouteilles de bière vides, des couteaux rouillés – certains sans manche – et une poupée d'une dizaine de centimètres de haut, vêtue d'une robe rouge et d'une coiffe alsacienne, arrivée là après Dieu sait quel périple à travers le monde. L'épaisseur de graisse et de sang séché qui recouvrait le tout réussissait à lui conférer une certaine uniformité, une certaine densité, qui faisait que chaque objet n'apparaissait plus en tant que tel, mais comme une partie d'un tout.

Enfin, à chaque extrémité de l'autel, deux objets coniques dressaient leurs cinquante centimètres en direction du plafond, et il fallut à la jeune femme plusieurs minutes pour identifier deux termitières. Là encore, les innombrables libations qui avaient coulé le long de leurs flancs les avaient transformées en deux masses sombres et informes.

– Quelle merde ! grommela Gérard, assis en tailleur juste à côté d'elle.

– Tu crois qu'un objet de culte a nécessairement besoin d'être fabriqué à Lourdes pour être efficace ?

Touché, il préféra changer de sujet :

– Tu crois qu'on sera rentrés avant la nuit ?

– Je l'espère, sinon les autres vont s'inquiéter.

Sans bien savoir pourquoi, elle n'avait pas dit « Raoul va s'inquiéter ». Comme si elle avait su qu'il ne s'inquiéterait pas le moins du monde si elle ne rentrait pas de la nuit. Tout juste en concevrait-il une certaine irritation, comme celle qu'il éprouvait actuellement envers son fils, coupable à ses yeux de se cacher pour leur jouer un mauvais tour.

Au fond d'elle-même, Irène savait que son fils ne se cachait pas. Sa disparition demeurait inexplicable et ne ressemblait guère à l'adolescent. Et Irène avait beau chercher, elle ne trouvait rien dans les événements des derniers jours qui ait été susceptible d'expliquer une fugue. Et de toute façon, une fugue pour aller où ? On ne fugue pas quand on se trouve sur une île de moins de cinq kilomètres de long, sans moyen pour la quitter.

– Qui a pu l'enlever ? demanda-t-elle à voix haute.

– Hein ?

Gérard, qui observait les préparatifs de la cérémonie, n'avait pas saisi le sens des mots prononcés par la jeune femme.

– Qui a pu enlever Alexandre ?

– Il n'a pas forcément été enlevé.

– Alors pourquoi ne réapparaît-il pas ? Pourquoi n'a-t-il pas répondu à nos appels ?

– Il n'était peut-être pas dans notre coin quand nous l'avons cherché...

– Il n'est pas ici non plus ! Tu les as entendus ! Ils ne l'ont pas vu.

– Allons, ne t'inquiète pas. On va le retrouver.

– Tu crois ?

Gérard regarda la jeune femme qui cherchait désespérément une solution miracle à son problème. Il lui sourit, tentant d'exprimer une confiance qu'il était loin d'éprouver.

– Bien sûr, affirma-t-il. Il ne peut rien lui être arrivé.

La jeune femme se mura de nouveau dans ses pensées. Elle était loin de partager l'optimisme affiché par son beau-frère, optimisme apparent dont elle n'était d'ailleurs pas dupe. Elle devinait derrière le sourire crâne et les paroles apaisantes l'inquiétude que lui aussi ressentait. Si encore la disparition de son fils avait été le premier événement étrange à survenir depuis leur arrivée dans l'île. Mais c'était loin d'être le cas ! On leur voulait manifestement du mal depuis le début. Mais qui était ce « on » ? Pourquoi s'acharnait-il ainsi sur eux ? Que lui avaient-ils fait pour justifier une telle haine ?

En tout cas, s'il désirait les voir quitter l'île, il avait gagné. La décision d'Irène était prise, et elle était irrévocable : sitôt son fils retrouvé, ils quitteraient l'île, avec ou sans Raoul. Car elle voulait encore croire qu'elle retrouverait bientôt l'enfant. Elle ne voulait pas envisager l'autre possibilité, l'affreuse hypothèse…

– Qu'est-ce qu'il fabrique ? s'inquiéta soudain Gérard à son côté, la tirant de la torpeur dans laquelle elle sombrait sans s'en rendre compte.

Elle redressa la tête, jeta un regard égaré autour d'elle, reconnut la grande case, les masques de bois suspendus aux murs, les pilotis supportant le toit… Peu à peu, la salle s'était emplie d'hommes et de femmes qui étaient venus prendre place derrière eux, s'agenouillant ou s'asseyant en silence. Comme pour compenser ces arrivées, le sorcier, le nganga comme disait N'Gombala, avait disparu. Agacé, Gérard le cherchait du regard, sans parvenir à le retrouver. La jeune femme essaya également de le localiser, ne le trouva pas. Elle ne voyait que les Noirs qui continuaient d'affluer à l'intérieur, s'installant puis s'immobilisant comme une assemblée de statues.

Ce silence, cette immobilité, qui lui firent un instant douter de ses sens, angoissaient la jeune femme. Les Africains, d'ordinaire si exubérants, toujours en train de rire, de plaisanter, de s'interpeller et de se bousculer, paraissaient à présent étonnamment graves et sérieux. Tous les visages arboraient le même air sévère et tendu, comme s'il s'était agi d'autant de masques de bois taillés sur le même modèle. L'évocation des masques mit la jeune femme mal à l'aise, et elle regretta d'avoir accepté d'assister à cette cérémonie, de ne pas avoir trouvé une excuse pour regagner la maison.

Inconsciente de son incorrection, elle s'était à demi tournée et dévisageait les participants à la cérémonie, passant d'un visage à l'autre, d'un masque au suivant. Quel changement s'était opéré en eux pour que leur comportement en fût à ce point modifié ? Et surtout, quelle avait pu être la cause de ce changement ?

Très vite, Irène devina la réponse à cette question. Elle était évidente et se lisait dans tous les regards, seule partie vivante dans ces visages figés : ils avaient peur.

Bien que non directement touchés, bien que peu concernés par les malheurs des Blancs, les fiers Bamilékés étaient tout de même conscients que quelque chose d'anormal se passait dans l'île. Proches de la nature, habitués à respirer, à vivre à travers elle, en elle, ils sentaient qu'une force mystérieuse était à l'œuvre, une force obscure et incontestablement maléfique.

Et même si cette force n'était pas dirigée contre eux, ils la percevaient néanmoins comme une menace potentielle et ne souhaitaient qu'une chose : la voir disparaître au plus vite.

Le chef fut parmi les derniers à entrer. Il gagna le

premier rang d'un pas majestueux, salua les Européens comme s'il les voyait pour la première fois de la journée, et s'assit sans prononcer un mot.

Doucement, au fond de la case, quelqu'un se mit à battre un tambour. Peu à peu, la lente pulsation prit possession de l'assemblée, et les têtes commencèrent à dodeliner. Puis les corps suivirent, ondulant comme des algues animées par la houle. Inconsciemment, Irène se balança aussi d'avant en arrière. Gérard, du bout des doigts, tapotait en cadence le talon de sa botte.

Au centre de la case, un assistant enflamma le contenu de deux cassolettes suspendues au plafond, et un parfum capiteux se répandit sur la foule.

Un son plus sec vint accompagner le tambour : quelqu'un frappait deux baguettes de bambou l'une contre l'autre. Immédiatement, d'autres baguettes apparurent entre les mains de l'assistance, et les claquements secs vinrent presque couvrir le son du tambour que les mains frappaient toujours à la même cadence.

Bientôt, tous claquaient des mains ou utilisaient un instrument rudimentaire pour accompagner le battement du tambour. Irène, ballottée, épuisée par l'attente et les récents événements, claquait des mains comme les autres. Gérard frappait à présent le cuir de sa botte avec sa paume ouverte, produisant un son sec qui marquait la cadence.

Comme ordonné par un invisible signal, le silence

se fit soudain. Hébétée, Irène releva la tête, les mains encore écartées en l'air devant elle, prêtes à claquer l'une contre l'autre. Le nganga avait fait sa réapparition. Toujours vêtu de sa toge écarlate, il traversa toute la case d'un pas martial, tenant haut au-dessus de sa tête le sabre de cavalerie qui paraissait être un élément important de sa lutte contre le Mal. Au moment où il arriva à la hauteur du premier rang, il esquissa un pas de danse et termina en virevoltant devant l'autel. Il se tourna alors lentement, fit face à l'assistance. Son visage était grave, ses joues creusées, ses traits tirés comme sous un intense effort.

Il s'immobilisa au centre de l'espace dégagé devant l'autel, regarda longuement Irène et Gérard. Ce regard qui semblait la transpercer mit la jeune femme mal à l'aise. Elle n'osait pourtant pas faire un mouvement, de crainte de déclencher quelque force mystérieuse et hostile.

Subitement, le nganga lui posa une question d'une voix forte en bamiléké.

– Qu'est-ce qu'il veut? demanda Irène à voix basse à N'Gombala.

– Il demande si quelqu'un te veut du mal, traduisit le cuisinier.

– Qu'est-ce que je dois répondre?

– Dis oui.

– Oui, répondit-elle d'une voix qu'elle essaya de rendre ferme.

N'Gombala traduisit la réponse pour le nganga qui parut s'en satisfaire.

Le sorcier releva la tête et promena son regard sur l'assemblée. La jeune femme sentit la tension monter dans la salle. Le sorcier posa alors une question d'une voix tonnante, sans obtenir de réponse. Il laissa s'écouler plusieurs secondes, puis reposa la même question en criant presque et en agitant furieusement son sabre.

N'obtenant toujours pas de réponse, il éclata soudain de rire et prononça une longue phrase sur un ton ironique qui sembla soulager l'assemblée.

– Il a demandé si la personne qui te veut du mal se trouvait ici, traduisit N'Gombala. Et elle n'y est pas. Il a alors dit qu'il le savait déjà. Que le sorcier qui t'envoûte est caché dehors, loin d'ici, mais qu'il le trouvera et qu'il le forcera à partir jusqu'à un pays d'où il ne pourra pas revenir.

Devant eux, pendant que N'Gombala traduisait, le sorcier avait entamé une danse compliquée faite de petits pas croisés et de rapides reculs. De ses lèvres fermées sortait une sourde mélopée au rythme entrecoupé de brusques silences.

Il évolua ainsi longuement, dans le silence absolu que troublait seul son chantonnement obsédant. La jeune femme, qui ne disposait d'aucun moyen d'apprécier le temps écoulé, avait l'impression que la danse du nganga durait depuis des heures.

– Ne pourrait-on s'en aller, à présent ? demanda-t-elle brusquement à N'Gombala. Je suis fatiguée, et je suis inquiète pour Alexandre, je voudrais savoir s'il est rentré.

Le visage du cuisinier prit un teint crayeux, comme si elle lui avait dit quelque chose d'inconvenant.

– Pas maintenant, murmura-t-il. Il fait cette cérémonie pour vous tous. Ce serait une terrible offense. Et le sort qu'il va jeter pour vous protéger pourrait se retourner alors contre vous.

Irène abandonna, décidant de prendre son mal en patience. Après tout, deux heures de plus ou de moins ne changeraient pas grand-chose. Et il restait toujours la possibilité que les guerriers envoyés patrouiller dans l'île reviennent dans l'intervalle avec son fils.

Pour occuper son esprit plus que par réel intérêt, la jeune femme reporta son attention sur le nganga qui poursuivait sa danse au centre de l'espace dégagé entre l'autel et l'assemblée.

Dénouée par ses mouvements saccadés, sa toge écarlate commença à glisser de ses épaules, puis tomba, retenue seulement à la taille par un cordon qui la maintenait étroitement serrée. La jeune femme ne put que porter son poing fermé à sa bouche pour contenir un cri d'horreur.

Sur le dos du sorcier, partant de la nuque pour disparaître sous la toge, de longues cicatrices étaient apparues quand le tissu était tombé. Les anciennes blessures ressemblaient à celles qu'auraient pu laisser les griffes d'un grand fauve, mais leur régularité, leur ordonnance laissaient plutôt penser que quelqu'un s'était amusé à promener une large fourchette sur le dos du nganga et à lui en labourer les chairs.

N'Gombala suivit le regard de la jeune femme. Il comprit tout de suite ce qui avait provoqué son effroi et se pencha vers elle pour lui expliquer à voix basse :

– Ces marques sont la preuve que Lien est un grand sorcier et un grand initié. Elles lui ont été faites quand il a appris les choses cachées. Chaque ligne est la preuve qu'il a franchi une étape sur le chemin du savoir. Ce sont aussi des marques qui rappellent qu'il est sorcier et qu'il dispose de grands pouvoirs, mais qu'il ne doit pas les utiliser dans des buts mauvais. C'est par là que les démons entreront en lui s'il s'égare du chemin qu'on lui a tracé. Ces marques sont les portes que les dieux ont placées sur son corps pour atteindre son cœur et le dévorer s'il ne les respecte plus après avoir appris leurs secrets.

Irène jeta un rapide regard autour d'elle. L'assistance était muette, figée. Tous les yeux étaient braqués sur le personnage qui dansait devant elle et avait entrepris de chasser les démons de l'île.

Du fond de la grande salle, un homme vêtu d'un simple pagne remonta l'allée centrale en tenant à deux mains l'anse d'un seau métallique qu'il prenait soin de maintenir loin de son corps. Quand il passa près de la jeune femme, celle-ci put constater que le seau était empli aux trois quarts de braises fumantes.

Arrivé à la limite de l'espace laissé libre pour le nganga, l'homme pivota et, longeant le premier rang des spectateurs, gagna le mur de la case, au pied duquel il posa le seau. Prenant alors une petite pelle posée contre le mur, il commença à extraire les braises du récipient pour les répandre sur le sol, où elles roulèrent en rougeoyant et en produisant des gerbes d'étincelles.

Le contenu du seau une fois étalé sur le sol, une surface de près d'un mètre carré se trouva couverte de braises rougeoyantes. L'homme s'écarta alors, tandis que le nganga se rapprochait du tapis ardent à petits pas, en louvoyant. Il piétina un instant le sol, puis, d'un coup, il sauta au milieu des charbons incandescents qu'il foula, comme s'il s'était agi de pétales de rose.

Impressionnée, Irène ne pouvait détacher son regard du fascinant spectacle que bien peu d'Européens avaient été autorisés à contempler avant elle.

Derrière eux, le roulement monotone du tambour avait repris, et la jeune femme se surprit à dodeliner de nouveau de la tête. Captivée par la cérémonie, elle ne faisait plus rien pour résister à l'envoûtement. Elle se laissait bercer par le rythme, emporter par l'ambiance de recueillement et d'inquiétude qui régnait dans l'immense salle, heureuse au fond d'elle-même d'être déchargée de la direction des opérations, soulagée de n'avoir qu'à suivre, même si ce n'était que pour une heure ou deux. Pouvant poser son fardeau, même pour un court moment, la jeune femme saisissait l'occasion qui s'offrait à elle et tentait, en se laissant entraîner par la cérémonie, de faire abstraction des récents événements.

Les bambous se heurtaient à présent avec force, produisant un son clair qui, ajouté à celui plus sourd du tambour, transcendait ces instruments primitifs pour en faire les outils d'un dialogue avec les puissances obscures et maléfiques qui avaient plongé l'île dans un climat de violence et d'angoisse.

Sans s'en rendre compte, Irène s'était remise à claquer des mains, comme les autres. Elle n'avait même plus conscience de la présence de Gérard et de N'Gombala qui, à ses côtés, oscillaient au même rythme que les autres membres de l'assemblée et tapaient des mains, comme s'ils étaient nés eux-mêmes dans cette tribu.

La danse du nganga, toujours pieds nus sur les charbons ardents, s'était faite frénétique, sans que pour autant celui-ci donnât l'impression de souffrir ni même de ressentir la moindre gêne. Ses pieds sautaient, se posaient, remontaient, comme deux infatigables pistons. Sa mélopée sourde s'était transformée en un chant étrange et syncopé qui tenait autant de la harangue que de la chanson. Par moments, son sabre traçait de grands moulinets au-dessus de lui. Il rejetait alors la tête en arrière et, comme s'il s'était adressé directement au ciel malgré la présence du toit, il lançait de longues invectives d'une voix forte et hargneuse.

Le concert de tambours et de claquements de mains s'était progressivement changé en une véritable cacophonie entrecoupée des hurlements que poussait le nganga dans sa lutte contre le Mal. Peu à peu, l'atmosphère de la grande case s'était métamorphosée. Des gémissements s'échappaient à présent des lèvres serrées, et des cris plaintifs poussés par les femmes éclataient parfois dans l'assistance.

L'atmosphère surchauffée de la case commune, le roulement hypnotique du tambour, le grondement de la pluie étaient autant d'éléments qui faisaient oublier à chacun son identité, le fondaient dans la communauté, le transmuaient en une cellule interchangeable d'un grand corps unique, sans plus aucune conscience propre, à l'écoute de la nature qui l'entourait et dont il était lui-même partie intégrante.

Déjà, deux femmes étaient entrées en transes. Debout dans l'allée centrale, elles dansaient, ignorées de tous. Certains hommes roulaient des yeux fous au fond d'orbites creusées par la tension.

Près d'Irène, N'Gombala cessa soudain de claquer des mains. Son visage perdit peu à peu l'expression extatique qu'il arborait depuis plusieurs minutes, et son corps arrêta de se balancer au rythme du tambour. Ses yeux retrouvèrent vie, comme s'il s'éveillait d'un long sommeil. Il regarda par-dessus son épaule, examina les visages tendus, les yeux absents, les joues creusées, la raideur des gestes de tous les membres de l'assistance, avant de saisir le bras d'Irène pour la secouer doucement.

– Il se passe quelque chose d'anormal, murmura-t-il.

Irène, qui oscillait d'avant en arrière comme un derviche malade, eut beaucoup de mal à comprendre le sens des mots qu'il venait de prononcer.

– Quelque chose ne va pas ! insista le cuisinier, en la secouant plus durement.

Petit à petit, la signification de cette phrase parvint au cerveau de la jeune femme. Son regard perdit de sa fixité, retrouva lentement la clarté qui était habituellement la sienne. Les balancements de son corps ralentirent, puis cessèrent tout à fait. Elle promena autour d'elle un regard égaré, s'étonna de voir toute l'assemblée agitée de vagues furieuses. Les Bamikélés vociféraient à présent, s'invectivaient, bavant et écumant comme des chevaux malades.

– Qu'est-ce qu'il y a ? demanda-t-elle au cuisinier.

– Je ne sais pas, mais ce n'est pas normal. Ils ne devraient pas être comme ça. Quelque chose ne va pas.

Irène sentit instantanément la peur l'envahir. Et s'ils s'en prenaient à eux ? Si, emportés par un élan de folie meurtrière, ils décidaient de les mettre à mal ? Qui viendrait à leur secours, dans ce village perdu sur une île ne figurant sur aucune carte ?

À côté d'elle, N'Gombala semblait partager ses craintes. Il regardait autour de lui d'un air inquiet, et la jeune femme eut aussitôt l'intuition qu'il cherchait une issue. Mais il n'y avait que la porte par laquelle ils avaient pénétré dans la case, et cette porte se trouvait à plus de dix mètres derrière eux, dix mètres de foule hurlante.

– Tu crois qu'on devrait partir ? demanda-t-elle à mi-voix.

– Il est trop tard.

Devant eux, le nganga s'était brusquement immobilisé. Il poussa un long cri, leva les bras au ciel. Ses muscles tendus se dessinaient durement sous sa peau luisante, comme s'ils allaient déchirer l'enveloppe qui les recouvrait.

Ses pieds immobiles reposaient toujours sur les braises, mais moins que jamais il ne paraissait sentir l'intolérable brûlure. Une douleur plus forte que toutes celles causées par les charbons ardents semblait avoir pris possession de son corps. Son visage torturé révélait que le sorcier était à présent soumis à un effort considérable.

La jeune femme ne put s'empêcher de frissonner. Elle se mordit violemment les lèvres, et plus que la douleur, ce fut le goût du sang dans sa bouche qui lui en fit prendre conscience.

Le sorcier avait l'air de lutter contre un ennemi invisible. Ses bras tendus se crispaient, ses mains se refermaient comme des serres. Les muscles de ses mollets étaient bandés comme s'il supportait tout le poids du monde sur ses épaules.

Sur son front coulaient d'énormes gouttes de sueur, témoins de l'effort surhumain auquel il était contraint. Lentement, ses veines gonflaient, tissant une toile d'araignée sous sa peau, comme sur le point d'éclater. Son sabre lui échappa, glissa de ses mains, se planta à la verticale dans le sol avec un chuintement sinistre.

Le sorcier prononça une phrase avec difficulté dans un dialecte incompréhensible. Elle s'acheva sur un gémissement de douleur. Il vacilla. Ses yeux révulsés remontèrent sous les paupières, ne laissant plus que le blanc visible.

Un long hurlement s'échappa de la gorge du nganga qui tomba à genoux. Tournant le dos à l'assistance, il lança des vociférations qui semblaient être des conjurations contre de mauvais sorts, mais ces conjurations ne parvenaient pas à lui apporter le moindre répit.

À intervalles irréguliers, interrompant le flot de ses paroles, des gémissements de douleur lui échappaient. Visiblement, il faisait appel à toutes ses connaissances en matière de magie pour se dérober à ce qui lui arrivait, mais ses efforts restaient vains. Il continuait de gémir, et ne pouvait se relever malgré ses tentatives successives. Une main posée sur le sol pour ne pas tomber à plat ventre sous le coup de la douleur, le nganga continua de dresser un poing vers le ciel, en psalmodiant des incantations qui demeuraient sans effet.

Terrifiée par la lutte qui se déroulait sous ses yeux, la jeune femme ne pouvait détacher son regard du dos arqué vers elle. Sans doute fut-elle parmi les premiers à remarquer la subtile modification que subissait le corps du sorcier.

Les yeux exorbités, Irène ne pouvait en croire le témoignage de ses sens. Et pourtant, au fur et à mesure que le phénomène s'amplifiait, elle devait reconnaître qu'elle ne se trompait pas. Là, devant elle, l'impossible était en train de s'accomplir.

Des reins du sorcier, là où les scarifications se rejoignaient pour ne plus former qu'une seule et même masse sombre à l'endroit où elles rencontraient le pagne, une légère fumée semblait s'élever. Il ne s'agit tout d'abord que de minces volutes presque indiscernables, filtrant apparemment des points de jonction des scarifications, comme si cette conjonction de blessures rituelles avait été plus sensible, plus fragile, plus vulnérable.

« C'est par là que les dieux le puniront ! » La phrase de N'Gombala résonnait encore aux oreilles de la jeune femme.

Terrorisée, elle voyait la fumée augmenter, épaissir… Peu à peu, la peau se mit à rougeoyer çà et là, toujours aux endroits où les scarifications se chevauchaient ou se croisaient. Ce fut tout d'abord une couleur grenat qui vint remplacer le noir profond des blessures anciennes, puis le grenat vira subtilement, passa par des couleurs indéfinissables, se changea en carmin, puis en vermillon…

Peu à peu, cette étrange couleur gagna le long des scarifications, remonta jusqu'à la nuque, tandis que dans le même temps le vermillon se transformait en un orange vif rappelant la couleur du métal en fusion.

Quand la première flamme jaillit, la jeune femme ne put retenir un cri d'horreur. Elle se leva d'un bond, suscitant des regards étonnés de la part des autres membres de l'assemblée qui n'avaient rien remarqué. Très vite pourtant les regards se détournèrent d'elle pour se poser sur le sorcier qui hurlait à présent de douleur.

Sur toute la longueur de son dos, suivant les lignes tracées dans sa chair des années auparavant, des flammes étaient apparues.

Curieusement, elles ne prenaient pas d'ampleur. Elles mesuraient deux ou trois centimètres de haut à peine, et ne semblaient pas vouloir grandir plus. Comme si elles n'avaient été que la pointe de flammes beaucoup plus importantes, brûlant à l'intérieur du corps.

Une horrible odeur de chair grillée inonda la case, alors que le dos du sorcier se couvrait de cloques qui explosaient en de nouvelles flammes, plus hautes et plus vives.

La peau s'embrasa. Puis vinrent les muscles sous elle, les os enfin. Les chairs se racornissaient, prenaient une teinte noirâtre, tandis que le sorcier se roulait sur le sol en hurlant, cherchant vainement à éteindre le feu qui le dévorait de l'intérieur.

Ses bras, ses joues, son torse, qui avaient également fait l'objet de marquages rituels, s'enflammèrent à leur tour. Ses yeux fondirent, coulèrent sur ses joues en flammes. Dans un dernier hurlement, il se transforma en torche. Il tenta un dernier effort pour se relever, n'y parvint pas et retomba à genoux. Les flammes étaient hautes de plus d'un mètre. Elles léchaient le plafond, qui s'enflamma à son tour. Ses os brûlés de l'intérieur ne pouvant plus le soutenir, le sorcier s'écroula sur le dos en projetant une gerbe de flammes en direction de l'autel, qui s'embrasa comme une meule de paille.

Dans la case, c'était la panique. Les Bamilékés sortaient de la transe où ils étaient plongés, hébétés, hagards, ne sachant ce qui se passait, et s'éveillaient pour découvrir devant eux un véritable mur de flammes. Les plus rapides s'étaient déjà levés et fuyaient vers la porte, piétinant ceux qui étaient trop lents à se redresser. Du corps carbonisé devant l'autel, nul ne se préoccupait. Chacun n'avait plus qu'une idée en tête : sortir au plus vite de ce piège. Une partie du toit s'effondra, augmentant encore la panique.

Sans savoir comment, Irène se retrouva à l'extérieur. Gérard la gifla pour la faire cesser de hurler. Elle se calma peu à peu, assez pour voir que d'autres personnes continuaient de sortir de la case. Devant elle, Gérard se tourna pour vomir le long du mur. C'était plus que n'en pouvait supporter la jeune femme, qui vomit à son tour sans avoir le temps de chercher un point de chute adéquat.

– Que s'est-il passé ? demanda Gérard, quand il eut un peu récupéré.

Irène haussa les épaules, incapable de prononcer un mot. Au-dessus de leurs têtes, des flammèches commençaient à sortir des claires-voies aménagées entre le toit et le haut du mur. Prudemment, ils s'écartèrent, ne s'arrêtant qu'à plusieurs mètres de là, sous la pluie qui tombait toujours.

Au loin, les rescapés de l'incendie s'étaient rassemblés autour de leur chef et les regardaient sans aménité. Discutant fébrilement, ils montraient tour à tour la case en flammes que la pluie combattait assez efficacement, semblait-il, et les deux Européens.

Finalement, le chef se détacha du groupe et vint vers eux. Il avait l'air sincèrement ennuyé, mais leur délivra tout de même le message dont sa tribu l'avait chargé, en quelques phrases courtes qu'il prononça d'une voix suffisamment forte pour que tous ceux présents sur la place du village puissent l'entendre.

– Il vous demande de partir, traduisit N'Gombala. Le malheur est sur vous. Il sait que vous n'êtes pas responsables de ce qui est arrivé, mais mieux vaut que vous partiez et que vous ne reveniez jamais.

Irène acquiesça, terriblement lasse tout à coup. Gérard décrocha son ciré resté sous la case du ferronnier. Irène récupéra le sien, ainsi que sa trousse, chez le blessé qu'elle était venue soigner, et ils repartirent en sens inverse en direction de la maison, où ils conservaient le faible espoir de retrouver Alexandre les attendant. Ils s'arrêtèrent au bout de quelques pas en constatant que N'Gombala ne les suivait pas.

– Tu viens ? demanda Gérard.

– Non. Le malheur est sur vous. J'ai peur. Un méchant sorcier vous veut du mal, et c'est un puissant mage. Ce n'est pas mon affaire.

Gérard ouvrit la bouche pour tenter de le convaincre de les suivre. Il était prêt à parler de superstition, à se moquer de lui pour attiser son courage et le forcer à les suivre mais, après la scène qu'ils venaient de vivre, comment aurait-il encore pu se moquer des croyances millénaires de ce peuple ? Il haussa les épaules, résigné. Un instant, il songea à user d'autorité pour forcer N'Gombala à venir, lui rappeler qu'il avait été engagé pour un certain temps et qu'il ne pouvait pas tout quitter comme ça, du jour au lendemain, mais à quoi bon ? Et surtout, avait-il le droit de lier le destin de cet homme au leur, pour une affaire qui, ainsi qu'il l'avait fort justement dit, ne le concernait pas ?

Avec une certaine dose d'exaspération, Gérard se demanda tout de même en quoi cette affaire les concernait, eux ! Ne trouvant pas la réponse à cette question, il haussa encore les épaules, abandonnant le sujet pour le moment.

Ils firent demi-tour avec résignation. Après avoir déchargé Irène de sa trousse, il lui entoura les épaules d'un bras protecteur et ils se mirent en route, sous les regards à la fois soulagés et hostiles de toute la tribu.

Chapitre 25

Raoul entrebâilla la porte, avant de risquer un coup d'œil dans le couloir. La longue enfilade de portes s'échelonnait devant lui, sans qu'il puisse déceler la moindre présence. Il se glissa hors de la chambre, où Kelly s'était endormie.

Dehors, la pluie avait cessé depuis quelques minutes, et il était possible qu'Hubert monte bientôt le tirer de son lit, où il était censé se trouver, pour aller au bateau. Pour parer à cette éventualité, il descendit l'escalier menant au rez-de-chaussée.

L'idée que la jeune fille puisse être prise de remords et aller tout raconter à Irène ne l'inquiétait pas outre mesure. Il n'y croyait pas. Et quand bien même? Que ferait Irène? Elle ne le quitterait pas. Pas maintenant. On ne quittait pas un millionnaire. Et même si elle le quittait, il ne serait pas en peine de trouver une autre femme. D'autres femmes. N'avait-il pas un million et demi de bonnes raisons pour que n'importe quelle femme le trouve irrésistible?

Il traversa le salon d'un pas rapide, aperçut les autres sur la véranda, comme il les avait quittés. Hubert, affalé dans un fauteuil, était plongé dans la lecture d'un roman policier. Il leva la tête à son entrée, lui jeta un regard interrogateur.

– On y va ? demanda-t-il.

– Si tu es prêt.

– Où allez-vous ? s'inquiéta Geneviève en voyant son mari poser son livre et se lever.

– Au débarcadère, jeter un coup d'œil au bateau, lui répondit Raoul. Il nous a semblé qu'il prenait un peu l'eau.

– Rien de grave, au moins ?

– Non, non. Ne vous faites pas de souci. C'est juste une précaution que nous prenons.

– On ne devait pas attendre la marée basse ? s'enquit Hubert, alors qu'ils sortaient de la cour pour s'engager sur le sentier menant au débarcadère.

– J'ai changé d'avis. La marée n'est pas encore au plus bas, mais le niveau de l'eau devrait avoir suffisamment baissé pour que nous puissions voir s'il y a moyen de faire quelque chose. Le cas échéant, ça nous permettra de le réparer à marée basse.

Effectivement, quand ils parvinrent au haut des marches menant au ponton, ils constatèrent que le bateau n'était plus aussi enfoncé sous l'eau qu'il l'était quelques heures plus tôt. Il n'était cependant pas revenu à sa ligne de flottaison normale, et s'il émergeait un peu plus maintenant, c'était tout simplement parce que sa quille touchait le fond. Au fur et à mesure que l'eau avait cessé de le porter, le navire s'était lentement couché sur le flanc et il reposait désormais contre les planches du débarcadère, où son étrave était venue s'appuyer, tel le museau d'un animal mourant. Raoul sauta à bord pour examiner les dégâts.

– Les salauds qui ont fait ça n'y sont pas allés de main morte ! gronda-t-il.

Une large brèche était ouverte dans le flanc du navire ; un morceau de bois émergeait de l'ouverture, masse imposante qu'il était impossible d'identifier précisément. Tronc d'arbre en décomposition ou poutre pourrie, il était dans un tel état de délabrement que son origine demeurait indéfinissable. Tirant dessus à deux mains, Raoul essaya de le dégager. Rien à faire. Il le poussa alors, espérant le forcer à ressortir par l'extérieur, mais le morceau de bois ne voulait rien entendre. Montant dessus à pieds joints en se tenant d'une main au plat-bord, Raoul ne put que constater l'inanité de ses efforts.

– Cette saloperie est coincée ! dit-il. Rien à faire. Et tant que nous ne l'aurons pas enlevée, impossible de colmater la brèche.

Jetant un regard autour de lui, sans rien découvrir qui fût susceptible de l'aider à dégager le bateau, il se pencha par-dessus bord pour examiner l'eau trouble. Quand il se redressa, il avait jugé la situation et compris qu'ils ne disposaient pas de plusieurs solutions.

– Tu vas venir ici et pousser quand je te le dirai, dit-il à son frère en ôtant sa chemise.

– Et toi ? demanda Hubert, en sautant à son tour sur le pont inondé.

– Moi, je vais plonger là-dessous pour voir ce qu'on peut faire. En tirant sur le tronc d'arbre pendant que tu pousseras dessus, il sera peut-être possible de le dégager.

Hubert fit la grimace. L'idée de voir son frère plonger sous le bateau ne lui souriait guère, mais il se raisonna en se disant que c'était une plongée sans danger si Raoul se montrait prudent : à sa connaissance il n'y avait pas d'animaux dangereux vivant dans l'eau, autour de l'île.

– Fais gaffe à ne pas te trouver coincé sous le bateau, s'il glisse, dit-il.

– T'inquiète pas, je ne tiens pas à mourir jeune.

En maillot de bain, Raoul se laissa glisser dans l'eau. Comme si elle n'avait attendu que ce signal, la pluie recommença à tomber.

– Et merde, dit-il. Je vais être trempé !

Hubert sourit et jeta les vêtements de son frère dans la cabine. Eux au moins resteraient secs.

Raoul disparut sous l'eau pendant une vingtaine de secondes, avant de réapparaître en toussant.

– Alors ? s'enquit Hubert, en élevant la voix pour

couvrir le crépitement de la pluie sur les planches du débarcadère.

– Je n'ai pas pu voir grand-chose, c'est plein de boue en suspension. Et la marée remue tout ça !

– On ferait mieux d'essayer autre chose, proposa Hubert, qui se sentait nerveux sans pouvoir s'en expliquer la raison.

Anxieusement, il jeta un regard autour de lui. Les frondaisons étaient silencieuses. Les seuls mouvements agitant les buissons étaient ceux causés par la pluie qui prenait à présent des allures de déluge. Il réprima une grimace, tenta de se persuader qu'il se faisait des idées, qu'il s'était trop laissé impressionner par les événements des derniers jours.

Sans répondre à sa suggestion, son frère avait déjà replongé. L'eau se referma sur lui et, l'instant d'après, même sa silhouette n'était plus discernable à travers le liquide chargé de particules de terre en suspension.

– Je n'aime pas ça, murmura Hubert.

Un mouvement dans les bambous proches attira son attention. Un animal gros comme un chat jaillit entre les pousses étroitement mêlées, plongea dans une gerbe d'éclaboussures. Un rat. Un rat à la poursuite d'une proie. Hubert suivit un moment des yeux le corps noir et luisant, la longue queue ocellée qui s'agitait dans l'eau, tel un fouet, puis détourna le regard, dégoûté. S'ils restaient encore un peu de temps sur l'île, et si les choses s'arrangeaient, il viendrait jusqu'ici avec une 22 long rifle pour faire un carton sur ces sales bêtes.

Oubliant le rat, il reporta son attention sur l'eau. Que faisait donc son frère ? Depuis combien de temps était-il là-dessous ?

Raoul ne remontait pas. Une minute ? Deux minutes ? Hubert était sûr qu'il ne pouvait pas rester deux minutes sous l'eau sans respirer. Il commençait à ôter sa chemise pour plonger au secours de son frère, quand celui-ci émergea soudain et s'accrocha au plat-bord pour reprendre son souffle. Sa respiration était courte, hachée, difficile.

– Est-ce que ça va ? s'inquiéta Hubert en se penchant vers lui.

Raoul acquiesça, incapable de prononcer un mot.

– Tu veux remonter te reposer un peu ? Tu veux que je te hisse à bord ?

Raoul lui répondit non d'un signe de tête.

– J'ai vu, expliqua-t-il finalement d'une voix saccadée. C'est un morceau de bois d'un mètre cinquante. Il est coincé contre un des piliers du débarcadère. Si je réussis à le faire glisser de vingt centimètres, il devrait ensuite sortir tout seul de la coque.

– Fais gaffe, l'avertit Hubert. N'oublie pas que c'est du bois et que le bois ça flotte. Ne te fais pas assommer s'il remonte brusquement une fois que tu l'auras décoincé.

Raoul réfléchit un instant, puis approuva.

– C'est vrai. Je n'avais pas pensé à ça. Je ferai attention.

Estimant qu'il avait suffisamment récupéré, il prit une profonde inspiration et plongea de nouveau dans un grand concert d'éclaboussures.

Entre les tiges des bambous, une multitude de petites créatures apparut, attirée par le fracas du plongeon. Des rats. Des dizaines de rats, certains gros comme le poing, d'autres plus gros que des chats. Leurs yeux étaient braqués sur l'eau, sur l'écume produite par Raoul.

Malgré la moiteur de l'atmosphère, Hubert sentit une coulée de sueur glacée lui rouler le long des reins.

– Fichez le camp ! cria-t-il avec un geste menaçant du bras, destiné à chasser les répugnantes créatures.

Quelques rats levèrent vers lui un regard étonné, mais la plupart ne lui prêtèrent pas la moindre attention. Leurs petits yeux ronds étaient fixés sur l'écume qui, contre le flanc du bateau, achevait de se fondre dans les vagues.

Comme si elle n'avait attendu que cet instant, la horde animale s'élança d'un seul bond. En un dixième de seconde, ce furent des dizaines et des dizaines de corps noirs, de museaux pointus et de dents aiguisées qui convergèrent tous vers le même point.

– Raoul ! hurla Hubert.

Son frère, sous près d'un mètre d'eau que frappait toujours la pluie, ne l'entendait pas.

Jamais Hubert n'aurait cru que des rats pouvaient nager si vite. Il enjamba le plat-bord, dans l'intention de rejoindre son frère pour le prévenir, mais déjà les rats entouraient le bateau, si nombreux qu'ils formaient un véritable tapis vivant, un tapis d'yeux féroces et de crocs pointus, de dos noirs et luisants que fouettaient çà et là de longues queues ocellées.

– Raoul ! hurla-t-il une nouvelle fois.

Affolé, il vit des rats s'enfoncer sous l'eau. Il tomba à genoux au fond du bateau.

– Raoul ! sanglotait-il, les mains crispées sur le plat-bord.

Et soudain son frère émergea en hurlant. Un rat était accroché à son cou et le mordait rageusement, cherchant la jugulaire. D'autres étaient suspendus à ses bras, à son torse…

Hubert se redressa, lui tendit désespérément la main pour l'aider à remonter à bord… Mais Raoul était trop loin. Il bascula en arrière, disparut de nouveau sous l'eau.

Les rats se précipitèrent avec vivacité à l'endroit où il avait disparu, plongeant à leur tour. La proie était là et ils le savaient. C'était la curée.

Raoul réapparut, plus loin que précédemment. Frénétiquement, il tenta de se débarrasser des rongeurs qui le couvraient et le dévoraient vivant. La bouche grande ouverte, il hurlait de douleur et de terreur. Un rat accroché à son épaule bondit, referma ses crocs sur sa langue qu'il essaya d'arracher à grands coups de tête rageurs. Quand il comprit que cela lui était impossible, il tenta d'entrer complètement dans sa bouche pour le dévorer de l'intérieur, lui griffant profondément le visage dans ses efforts pour y parvenir.

Raoul se rejeta en arrière pour échapper à l'odieuse agression. Sa tête heurta durement un des piliers du débarcadère. À moitié assommé, il glissa dans l'eau, rapidement submergé par des dizaines de rats qui se précipitaient en se piétinant les uns les autres, se mordant cruellement dans leur hâte pour l'approcher.

Sa main se dressa au-dessus des fourrures en un dernier appel au secours. Son poing se ferma, se crispa. Son bras se raidit, puis sa main se rouvrit, doigts tendus vers le ciel…

Hubert essaya de le saisir pour le tirer à lui, mais il était beaucoup trop loin. Il manquait bien cinquante centimètres entre leurs doigts tendus. De nouveau, il enjamba le plat-bord, prêt à se jeter à l'eau pour aller à son secours. Les rats le virent faire, et déjà certains abandonnaient son frère pour se diriger vers lui, gueule ouverte, prêts à mordre.

Hubert regagna l'abri du bateau. Il ne pouvait rien faire. Rien faire que se défendre, car les rats, comprenant peut-être qu'ils étaient trop nombreux pour une seule proie, commençaient à se tourner vers lui. Il s'était signalé à leur attention, et ils voyaient déjà en lui une prise possible. Très vite, ils affluèrent par dizaines en direction du navire. Les plus proches commencèrent à se hisser le long de la coque inclinée, glissant et retombant à l'eau tout d'abord, mais retentant l'escalade, trouvant de nouveaux endroits où s'accrocher, pour monter chaque fois un peu plus haut. Pendant ce temps, d'autres se servaient des cordes d'amarrage pour tenter eux aussi d'envahir le bateau.

Hubert jeta un regard affolé autour de lui, à la recherche d'une arme quelconque. Il n'y avait rien. Horrifié, il recula pas à pas. Là-bas, à cinq ou six mètres du navire, la main de son frère disparaissait sous les flots, happée au passage par quelques rats qui n'avaient pas encore eu l'occasion de planter leurs crocs dans sa chair.

Hubert ne pouvait plus rien pour son frère. Il lui fallait maintenant penser à sauver sa propre vie. Il devait fuir, et fuir vite s'il ne voulait pas connaître le même sort que son aîné.

Deux rats glissèrent sur le plat-bord. Leurs petites pattes griffèrent la peinture du navire sans parvenir à s'y agripper et ils tombèrent lourdement dans l'eau qui avait envahi le fond du bateau. Ils se retournèrent d'un mouvement souple, et se mirent à nager dans sa direction.

Tournant les talons, Hubert franchit en deux bonds l'espace qui le séparait de la passerelle, prit appui sur le plat-bord et s'élança dans les airs. Il atterrit sur le débarcadère, où il se reçut mal. Glissant sur le bois mouillé, il s'écrasa sur les planches et il lui sembla que son genou éclatait sous l'impact. Avec un cri de douleur, il bascula en avant. Son crâne cogna par terre. Il demeura un instant étendu, hébété, incapable de penser, conscient seulement de la douleur qui irradiait à partir de son genou, remontait le long de sa jambe et poussait des ramifications dans tout son corps.

Des étoiles fusaient devant lui. Son estomac se contracta et un hoquet le secoua, qui lui laissa un goût amer au fond de la bouche. Usant de toute sa volonté, il oscilla à la frange de l'inconscience pendant ce qui lui parut une éternité. Finalement il parvint à repousser l'évanouissement. Au prix d'un terrible effort, il ouvrit les yeux. À la limite de son champ de vision, il distingua un mouvement. Il força son attention à se concentrer sur ce point précis, tourna la tête dans cette direction. Un museau noir et pointu était en train d'émerger au ras des planches. Bientôt, tout le corps suivit et un premier rat prit pied sur le débarcadère. L'animal s'arrêta, le regarda d'un œil curieux et calculateur.

Avec difficulté, Hubert se redressa sur les coudes, sans provoquer la moindre réaction du rongeur qui ne semblait nullement le craindre. L'animal pencha la tête de côté pour le regarder se remettre debout, comme si le spectacle de cet homme blessé luttant contre l'évanouissement avait été pour lui du plus haut intérêt.

Le rongeur le jaugeait, cherchant à deviner s'il était en assez mauvaise condition pour subir une attaque isolée. Ses congénères le dispensèrent de trop réfléchir à la question. Deux d'entre eux venaient en effet de surgir à ses côtés, bientôt suivis d'autres encore.

Pendant ce temps, Hubert avait réussi à se remettre debout. Son genou le faisait cruellement souffrir, mais il ne paraissait ni démis ni cassé. En boitant, il se dirigea vers la terre ferme, suivi à distance respectueuse par les premiers rats qui ne s'estimaient pas encore assez nombreux pour risquer l'attaque, à présent qu'il les dominait de toute sa taille. D'autres arrivant sans cesse sur le débarcadère, il était hors de doute que la balance pencherait bientôt en faveur des rongeurs. Ils s'élanceraient alors d'un même mouvement, et avec son genou blessé, Hubert n'avait que peu de chances de les distancer. Il devait à tout prix se trouver en lieu sûr avant qu'ils ne soient suffisamment nombreux pour le submerger, comme ils avaient submergé Raoul.

Un mouvement dans l'eau attira soudain son attention. Avec terreur, il vit un groupe d'une vingtaine de rats nager parallèlement au débarcadère en direction du rivage, dans l'intention évidente de lui couper toute retraite.

– Saloperies ! jura-t-il en accélérant l'allure malgré les étincelles de douleur qui éclataient sous son crâne à chaque fois qu'il posait le pied par terre.

De grosses gouttes de sueur roulaient sur son front, aussitôt diluées par la pluie.

Chaque pas qu'il faisait était comme un coup de marteau qu'il s'assénait sur la rotule, et il lui semblait qu'il allait s'évanouir à tout instant. Il savait pourtant qu'il ne le pouvait pas, il savait qu'abandonner maintenant aurait été signer son arrêt de mort. Il en venait presque à haïr son frère d'avoir fait construire un débarcadère si long, et seule la pensée de la mort atroce qu'il venait de connaître le retenait de maudire son nom.

– Courage, murmura-t-il entre ses dents serrées. Ils ne t'auront pas. Ils ne t'auront pas comme ils ont eu Raoul. Tu ne les laisseras pas faire !

Quand enfin il parvint au bout du débarcadère, il n'avait que quelques secondes d'avance sur les rats qui émergeaient sous les planches pour escalader la berge. Il gravit les premières marches juste avant qu'ils ne lui coupent le chemin. S'aidant des mains, il grimpait, toujours suivi à distance par la meute affamée. À vue de nez, ils devaient être une trentaine, de toutes les tailles. Peut-être plus. Et il en arrivait toujours de nouveaux. D'autres le guettaient, de chaque côté des marches, hésitant à l'attaquer tant que leurs congénères ne les avaient pas rejoints et qu'il continuait à se déplacer. Mais il savait que dès qu'ils se jugeraient assez nombreux il serait pratiquement mort. Il le serait s'ils trouvaient le courage de l'attaquer. En pleurant, il se hissait le long de l'escalier, ses mains et ses pieds glissant parfois, se cognant aux arêtes vives de la pierre.

– Hubert ! Raoul !

L'appel avait résonné au-dessus de lui, au détour du sentier, poussé par Annie. Jamais il n'avait été si content d'entendre sa voix. Jamais non plus il n'avait eu si peur pour elle.

– N'approche pas ! hurla-t-il.

Mais, déjà, Annie franchissait le coude du sentier, apparaissait au haut des marches, accompagnée de Geneviève. Dans ses mains, sa belle-sœur tenait le riot gun. Hubert en aurait pleuré de soulagement.

Les deux femmes se pétrifièrent en voyant l'incroyable tapis vivant qui grouillait à quelques pas derrière Hubert. Leurs bouches s'ouvrirent sur un même cri d'horreur. Annie, plus rapide à reprendre ses esprits que Geneviève, épaula le fusil, le braqua sur les rats.

– Non ! hurla Hubert. À cette distance tu me réduirais en bouillie !

La jeune femme hésita, releva son arme.

Hubert gagna encore quelques marches, tendit la main.

– Donne-le-moi, dit-il.

Derrière lui, les rats s'étaient immobilisés, impressionnés par l'arrivée des deux femmes qui faisaient de nouveau pencher la balance en faveur de l'humain.

Hubert prit l'arme que lui tendait sa belle-sœur, s'assit sur les marches et, gardant l'arme à la hanche, vida plusieurs cartouches sur la masse ondulante des rongeurs qui s'égaillèrent dès la première détonation. Réduits en charpie par les chevrotines et les éclats de bois, les rats qui ne s'étaient pas enfuis ne formèrent bientôt plus qu'un tapis sanglant et informe. Pour faire bonne mesure, Hubert arrosa également les deux côtés du chemin. Quand enfin le percuteur claqua à vide, il poussa un long soupir de soulagement et se laissa aller sur les marches, savourant quelques secondes de repos. Tout danger semblait écarté.

Plus haut, derrière lui, les deux femmes demeuraient silencieuses. Les yeux écarquillés, elles enregistraient d'autres détails de la scène qui ne les avaient pas frappées de prime abord : le bateau à demi coulé, les rats dans l'eau autour du débarcadère, errant follement, affolés par les détonations et ne sachant s'ils devaient regagner la terre ferme ou rester dans l'eau…

– Ils ont eu Raoul, dit simplement Hubert.

Chapitre 26

La pluie avait enfin cessé. Gérard, qui avait ôté son ciré sous lequel il étouffait, soutenait Irène pour des raisons plus morales que physiques. S'il avait tout d'abord passé le bras autour des épaules de sa belle-sœur pour la réconforter et l'encourager, il devait reconnaître que ce contact lui apportait à présent également un certain apaisement.

Ils marchaient en silence, voyant sans cesse passer et repasser devant leurs yeux les images atroces qui avaient précédé leur départ du village bamiléké.

Irène allait la tête basse, comme si elle avait cherché sur le sol la solution à toutes les énigmes qui se posaient à eux.

– J'ai lu le livre de l'Ancêtre, lui dit Gérard, pour tenter de faire diversion et chasser de leurs esprits le spectre du sorcier se consumant.

– Ah oui ?

La jeune femme lui avait répondu d'un air absent, comme si ce n'avait pas vraiment été à elle qu'il s'était adressé. Il insista néanmoins, prêt à tout pour la sortir de la torpeur dans laquelle elle était plongée depuis leur fuite hors de la case en flammes :

– Oui. Il semble bien que Raoul ait légèrement édulcoré ses aventures. En fait, s'il a bien été corsaire à ses débuts, le comte d'Estèves a terminé sa vie comme négrier.

– Négrier ? Tu veux dire qu'il a fait du trafic d'esclaves ?

– C'est ça. Et à partir d'ici. C'est pour ça qu'il s'est installé sur cette île : pour éviter une attaque surprise des indigènes en colère. Il les rabattait jusqu'à la côte, où il avait une tête de pont que tenaient quelques hommes, puis il les amenait ici où ils attendaient d'être suffisamment nombreux pour être chargés sur son navire et gagner l'Amérique.

– C'est affreux. Comment pouvait-on faire une chose pareille ? Et les tribus locales ne se sont jamais révoltées ?

La jeune femme paraissait sincèrement choquée par ce qu'elle venait d'apprendre et levait vers lui un regard interrogateur.

– Tu sais, expliqua-t-il, les tribus de l'époque se faisaient la guerre, et étaient toujours heureuses de vendre leurs prisonniers à quiconque les emmènerait loin et ne les laisserait pas revenir.

– C'est ignoble.

– Il y a cependant un détail curieux dans le récit du comte, c'est cette histoire de pygmées.

– De pygmées ?

– Oui. Quand il est venu sur l'île, il a trouvé une petite tribu de pygmées déjà installée là. En fait, tribu est un mot exagéré : il n'y avait pas de femmes, seulement une poignée d'hommes. Des sorciers, apparemment plus ou moins chassés de chez eux pour cause de sorcellerie. D'Estèves dit que ce sont eux qui lui ont fourni le plus d'esclaves.

– Mais comment une poignée de pygmées vivant sur l'île aurait-elle pu lui amener suffisamment de prisonniers pour que cela ait une réelle importance d'un point de vue marchand ?

Gérard hésita un peu avant de répondre. Mais après tout, il ne faisait que reprendre ce qui était dit dans le journal de bord, et s'il y mettait l'intonation voulue, il ne paraîtrait pas obligatoirement partager les vues du comte sur ce point.

– Justement, dit-il, c'est ce qui est curieux. Les pygmées faisaient d'étranges cérémonies et, d'après d'Estèves, le lendemain matin, des dizaines et des dizaines d'Africains étaient sur la plage, là où doit se trouver Victoria à présent, hébétés, à attendre qu'il les embarque.

– C'est impossible ! protesta la jeune femme.

Au ton qu'elle avait employé, il comprit néanmoins

qu'elle commençait à ne plus considérer le mot « impossible » comme ayant encore une signification. Lui même, d'ailleurs, aurait été beaucoup plus catégorique quelques heures plus tôt, avant d'avoir assisté à la mort du nganga.

– Oui, dit-il. C'est ce que j'ai également pensé. Jusqu'à aujourd'hui. Jusqu'à tout à l'heure, en fait.

– Voyons, cela ne peut être de la sorcellerie. La sorcellerie n'existe pas ! Tout repose sur l'autosuggestion.

– L'autosuggestion, oui. Cela explique bien des choses. Mais tout de même, il y a des trucs bizarres. L'histoire du comte n'est pas terminée. Il a fini par se fâcher avec les pygmées pour une histoire de paiement. Ce n'est pas clair dans son journal, mais étant donné le personnage, je le soupçonne d'avoir livré à ses pourvoyeurs du mauvais rhum ou des fusils qui ne fonctionnaient pas. La dispute a éclaté un soir de beuverie, et les pygmées ont été massacrés. D'après d'Estèves, qui semblait fortement impressionné à en lire son journal, il aurait tranché la tête du chef des pygmées d'un coup de sabre. La tête aurait alors roulé sur le sol avant de se poser à plat sur le cou, et aurait proféré une malédiction en le regardant droit dans les yeux.

Irène, à qui Kelly avait raconté sa première vision, frissonna de peur. Ses bras venaient de se couvrir de chair de poule en un instant malgré la chaleur ambiante.

– C'est... impossible, murmura-t-elle d'une voix blanche.

– Impossible, oui, répondit Gérard en se méprenant sur le sens de ses paroles. Comme la mort du sorcier aujourd'hui. De toute façon, il ne faut pas oublier que d'Estèves devait être fin saoul quand il a vécu ça. Il a très bien pu rêver toute la scène. Toutefois, il reste des éléments non négligeables qui permettent de supposer que la solution se trouve dans cette direction.

Voyant que sa belle-sœur ne répondait rien, Gérard s'expliqua :

– Le piège où est mort Dickie, tout d'abord : de l'avis de N'Gombala, c'est un piège pygmée. Les masques, ensuite. Les deux masques sculptés sur les piliers de la véranda ne ressemblent pas du tout à ceux que j'ai pu voir chez les Bamilékés. Dans la grande salle étaient suspendus plusieurs masques, ainsi que tu as dû le remarquer. Or, ils avaient des formes très particulières, comme si tous avaient été sculptés par un groupe de cubistes. Ils étaient de forme allongée, mais avec des volumes pleins et durs. Les deux masques taillés dans les poteaux de la véranda sont de forme plus ronde, plus coulée, et ont le front bombé. Or, pour autant que je m'en souvienne, les pygmées que j'ai vus en photo avaient toujours le front bombé. Les sculptures trouvées chez vous ne sont donc pas de facture bamiléké. Enfin, il y a le fait que les Bamilékés se défendent de toute intervention mal intentionnée à notre égard. Ils sont persuadés qu'il y a quelqu'un d'autre sur l'île, et quelqu'un qui nous veut du mal. Après la mort de leur sorcier, j'en arrive à deux conclusions : la première, c'est qu'ils ne sont effectivement pas responsables de ce qui nous arrive, la seconde, c'est qu'il y a bien quelqu'un d'autre en plus d'eux et de nous sur l'île, et que ce quelqu'un nous veut effectivement du mal.

Irène leva vers lui un regard où la peur commençait à laisser son empreinte.

– Tu le penses vraiment ? Mais qui ? Qui pourrait nous vouloir du mal, et pourquoi ?

– Pourquoi, je viens de te l'expliquer. La malédiction lancée contre notre ancêtre est peut-être toujours active. Il y a en Europe des familles qui se haïssent depuis des siècles sans connaître l'origine de cette haine. Le massacre de toute une tribu de pygmées me semble une raison suffisante pour déclencher un processus de haine qui ne s'éteindra pas de sitôt. Qui ? Les descendants des pygmées. Ils vivent peut-être toujours dans l'île, cachés quelque part. Cela expliquerait pourquoi les Bamilékés ne viennent pas de ce côté. On a pu les effrayer sciemment, tout au long de ces siècles, pour les convaincre de rester chez eux. Si ces mystérieux pygmées existent, quand ils vous ont vus débarquer, Raoul et toi, ils ont compris que vous veniez vous installer définitivement ici. Dans leur esprit, le fait que vous occupiez la maison du comte a suffi à vous lier à lui. Même s'ils en ont oublié la cause, cette maison doit les effrayer et être pour eux le symbole du mal. En vous voyant l'habiter, leur haine s'est ravivée, et vous payez à présent pour l'Ancêtre.

– Mais c'est horrible ! Et nous ne les aurions pas vus ? Pas une seule fois ?

Gérard se tut et jeta un regard inquiet autour de lui. Il n'avait pris conscience de la théorie qu'il venait d'exposer qu'au moment où il la formulait. Jusque-là, tout n'avait été qu'un mélange de données et d'hypothèses sans lien dans son esprit. Il lui avait fallu expliquer ses craintes pour voir s'échafauder sa théorie. Et à présent que c'était fait, elle lui semblait diablement solide. Il aurait au moins réussi à se faire peur.

Malgré tout, il n'y croyait pas vraiment. Pas totalement. Quelque chose ne collait pas, et il s'en rendit compte tout de suite : les pygmées vivaient dans des villages, comme la plupart des tribus africaines, et même si les cases qu'ils habitaient étaient plus petites que celles des Bamilékés, c'étaient tout de même des constructions d'une taille raisonnable. S'il y avait eu un village pygmée dans l'île, ils l'auraient su.

Et pourtant il frôlait la vérité, il le sentait. Irène également, qui regardait à présent autour d'elle avec nervosité, comme si les buissons allaient brusquement s'écarter pour livrer passage aux petits hommes noirs.

– La nuit va bientôt tomber, hâtons-nous, dit-elle en pressant le pas.

Gérard ne tenta pas de la freiner, pressé lui aussi de se retrouver à l'abri dans la maison, où il pourrait exposer sa théorie devant ses deux frères.

Chapitre 27

Prenant appui sur sa femme, Hubert regagnait lentement la maison. Devant eux, Annie ouvrait la marche, le fusil de nouveau chargé, balayant les buissons, au cas où d'autres rats se seraient montrés.

Hubert marchait avec peine ; son genou blessé le faisait souffrir à chaque fois qu'il posait le pied sur le sol. Appuyé sur l'épaule de Geneviève, il tentait de chasser de son esprit la vision de cette main disparaissant dans l'eau sous une grappe de rats. Ils n'avaient même pas tenté de redescendre sur le débarcadère pour voir s'ils pouvaient encore quelque chose pour Raoul. Il était mort, et bien mort. Il n'y avait aucun doute à avoir là-dessus. Redescendre n'aurait servi qu'à les mettre à leur tour en péril, un retour des rats étant toujours possible, alors que les deux femmes n'avaient emporté qu'une poignée de cartouches. Encore heureux qu'elles aient songé à prendre l'arme avec elles, sinon Hubert n'aurait sans doute pas tardé à partager le sort de son frère. Tout de même, il aurait voulu retrouver le corps emporté par les rats. Il restait bien sûr le canot pneumatique, mais il se trouvait sur le Chris Craft et, outre le fait que le problème des rats se serait posé avant même de le récupérer, la petite embarcation n'aurait pas résisté à un assaut des rongeurs.

Les mâchoires crispées, Annie marchait bravement devant eux. Geneviève, quant à elle, ne cherchait pas à retenir ses larmes et ses lamentations.

– Quel malheur ! Quel malheur ! répétait-elle inlassablement. Comment va-t-on apprendre ça à Irène ? Et Alexandre qui n'est toujours pas rentré ! Qu'est-ce qui a pu lui arriver ? Tout de même… Jamais ils n'auraient dû venir ici. Et toi, mon pauvre Hubert ! Heureusement qu'on t'a entendu crier…

Hubert ne l'écoutait plus. Serrant les dents pour résister à la douleur, il avait le regard braqué sur Annie qui marchait devant eux d'un pas décidé. La jeune femme gardait les épaules droites et tenait l'arme comme un véritable guérillero, sondant les fourrés du regard, s'attendant visiblement à chaque instant à voir une horde de rats débouler sur eux, mais dissimulant courageusement ses craintes. Elle se retournait très souvent pour voir si les deux autres suivaient, s'arrêtait pour les attendre quand elle avait pris trop d'avance. Elle les regardait alors approcher, sans parvenir à totalement dissimuler son impatience.

– Est-ce que ça va ? demanda-t-elle, comme elle

venait de s'arrêter une fois de plus pour leur permettre de la rejoindre.

– Ça ira, répondit Hubert. Ça va passer. J'ai dû me faire un sacré bleu, mais je n'ai rien de cassé ni de foulé, je crois. C'est simplement très douloureux, comme chaque fois qu'on se cogne le genou. Il faut juste attendre que ça passe.

Annie acquiesça en silence.

– Il ne manquerait plus que ça! se lamentait Geneviève. Que tu te casses la jambe dans un pays où il n'y a pas de docteur!

Hubert eut une moue agacée. La mort de Raoul l'avait durement éprouvé, et il avait du mal à supporter les jérémiades de sa femme. Pour la première fois, il venait de prendre réellement conscience que tout cela n'était pas un jeu et qu'ils étaient vraiment en danger. Cette prise de conscience se révélait un dur moment à passer.

Quand enfin ils parvinrent en vue de la maison, ils poussèrent tous trois un soupir de soulagement, comme si de se retrouver en terrain familier les avait mis à l'abri de tout péril.

– Les enfants! s'écria subitement Geneviève. Où sont les enfants?

Effectivement, le coin de véranda où les deux femmes les avaient laissés en partant était désert. Sur le sol, quelques modèles réduits abandonnés témoignaient de leur présence en cet endroit, peu de temps auparavant.

– Nous leur avons pourtant dit de rester là ! s'étonna Annie d'une voix qui trahissait son inquiétude.

– Ils sont peut-être à l'intérieur ? suggéra Geneviève, voulant visiblement espérer qu'il en était bien ainsi.

– Les enfants ? Ohé ! Où êtes-vous ?

La maison demeurait silencieuse, comme totalement abandonnée. Sans attendre le couple, Annie s'élança, franchit rapidement les quelques marches d'accès à la véranda, pénétra dans le salon qu'elle traversa en courant, appelant toujours. Quand Hubert et Geneviève y entrèrent à leur tour, elle venait de terminer le tour du rez-de-chaussée sans rien découvrir.

– Personne, constata-t-elle d'une voix blanche.

– Tu es montée ?

Elle bondit dans l'escalier, immédiatement suivie de Geneviève. Les enfants ne jouaient jamais à l'étage, mais c'était tout de même une possibilité. Et c'était la seule qui restait. En courant, les deux femmes ouvrirent toutes les portes des chambres, tandis qu'Hubert se hissait péniblement le long des marches à leur suite.

Un hurlement lui parvint soudain. C'était Annie qui hurlait. Puis Geneviève s'y mit à son tour, et un bruit sourd résonna jusqu'à lui, provoqué par un corps tombant lourdement sur le sol.

Oubliant toute douleur, Hubert avait bondi. Il parvint sur le palier où retentissait toujours le hurlement que poussait Annie. Il s'orienta rapidement. Les deux femmes se trouvaient à sa gauche, au fond du couloir, devant la porte ouverte de la chambre de Kelly. Geneviève était étendue sur le sol, inconsciente. Annie, debout devant la porte ouverte, le poing gauche crispé devant son visage, hurlait sans pouvoir s'arrêter. Il se précipita, la bouscula pour entrer, et s'immobilisa, pétrifié. La pièce se mit à tourner autour de lui, et il dut prendre appui sur le mur pour ne pas tomber, comme sa femme venait de le faire. Dans ce mouvement, il se retrouva face à Annie qui ne cessait de hurler, les yeux fous de terreur. Il la gifla lourdement, l'envoyant cogner contre le mur du couloir. La jeune femme lâcha le fusil, qui tomba par terre avec un bruit sourd, et elle se tut, hébétée. Atrocement pâle, elle resta debout contre le mur, les bras plaqués de chaque côté de son corps, comme pour se fondre dans la paroi. Hubert ferma les yeux et rejeta la tête en arrière, mais c'en était plus qu'il n'en pouvait supporter. Un spasme le tordit et cette fois il vomit vraiment tout ce qu'il avait dans le ventre. Quand la nausée s'estompa, il se redressa avec peine, n'osant pas encore se retourner pour affronter l'horrible spectacle. Debout contre le mur du couloir, Annie sanglotait.

Usant de toute sa volonté, Hubert se retourna peu à peu pour découvrir l'effroyable carnage.

Sur son lit, où elle dormait probablement, Kelly reposait à présent sans vie. Les draps avaient été rabattus à ses pieds, découvrant son corps nu et ensanglanté. La jeune fille avait eu la gorge tranchée par un coup d'une telle violence qu'il lui avait décollé la tête du corps. Celle-ci avait alors été placée par son assassin sur l'oreiller de couleur sable, et ce avec un soin diabolique, de façon à ce qu'elle semblât regarder vers la porte quiconque entrerait pour la découvrir. Une main ironique avait pris le chapeau de paille sur la commode pour en coiffer la tête sans vie, le posant de guingois pour accentuer encore le côté macabre de la mise en scène. Autour de la tête, sur les draps dorés, le sang formait une auréole qui commençait déjà à sécher.

Hormis les draps rejetés au pied du lit – ce qui avait pu être fait après le meurtre – la chambre ne comportait pas de traces de lutte, comme si la jeune fille avait été tuée pendant son sommeil.

De grosses larmes roulaient sur les joues d'Annie, qui avait enfin trouvé la force d'entrer dans la chambre.

– Qui ? murmura-t-elle. Qui peut nous en vouloir à ce point ?

Hubert la prit par le coude avec beaucoup de douceur et la força à quitter la chambre, dont il referma la porte derrière eux. Un instant, il avait songé à retirer la tête de sur l'oreiller pour la disposer à côté du corps de la jeune fille, mais il savait qu'il n'aurait pas le courage de la toucher, et il la laissa telle qu'elle était. Il ne dit rien. Il tentait de faire le point sur la situation, effaré de voir à quel point ils étaient en mauvaise posture. Ils étaient coupés de tout, sans aucun moyen de communication ni de transport. Deux d'entre eux étaient morts et tous les enfants avaient disparu. Deux autres étaient à l'autre bout de l'île, sans armes…

– Nom de Dieu ! jura-t-il. Gérard et Irène ! Il faut les prévenir !

– Les prévenir ? Mais comment ?

– Il faut aller les chercher. Ils ne savent rien, ne se méfient pas… Ils ne sont même pas armés ! Ramasse le fusil, on descend.

Il chargea Geneviève sur son épaule, en grimaçant quand le poids porta sur son genou. Ils redescendirent l'escalier et gagnèrent le salon où il installa sa femme dans un fauteuil, la calant avec des coussins pour qu'elle ne tombe pas.

– Je vais y aller, dit-il.

– Nous allons avec toi ! Il n'est pas question que nous restions seules ici !

– Il le faut. Les enfants sont peut-être cachés quelque part dehors, effrayés par celui ou ceux qui ont tué Kelly. Ils peuvent réapparaître à tout moment. Quelqu'un doit être là pour les accueillir et les protéger.

– Alors tu restes ! On ne se sépare pas.

Il lui prit le riot gun des mains, vérifia qu'une cartouche était bien engagée dans le canon, regarnit le magasin jusqu'à ce qu'il soit plein.

– C'est impossible. Irène et Gérard risquent de se faire égorger. Il faut les prévenir et les protéger. Je vais prendre le riot gun. Tu sais te servir des autres armes, le fusil de chasse, la 22 ?

Annie acquiesça.

– Alors garde-les à portée de la main. Vérifie qu'elles sont chargées. Tiens-les prêtes à tirer. Et ne sortez d'ici sous aucun prétexte. Tirez sur tout ce qui paraîtra suspect. Quand nous reviendrons, nous ferons suffisamment de bruit et nous nous annoncerons de loin. En attendant, ne bougez surtout pas d'ici. Compris ?

Chapitre 28

S'efforçant d'oublier la douleur sourde qui lui taraudait le genou, Hubert se hâtait sur le sentier menant au village bamiléké. De la main gauche, il prenait appui sur un morceau de canne à pêche qui était ce qu'il avait trouvé de plus proche d'une canne dans toute la maison. Dans la droite, il tenait serré le riot gun chargé jusqu'à la gueule. Au cas où le magasin de l'arme s'avérerait insuffisant, il s'était bouclé autour de la taille une cartouchière dont chaque alvéole avait été garnie d'une cartouche de calibre douze.

Malgré ces précautions, il ne pouvait s'empêcher de se sentir extrêmement vulnérable et ne cessait de jeter autour de lui des regards angoissés. L'ennemi n'était pas loin ; il le sentait. Et il aurait été fou de croire qu'il ait pu quitter la maison sans que cela se sût. À moins que le ou les assassins ne se soient retirés jusqu'à leur tanière une fois leur forfait accompli et les gosses enlevés ? À la réflexion, il était sûr à présent d'avoir affaire à plusieurs personnes : un homme seul n'aurait pas suffi pour venir à bout de cinq enfants. L'un au moins aurait pu s'enfuir. Il y avait donc plusieurs agresseurs. Ce qui ne le rassurait guère : cela signifiait qu'ils pouvaient l'encercler et lui tomber dessus de plusieurs côtés à la fois. Nerveusement, il assura sa prise sur le fusil.

Au-dessus de sa tête, le soleil commençait à décliner. Il lui fallait se dépêcher s'il voulait rejoindre Gérard et Irène avant la tombée de la nuit. Dans sa précipitation, il avait oublié d'emporter une lampe. À vue de nez, il restait une ou deux heures de jour. Il pressa le pas, espérant faire l'aller-retour dans ce laps de temps, ou du moins retrouver son frère et sa belle-sœur avant la nuit noire. En souhaitant qu'eux au moins aient songé à emporter une lampe.

La pluie cessa brusquement, ce qui amena une grimace sur le visage d'Hubert. Tant que l'averse avait duré, il s'était imaginé plus ou moins protégé. Le bruit qu'il pouvait faire en marchant était étouffé par le crépitement des gouttes sur les feuilles. Maintenant qu'il n'y avait plus que le chuintement de l'eau glissant d'une feuille à l'autre, il avait l'impression qu'il faisait autant de vacarme qu'une armée en marche.

Il s'arrêta, prit le fusil dans le pli de son bras gauche et tenta d'essuyer sa main droite, moite de transpiration, sur son short. Le tissu était tellement humide qu'il ramena une main tout aussi glissante qu'elle l'était l'instant d'avant. Profitant de l'arrêt pour examiner rapidement sa cartouchière, il fut vite rassuré : les sacs plastique dont il avait pris soin de l'entourer tenaient bien, et grâce à cette précaution, les étuis des cartouches étaient restés aussi secs que lorsqu'il les avait glissés dans leurs logements.

Empoignant de nouveau son fusil dans sa main droite, il reprit sa route.

Une centaine de mètres plus loin il s'immobilisa, le fusil braqué. Il lui avait semblé distinguer un mouvement sous les palétuviers, loin sur sa droite. Il laissa tomber sa canne, qui heurta le sol avec un son creux. Le fusil fermement assuré entre ses mains, la crosse bloquée contre la hanche, il appela :

– Qui est là ?

Il n'avait pas hésité à crier, certain que quiconque se trouverait là serait au courant de sa présence.

– Les enfants ? insista-t-il. C'est vous ?

Personne ne répondit. Le silence était tombé sur cette partie de la jungle, troublé seulement par le clapotis des feuilles qui s'égouttaient. Il attendit un long moment sans oser bouger. Rien ne se produisit.

Lâchant un instant le fût de son arme, Hubert s'essuya la bouche d'un revers de main. La jungle l'entourait totalement, épaisse, silencieuse, hostile. Il ne pouvait cependant rester éternellement là où il était. Il lui fallait prendre une décision. Soit il poursuivait sa route comme si de rien n'était, soit il se glissait entre les troncs des palétuviers pour aller se rendre compte sur place s'il y avait bien quelqu'un de dissimulé derrière les arbres, ou s'il avait rêvé.

L'idée de se risquer entre les arbres entrelacés ne le séduisait guère. Une fois hors du sentier, il se retrouverait à la merci de quiconque serait embusqué. Il y renonça donc, en se donnant comme prétexte que son but premier n'était pas de découvrir qui se cachait dans l'île, mais bel et bien de rejoindre Irène et Gérard avant qu'il ne leur arrivât malheur.

Lentement, sans quitter des yeux l'endroit où il lui avait semblé voir quelque chose, il se pencha et ramassa sa canne. Puis, l'arme toujours pointée sur les sous-bois, il se remit en route.

Après cet incident, il ne cessa de se sentir sous surveillance. Son genou qui le faisait toujours souffrir l'empêchait de marcher vite, sans quoi il se serait mis à courir droit devant lui afin de rester le moins longtemps possible sur ce chemin où il avait désormais la sensation de constituer une cible parfaite. Nerveusement, il scrutait les frondaisons, les cimes des arbres, s'attendant toujours à y découvrir un homme embusqué, une sarbacane ou un arc braqué sur lui, prêt à l'abattre avant qu'il n'ait eu le temps de broncher.

Rien ne se signala pourtant à son attention, et il parcourut environ deux cents mètres sans rien remarquer d'anormal avant de s'immobiliser de nouveau, sa jambe blessée encore suspendue en l'air. Il la reposa doucement au sol, attentif à ne pas faire le moindre bruit. Inclinant la tête pour mieux entendre, il retint sa respiration, l'oreille tendue dans la direction où, sur sa droite, il avait cru entendre un appel.

Plusieurs secondes s'écoulèrent avec une désespérante lenteur. Serrant nerveusement le riot gun entre ses mains, il attendait. Il écoutait.

– Papa !

Maintenant il en était sûr. Un enfant appelait. Un de leurs enfants.

– Papa, au secours !

– François ! cria-t-il en reconnaissant la voix de son plus jeune fils. Tiens bon, j'arrive !

Abandonnant la canne de bambou derrière lui, il s'enfonça entre les palétuviers, aussi vite que le lui permettaient les troncs étroitement mêlés et la douleur qui continuait de fuser de son genou blessé, chaque fois qu'il lui demandait un effort trop important.

Après une dizaine de pas, une trouée apparut entre les arbres. Là, à quelques mètres du sentier que tous connaissaient, il y en avait un autre, parallèle, étroit, sombre, dégagé sur une si faible hauteur que les arbres se refermaient au-dessus de lui, occultant le soleil et le transformant presque en tunnel. L'existence de cette voûte laissait supposer qu'il s'agissait d'un passage d'animaux, ignoré de tous.

Mais il n'y avait pas d'animaux sur l'île. Pas d'animaux assez gros, en tout cas, pour que leur passage répété creuse un sentier de cette taille.

– Papa!

Le cri était chargé d'angoisse, comme si l'enfant avait été au bord d'un péril immense. Sans plus réfléchir, Hubert s'orienta rapidement en direction des appels. Courbé pour ne pas heurter les branches qui s'entrecroisaient au-dessus du sentier, il se mit à courir, surmontant sa douleur dans la crainte d'arriver trop tard pour sauver son fils du danger qui le menaçait.

– Courage! cria-t-il. Tiens bon! J'arr…

Il n'eut pas le temps de terminer. Le sol s'ouvrit sous ses pas et il bascula dans une large fosse que dissimulaient des fougères coupées. Lançant ses bras en avant pour éviter la chute, il lâcha le fusil qui tomba sur le sol de l'autre côté de la fosse. Ses mains crochetèrent le bord du piège et pendant un instant il pensa qu'il allait s'en sortir. Mais la terre meuble céda sous son poids, et il s'écroula lourdement au fond du piège, plus de deux mètres en contrebas, les mains pleines de boue.

Son genou blessé heurta durement le sol, lui arrachant un hurlement. Il retomba ensuite sur le dos où il demeura, les yeux clos, la respiration coupée. Tout son corps n'était plus que douleur. Il resta longtemps ainsi, immobile, presque inconscient, à tenter de retrouver son souffle. Lentement, comme à regret, ses poumons se remirent à fonctionner. La violence du choc s'estompa progressivement, lui permettant de recouvrer l'usage de son corps. Il ouvrit les yeux, distingua tout près de lui une masse longue et effilée pointée vers le ciel. Il lui fallut quelques secondes pour ajuster sa vue et comprendre de quoi il s'agissait. Quand il parvint à identifier l'objet, un long frisson de peur rétrospective le parcourut. Profondément enfoncé dans le sol, dressé à la verticale, pointe vers le haut, un pieu énorme attendait ceux qui tomberaient dans le piège. S'il était tombé vingt centimètres plus à gauche, il s'empalait. Un piège. Un piège pour du gros gibier. Mais il n'y avait pas de gros gibier sur l'île. Il ne s'agissait pas de piéger un animal. Ce piège, tout comme celui qui avait tué Dickie, était destiné à tuer un homme.

Une nausée causée par la peur le secoua. Fébrilement, il tenta de se mettre debout avant que n'arrivent ceux qui avaient creusé ce piège et qui ne pouvaient être loin. Une douleur fulgurante fusant de son genou lui arracha un cri de douleur. Cette fois, il s'était vraiment cassé quelque chose.

Escalader les parois de la fosse dans des conditions normales n'aurait déjà pas été une partie de plaisir ; avec une jambe invalide et douloureuse, cela relevait de l'impossible.

– À moi ! appela-t-il.

Puis il se tut, craignant d'aggraver encore sa situation. Quels qu'aient été ceux qui avaient creusé cette fosse, ils ne savaient peut-être pas encore qu'il était tombé dedans. Appeler à l'aide, c'était prendre le risque de les prévenir et de les voir rappliquer pour achever ce que le pieu n'avait su faire.

D'un autre côté, Irène et Gérard devraient emprunter bientôt le sentier tout proche. S'il n'appelait pas, ils risquaient de passer à quelques dizaines de mètres de lui sans soupçonner sa présence.

Tentant de ne pas céder à la panique dont les doigts glacés s'infiltraient sournoisement en lui, il essaya de peser le pour et le contre, de décider si le risque méritait d'être pris…

Une ombre sur la paroi de la fosse le dispensa de prendre la décision. Il releva la tête. Sa mâchoire tomba de stupéfaction.

Deux mètres plus haut, entourant la fosse dans laquelle il était pris au piège, plusieurs petites silhouettes vêtues de robes de bure venaient de se matérialiser, comme issues du néant.

À leur vue, Hubert sentit sa gorge se dessécher. Il se trouvait enfin confronté aux mystérieux ennemis qui les poursuivaient depuis leur arrivée dans l'île.

– Des pygmées ! murmura-t-il pour lui-même.

Sous les capuchons de bure, les visages demeuraient invisibles, comme si les défroques n'avaient renfermé que du vide.

Fasciné, Hubert ne pouvait détacher ses yeux du petit groupe au sein duquel il devinait pourtant une anomalie. Quelque chose ne collait pas. Mais avant qu'il ait pu mettre le doigt sur ce que c'était, un geste de leur part détourna son attention.

Tendant les bras devant eux, les mystérieux moinillons lui laissèrent voir chacun une petite cage de bambous tressés. Ils levèrent ces cages à hauteur de leurs visages toujours dissimulés sous les cagoules, et se mirent à les agiter frénétiquement. À l'intérieur des cages, quelque chose bougea, tentant d'échapper aux secousses. Quelque chose de noir comme la nuit.

– Non… marmonna Hubert qui venait de comprendre.

D'un seul et même mouvement, les moines empoignèrent chacun un côté de leur cage pour l'ouvrir, la secouant une dernière fois de façon à faire tomber dans la fosse ce qui se trouvait à l'intérieur.

– Noooooooonnnnnnnnnnnn!!!!!! hurla Hubert en voyant les cinq créatures larges comme la main descendre en tournoyant vers lui.

Les mygales atterrirent sur le sol avec un bruit mou et répugnant. Énervées par le traitement dont elles venaient de faire l'objet, étourdies peut-être par leur chute, les cinq araignées géantes se retournèrent rapidement sur leurs pattes et commencèrent à courir en tous sens au fond de la fosse.

Noires, plus velues que des chats, certaines dépassant les dix centimètres de long, elles couraient, se croisant et se recroisant au fond du piège contre la paroi duquel Hubert se plaquait, terrifié par les ignobles créatures.

L'une d'entre elles fonça dans sa direction et entreprit d'escalader sa jambe valide. Avec la frénésie d'un dément, il secoua sa jambe pour faire tomber l'animal. Mais l'araignée se cramponnait et tint bon.

N'appréciant guère le traitement, la mygale planta rageusement ses mandibules dans la peau tannée de l'humain.

Hubert hurla de douleur et d'horreur en sentant le venin s'infiltrer dans sa chair. Se penchant en avant, il chassa l'arachnide d'un revers de main, le cœur soulevé par le contact du gros corps obscène contre ses doigts. Il lui semblait que sa jambe venait d'être touchée par un fer rouge à l'endroit où l'araignée avait inoculé son venin. Le monstre roula sur le sol, se remit sur ses pattes et fila dans la direction opposée.

Avec un fol espoir, il vit l'une d'elles tenter d'escalader la paroi de la fosse. Si toutes pouvaient la suivre, s'engager derrière elle, le laisser… Mais là-haut les spectateurs silencieux l'avaient vue, eux aussi. Ils lui jetèrent des mottes de terre. La bête résista tout d'abord à la grêle qui lui tombait dessus et se tassa sur ses pattes pour poursuivre laborieusement sa progression, jusqu'à ce qu'une motte plus grosse que les autres la heurte de plein fouet, la décrochant de la paroi pour l'envoyer rouler au fond de la fosse où elle recommença à courir, droit en direction de l'humain.

– Non ! hurla Hubert. Arrêtez-les ! Enlevez-les ! ! !

À l'endroit de la morsure, un large hématome apparaissait déjà, enflant et s'étendant rapidement. Au fur et à mesure que s'élargissait sur sa jambe la tache écarlate, Hubert sentait la douleur augmenter. Sa jambe s'engourdissait, paralysée par le venin qui se répandait dans son sang depuis que la mygale l'avait mordu.

Une jambe paralysée, l'autre peut-être cassée, Hubert ne se faisait plus d'illusions sur ses chances de sortir vivant de la fosse.

Pleurant de rage et de désespoir, il arracha des mottes de terre à la paroi contre laquelle il était adossé pour les jeter en direction des araignées les plus proches. Il parvint à en atteindre une. Une des pattes de l'animal cassa net au niveau d'une articulation. Agitant follement son moignon en l'air, la mygale accourut dans sa direction, la perte de sa patte n'ayant eu apparemment pour seul effet que de l'exciter davantage encore.

Deux mètres plus haut, de sauvages cris de joie saluèrent l'initiative d'Hubert. Manifestement, les mystérieux êtres vêtus de robes de bure se réjouissaient à l'idée de l'affrontement qui s'annonçait.

Hubert jeta une nouvelle motte de terre et réussit à

stopper la mygale qui courait vers lui après être tombée de la paroi. L'animal s'immobilisa, fixa sur lui ses multiples yeux ronds, pareils à de grosses têtes d'épingle, d'un noir luisant. Que pouvait-il se passer dans le minuscule cerveau ?

Dans le semi-délire où il se trouvait à présent plongé, Hubert eut le souvenir très vague d'avoir lu quelque part que les araignées étaient des créatures très intelligentes. Mais pouvaient-elles communiquer entre elles ? Étaient-elles capables d'actions concertées ? Quand deux autres mygales vinrent rejoindre la première qui s'était arrêtée hors de sa portée, Hubert comprit que tel était bien le cas. Une main de glace lui broya le cœur.

Avec une fascination mêlée de répulsion, il vit les trois corps semblables à d'énormes œufs se rapprocher les uns des autres. Les longues pattes velues et crochetées tricotaient des signes incompréhensibles. Ne s'agissait-il que de frémissements nerveux, ou bien communiquaient-elles par ce moyen, comme certains insectes le faisaient avec leurs antennes ? Étaient-elles hésitantes, allaient-elles renoncer, ou bien se concertaient-elles pour décider du meilleur angle d'attaque ?

Comme si elles venaient de se mettre d'accord, les trois araignées s'élancèrent simultanément vers lui.

D'un geste nerveux, il leur lança la poignée de terre qu'il tenait en réserve dans sa main droite. Son mouvement trop violent l'entraîna et il bascula en avant.

Comprenant qu'il allait tomber sur les araignées, il tendit la main devant lui pour stopper sa chute. Sa paume ouverte s'aplatit sur le corps de la mygale la plus proche, le faisant éclater comme un fruit trop mûr. Hubert tenta en vain de fermer ses oreilles à l'horrible craquement qui résonna sinistrement quand la chitine céda sous son poids. Sa main glissa dans un épais liquide jaunâtre et glaireux, boue pulpeuse et craquante faite d'organes et de sang mêlés, laissant sur le sol une longue traînée de viscères d'un blanc sale. Écœuré par ce répugnant contact, Hubert vomit. Son estomac vide ne lui permit de cracher que de la bile.

Tirant parti de ce que sa main était toujours posée sur le sol, la plus proche des deux autres araignées lui escalada le bras. Il tenta de se secouer, mais déjà elle était sur son épaule, passait sur sa nuque… Il hurla, se secouant violemment malgré la douleur dans ses jambes, sans parvenir à se débarrasser de l'immonde bestiole. Les trois autres profitèrent alors de ce qu'il était occupé avec la première pour l'attaquer à leur tour et grimper sur sa chemise en direction de son visage.

De nouveau, la sensation d'être touché par un fer rouge l'envahit, venant de sa nuque cette fois. La mygale venait de le mordre.

Il sentit le venin glisser en lui comme un fluide glacé et brûlant à la fois, gagner sa moelle épinière, se répandre dans son système nerveux… Ses mouvements se firent plus difficiles à partir de cet instant. La paralysie le gagna très vite, lui bloqua les bras, les muscles du visage… La mâchoire crispée sur un dernier cri, il tomba en arrière, incapable d'arrêter sa chute, heurta durement le sol où il s'immobilisa.

Loin, très loin au-dessus de lui, au bord de la fosse, les silhouettes en robe de bure paraissaient flotter dans un brouillard incolore. Elles s'estompèrent graduellement puis disparurent tout à fait. Il sentit encore une série de pattes passer sur son visage, un corps en forme d'œuf glisser sur ses yeux, sur sa joue, sur ses lèvres, trop lourd pour que les pattes puissent le porter.

Elle doit être pleine, songea-t-il avant de mourir.

Chapitre 29

Annie acheva de caler la porte de la cuisine avec une chaise, puis elle redressa la tête et tendit l'oreille. Non. Il n'y avait rien. Elle avait encore imaginé avoir entendu quelque chose. Même avec sa jambe blessée, Hubert aurait dû avoir ramené les autres à présent. Plus leur retard se prolongeait, plus son anxiété s'accroissait.

Dans l'autre pièce, Geneviève restait prostrée dans son fauteuil de rotin. Elle n'avait pas prononcé trois mots depuis qu'elle était revenue à elle, demeurant dans une apathie proche de l'inconscience. Après quelques efforts pour la tirer de sa léthargie, Annie avait fini par abandonner, préférant se consacrer à la garde de la maison.

Laissant sa belle-sœur dans le salon, elle avait fait le tour des lieux, fermant portes et fenêtres, vérifiant tous les volets. Certes, il s'agissait de bien piètres défenses, qui n'arrêteraient pas un assaillant décidé, mais du moins ne pourrait-il entrer sans bruit. Devant la porte de la cave, elle avait hésité. Et si les enfants étaient là ?

S'enfoncer seule dans cette cave qu'elle savait immense ne la tentait guère, mais c'était une possibilité qu'elle ne pouvait négliger. S'armant de courage, elle avait fixé une lampe torche au canon de son fusil au moyen de sparadrap trouvé dans l'armoire à pharmacie. Après quoi, tenant l'arme à deux mains et prête à faire feu au moindre danger, elle avait prudemment ouvert la lourde porte de bois. L'escalier qui s'enfonçait dans le sol était humide et sombre. Les marches sur lesquelles se découpait la tache claire formée par le faisceau de lumière ne révélaient aucune trace suspecte. Éclairant les murs, la jeune femme s'était vite rassurée : la cave avait été nettoyée de fond en comble lors de l'arrivée de Raoul sur l'île, quelques mois auparavant. Les insectes qui y grouillaient alors n'avaient pas encore eu le loisir de venir reprendre possession de leur territoire.

Lentement, posant avec précaution le pied sur chaque marche, marquant un temps d'arrêt chaque fois qu'elle s'enfonçait d'un degré dans la cave, Annie était descendue.

Autour d'elle régnait un profond silence qu'elle trouvait presque plus inquiétant qu'un bruit anormal. La cave était plongée dans l'obscurité, les étroits soupiraux perçant le mur de façade ne permettant pas à la lumière de cette fin de journée de parvenir jusqu'à elle.

En voyant la bouche d'ombre vers laquelle elle descendait prête à l'avaler, la jeune femme avait hésité.

N'aurait-elle pas mieux fait de renoncer et de regagner la sécurité du rez-de-chaussée, où elle aurait barricadé la porte ? Qui savait ce qui pouvait l'attendre en bas ?

Elle poursuivit malgré tout, préférant affronter le danger plutôt que rester là-haut en se demandant si la cave était réellement vide, ou si l'ennemi n'était pas déjà dans la place, travaillant silencieusement à forcer la porte qu'elle croyait close ?

La gorge sèche, les mains crispées sur le fusil de chasse, elle continua sa descente.

Quand enfin elle posa le pied sur le sol de la cave, elle lança un appel, sans obtenir de réponse. Dehors, la nuit était presque tombée, et les soupiraux ne diffusaient plus aucune clarté à l'intérieur de la cave. La seule lueur en ce lieu était celle de sa lampe. La jeune femme en promena le faisceau tout autour d'elle, braquant le fusil par la même occasion, ne sachant plus exactement si elle cherchait les enfants ou si elle s'attendait à trouver les assassins de Kelly tapis dans l'obscurité.

La grande pièce centrale était vide.

Elle avança de quelques pas. Quelque chose détala dans un coin, et elle faillit tirer. Le rond de lumière cloua un rat contre le mur. Aveuglé, l'animal tournait la tête en tous sens, à la recherche d'une issue. Réprimant un haut-le-cœur à la vue du rongeur, Annie continua d'avancer, sans le quitter des yeux. Quand il trouva refuge dans une lézarde du mur, elle soupira de soulagement, comme s'il avait définitivement disparu.

La vue du rat lui rappela soudain la fin atroce qu'avait connue son beau-frère, et elle se mit à trembler sans pouvoir se contrôler. Combien y avait-il de rats dans cette cave ? Un ? Dix ? Cent ? Elle fut soudain terrifiée à l'idée qu'ils allaient peut-être tous jaillir hors des murs, hors du sol, se laisser tomber du plafond pour la submerger, l'enfouir sous leur grouillement immonde, l'étouffer sous leur poids, la dévorer vive à grands coups de leurs dents tranchantes comme des rasoirs…

La lumière de sa torche balaya frénétiquement les murs, le sol, le plafond… sans rien y découvrir d'alarmant.

– Calme-toi, dit-elle à haute voix. Tu es presque au bout. Tu vas jusqu'au fond de la cave, tu t'assures qu'il n'y a rien, et tu remontes.

Le son de sa voix avait le don de la rassurer et elle continua de parler pour elle-même, détaillant au fur et à mesure de sa progression tout ce qui était accroché par le faisceau de sa lampe.

Et effectivement, la lueur de la torche toucha bientôt les solides pierres des fondations ceignant la maison.

De part et d'autre de la jeune femme s'ouvraient des grilles ; la jeune femme les regarda avec curiosité, se demandant quelle avait pu être leur destination originale, ignorant que le comte entassait jadis les esclaves dans ces cages qui servaient à présent à stocker le vin et les conserves.

Hormis ces diverses provisions, les geôles étaient vides. Ni les enfants ni les assassins de Kelly ne se trouvaient là. Sans vouloir se l'avouer, Annie avait craint de découvrir ici les cinq petits corps atrocement mutilés, comme l'avait été celui de Kelly, deux étages plus haut. Ce fut avec un indicible soulagement qu'elle constata que la cave était vide.

Tant qu'elle n'avait pas vu les corps, elle pouvait toujours espérer que ses enfants étaient encore en vie quelque part. Effrayés sans doute, mais en vie. Si on avait pris la peine de les enlever, ce n'était pas pour les tuer tout de suite. Et d'ailleurs, peut-être n'avaient-ils pas été enlevés. Peut-être avaient-ils été les témoins de ce qui s'était passé. Peut-être avaient-ils entendu la jeune Anglaise hurler et s'étaient-ils simplement enfuis pour se terrer quelque part, trop terrifiés pour oser sortir de leur cachette.

L'angoisse étreignit Annie à la pensée que ses enfants étaient peut-être dehors, dans l'obscurité, tapis sous quelque gros arbre, serrés les uns contre les autres, pleurant des larmes silencieuses, terrorisés à l'idée que ceux qui avaient tué la jeune fille les cherchaient dans la nuit pour leur faire subir le même sort, et n'osant appeler leurs parents de peur d'attirer l'attention des assassins.

Oubliant ses propres frayeurs, Annie retraversa la longue cave. Elle grimpa rapidement l'escalier, ferma la porte derrière elle et, après une hésitation, poussa tout de même le verrou qui s'y trouvait encore, trois siècles après avoir été posé. Elle ne pensait pas que l'on pouvait pénétrer dans la cave en venant de l'extérieur, mais ne voulait prendre aucun risque. Elle se sentit plus tranquille une fois la porte bloquée.

Après avoir isolé la maison de l'extérieur, il ne lui restait qu'une chose à faire : allumer les lampes dans toutes les pièces, de manière à ce que les enfants puissent les voir et revenir s'ils ne s'étaient pas trop éloignés. Elle décida de commencer par le salon, où elle monterait la garde avec Geneviève en attendant le retour de Gérard et d'Hubert.

– Annie ? C'est toi ?

La voix de Geneviève restée dans le salon lui parvint alors qu'elle était encore dans le couloir. À en juger par le son de sa voix, elle était terrifiée.

– Oui, c'est moi, répondit-elle à voix haute pour ne pas entrer dans le jeu du chuchotement qui, elle le sentait, les mènerait toutes deux à la crise de nerfs et à l'hystérie si elles s'y laissaient prendre.

– Chut ! Viens vite !

En silence, Annie franchit les quelques mètres qui la séparaient encore du salon. Avant d'entrer, constatant que Geneviève était toujours dans l'obscurité, elle éteignit la lampe accrochée au canon de son fusil.

Se découpant en ombre chinoise devant la large baie vitrée qui donnait sur la véranda, Geneviève se tenait dans un coin de la pièce. Dans ses bras, elle tenait la 22 long rifle. Geneviève armée d'une Kalachnikov, c'était un spectacle qui aurait fait sourire sa belle-sœur, si elle avait encore eu en réserve quelques provisions d'humour. Mais là, isolées toutes deux dans une maison à l'écart de la civilisation, avec au premier étage le cadavre encore chaud d'une jeune fille assassinée, et son meurtrier rôdant sans doute quelque part à l'extérieur, elle ne se sentait pas le cœur à rire.

– J'ai entendu du bruit dehors, murmura Geneviève.

Silencieusement, Annie vint se poster à l'autre extrémité de la porte-fenêtre, d'où elle scruta l'obscurité qui régnait à l'extérieur.

La lune, qui venait juste d'émerger au-dessus des arbres, donnait à la cour un aspect irréel. Seule source de lumière, elle traçait des ombres nettes, délimitait des zones où l'œil distinguait aisément le moindre détail, et d'autres, d'obscurité totale, où il était impossible de rien voir qu'une tache noire et sans relief.

La jeune femme eut une moue agacée en songeant qu'elle avait oublié d'allumer les lampes de la cour, ce qui lui aurait bien rendu service maintenant. Quant à sortir pour réparer cet oubli, l'idée ne la tentait guère.

– Je ne vois rien d'anormal, chuchota-t-elle finalement.

– Tu as tout fermé ?

– Oui, rien à craindre de ce côté. Tu es sûre que…

– Je te dis que j'ai entendu quelque chose. Comme un bruit de conversation.

– Et tu n'as pas compris ce qui se disait ?

– Non, cela s'est arrêté d'un coup.

Apparemment, tout était calme. Les buissons qui encadraient la cour demeuraient plus immobiles que s'ils avaient été sculptés dans de l'acier. La nuit était silencieuse, tout semblait mort autour de la maison.

Un frisson parcourut Annie à l'instant où elle comprit que si la nuit était silencieuse, c'était que justement il se passait quelque chose d'anormal. Depuis leur arrivée, il s'était toujours trouvé un animal pour pousser son cri à proximité de la maison. Si tous se taisaient à présent, c'était qu'il y avait effectivement quelqu'un à l'extérieur.

Partant de cette déduction, la jeune femme comprit alors que la désagréable sensation qu'elle éprouvait depuis peu était due au fait qu'elle se sentait épiée. Quelqu'un les observait. Quelqu'un qui se dissimulait dans les buissons, à l'entrée de la cour.

Son regard s'accoutumant à l'obscurité, et une espèce de sixième sens lui disant où chercher l'intrus, elle finit par distinguer quelque chose. Une forme vague, qu'elle assimila rapidement à une silhouette humaine.

– Je crois que je le vois, ou du moins que j'en vois un, murmura-t-elle.

– Où ça ?

La main de Geneviève se crispa sur la crosse de la Kalachnikov. Annie frissonna en se rendant soudain compte que, de la façon dont sa belle-sœur tenait l'arme, elle se trouvait en plein dans la trajectoire de la balle.

– Détourne ça de moi, marmonna-t-elle d'une voix tendue. Tout ce que tu vas gagner, c'est que tu vas me coller une balle dans la tête.

Geneviève la regarda sans comprendre, puis fixa son arme. À contrecœur, elle la changea de main.

– Excuse-moi, dit-elle.

Manifestement, elle ne savait même pas comment tenir la carabine. Annie poussa un soupir d'exaspération en comprenant qu'elle devrait se battre seule contre celui ou ceux qui se trouvaient à l'extérieur.

Du moins était-elle sûre que l'arme était chargée : elle l'avait vérifiée elle-même.

Impossible par contre de se souvenir si une balle était engagée dans le canon. Elle ne croyait pas l'avoir fait, mais comment en être sûre ? Et Geneviève l'avait-elle fait, le cas échéant ?

– Tu as fait monter une balle dans le canon ? demanda-t-elle à mi-voix, sans quitter le jardin des yeux.

– Quoi ?

– Est-ce que tu as manœuvré le levier d'armement sur le côté ?

– Non, je n'ai rien touché, pourquoi ?

Annie eut un mouvement de tête excédé.

– Alors pose cette arme sur la table derrière toi et n'y touche plus.

– Mais pourquoi ?

– Parce que tu ne sauras pas t'en servir. Si je vide le fusil de chasse, autant que ce soit moi qui reprenne le tien. Pendant ce temps, tu rechargeras le fusil.

– Mais comment ? Je ne saurai pas !

Annie sentit les larmes lui monter aux yeux. Se pouvait-il qu'elle soit vraiment seule ? Cette grosse vache ne pouvait-elle se prendre un peu en charge ? Avait-elle réellement besoin de toujours se raccrocher à quelqu'un, de peser sur l'épaule des autres ? Un instant, la jeune femme ressentit la folle envie de tourner le fusil de chasse vers sa belle-sœur et de lui en vider les deux canons dans le ventre d'un coup, comme ça, pour en finir au moins avec un problème.

Ses mains se crispèrent sur le bois de l'arme, ses phalanges blanchirent lorsque ses ongles entrèrent dans le vernis de la crosse. Serrant les dents, elle parvint tout de même à se contenir.

– Fais ce que je te dis, ordonna-t-elle finalement d'une voix cassante, en reportant toute son attention sur le jardin.

Domptée, Geneviève posa l'arme, peut-être satisfaite au fond d'elle-même que la direction des opérations ne lui incombât pas.

– Qu'est-ce qu'ils attendent ? demanda-t-elle, quand elle revint se poster près de la fenêtre.

– Je ne sais pas, mais on ne va pas leur laisser toute la nuit pour se décider. Abrite-toi.

Annie fit deux pas sur le côté, de façon à se trouver face à la porte-fenêtre toujours ouverte. Puis elle alluma la lampe torche accrochée au fusil, et avança sous la véranda.

– Sortez de là les mains en l'air ou je tire !

– Déconne pas, bon Dieu !

– C'est Gérard ! cria Geneviève.

Elle se précipita, bousculant Annie pour se porter à la rencontre de son beau-frère.

– C'est eux ! cria-t-elle encore, comme si besoin était.

Effectivement, Gérard quittait le couvert des buissons où il se tenait dissimulé jusque-là, suivi de près par Irène.

– Et Hubert ? cria Geneviève en voyant qu'ils n'étaient que deux. Où est Hubert ?

Gérard la regarda, étonné.

– Il n'est pas avec vous ?

Sans répondre, Annie s'avança. Elle avait relevé le canon de son fusil, mais la colère déformait ses traits.

– Qu'est-ce qui vous prend de vous cacher comme ça ? Vous n'avez rien trouvé de plus drôle comme plaisanterie ? Vous vous rendez compte que j'aurais pu vous tuer ?

– Calme-toi, répondit Gérard. Nous ne voulions pas vous effrayer. Simplement, on s'est demandé ce qui se passait. En approchant de la maison, nous avons constaté que tout était éteint et qu'il n'y avait pas le moindre bruit. Nous avons cru qu'il était arrivé quelque chose, et pensé qu'il serait plus prudent de ne pas se montrer tant qu'on ne saurait pas exactement de quoi il retournait.

– Et Hubert ? insistait Geneviève, au bord des larmes. Hubert n'est pas avec vous ?

– Non, nous ne l'avons pas vu. Pourquoi ? Et où sont les autres ? Vous n'êtes que deux ? Où sont les gosses ?

– Hubert!!!!!! Hubert est mort!!!!!

Geneviève se mit soudain à courir en hurlant, filant en direction du sentier par lequel son mari avait disparu peu auparavant.

– Nous sommes seules, expliqua rapidement Annie à son mari. Rattrape-la.

Sans comprendre, Gérard se précipita à la suite de sa belle-sœur, qu'il rejoignit en quelques enjambées. Il la ceintura au moment où elle allait disparaître dans le sentier. Ils luttèrent un instant tous deux, jusqu'à ce que

Geneviève cesse de se débattre pour s'effondrer en larmes sur son épaule.

– Calme-toi, lui dit-il doucement. Rentrons. Je ne sais pas ce qui s'est passé ici, mais ça va s'arranger. Hubert reviendra. Pour l'instant il est inutile de partir derrière lui, il fait nuit et tu ne trouveras rien, seule et sans lampe.

Lentement, ils revinrent dans la cour où les attendaient Irène et Annie qui, toujours armée de son fusil, surveillait les buissons ceinturant la maison.

– Mais enfin, demanda Gérard d'une voix où perçaient l'exaspération et l'inquiétude, que s'est-il passé en notre absence ?

– Ne restons pas ici, répondit Annie. Nous offrons des cibles trop faciles. Rentrons, je vais vous expliquer.

Chapitre 30

Irène releva la tête et les regarda. Les larmes avaient tracé de sombres sillons sur ses joues. Elle avait toujours les bras noués autour de ses genoux, les jambes repliées sous elle, dans la position où elle était restée prostrée depuis plusieurs minutes.

– C'est affreux, dit-elle finalement. Comment vais-je annoncer ça à sa mère ?

Après qu'Annie les eut mis au courant des derniers événements, Irène avait absolument tenu à monter dans la chambre de Kelly. La vue du jeune corps atrocement mutilé l'avait bouleversée. Surmontant son chagrin, elle avait trouvé suffisamment de force en elle pour entrer dans la chambre et, après avoir ôté le chapeau de la tête, déposer celle-ci près du corps sans vie de sa filleule. Malgré ses efforts, elle n'avait pu fermer les yeux de la jeune Anglaise, figés à jamais sur une scène de cauchemar.

Doucement, Gérard l'avait forcée à redescendre puis à s'asseoir dans le grand fauteuil de rotin où elle était demeurée sans rien dire, de grosses larmes roulant sur ses joues.

« Il faut laisser les lumières allumées, avait-il dit. Rester tous dans le salon. Et attendre que les enfants reviennent. De toute façon, les Autres savent où nous trouver. »

Il avait dit « les Autres », certain à présent que leur ennemi n'était pas un homme mais bel et bien un groupe. Un seul homme n'aurait pu venir à bout d'Hubert, armé comme il l'était et sur le qui-vive, pensait-il. Or, c'était bien ce qui s'était produit : il ne se faisait aucune illusion sur ce point. Hubert s'était fait avoir lui aussi, d'une façon ou d'une autre.

– Je ne sais pas, répondit-il gentiment à sa belle-sœur. J'espère seulement que tu auras l'occasion de la revoir.

Geneviève leva vers lui un regard horrifié.

– Eh bien oui, gronda-t-il. Inutile de se mettre la tête dans le sable plus longtemps ! C'est notre peau que nous défendons maintenant !

Rageusement, il empoigna la 22 long rifle qui se trouvait encore sur la table où sa belle-sœur l'avait abandonnée. Il vérifia que le chargeur était plein, fit monter une balle dans le canon. Puis il alla chercher un autre chargeur et plusieurs boîtes de cartouches, tant pour la Kalachnikov que pour le superposé Winchester que tenait toujours Annie. Il commença à garnir le second chargeur.

Irène déplia ses jambes, posa les pieds par terre. De la paume des mains, elle essuya les larmes qui avaient coulé sur son visage, ne réussissant qu'à étaler encore plus les traces qu'elles avaient laissées. Mais la jeune femme était à des lieux de telles préoccupations. Elle se mordit la lèvre inférieure, prit une profonde inspiration, comme si elle s'apprêtait à plonger.

– Qu'allons-nous faire ? demanda-t-elle finalement.

– Du café, pour commencer, répondit Gérard. Pour nous tenir éveillés toute la nuit. Demain, nous retournerons au village pour leur demander de nous conduire sur le continent. Et nous reviendrons avec la gendarmerie.

– Au village ? Après ce qui s'est passé ? Et s'ils refusent ?

– Alors nous leur emprunterons ou nous leur volerons une pirogue et nous nous débrouillerons par nous-mêmes.

Gérard avait affirmé cela d'un ton péremptoire, mais il aurait bien voulu être seulement à moitié aussi assuré qu'il s'en donnait l'air. Il souhaitait sincèrement qu'ils n'aient pas à en arriver là. Il n'avait jamais conduit une pirogue de sa vie et savait bien que c'était également le cas des trois femmes qui étaient avec lui. Une telle entreprise équivaudrait à un suicide, mais auraient-ils le choix ?

– On ne pourrait pas plutôt récupérer le canot ? Il a un moteur, suggéra Annie.

– Si tu crois que c'est possible… C'est vous qui avez vu les rats, pas moi.

La jeune femme se tut, en remuant apparemment de sombres pensées.

– Bon, conclut Gérard. On verra demain. Pour l'instant, il faut penser à rester en vie pour la nuit. Qui fait le café ?

– Moi ! répondit Geneviève, heureuse de trouver quelque chose pour s'occuper l'esprit pendant quelques instants.

Debout contre la porte-fenêtre, Gérard scruta l'obscurité qui régnait à l'extérieur. La lune avait disparu derrière de gros nuages, et la cour n'était plus qu'une immense bouche d'ombre. Les buissons, tout à l'heure si nettement découpés, étaient à présent de vagues masses sombres aux formes indéfinies.

Rien ne bougeait, et pourtant l'ennemi était là, dehors, quelque part, ou y serait bientôt.

Gérard se retourna, regarda les lampes à pétrole disséminées dans la pièce.

– Nous devons former des cibles vraiment faciles, dit-il. Annie, aide-moi. On va placer le divan dos à la fenêtre. Cela nous protégera toujours un peu, au cas où quelqu'un s'aviserait de vouloir nous tirer dessus.

Posant la 22 long rifle contre le mur, il commença à pousser le meuble que sa femme tirait de son côté. Voyant qu'ils peinaient à le traîner sur le plancher inégal, Irène se joignit à eux, et le divan finit par reposer contre la porte-fenêtre, qu'il bloquait, telle une barricade improvisée.

– C'est mieux, constata Gérard. On ne sait jamais…

Il n'eut pas le temps de terminer sa phrase que la vitre vola en éclats, pulvérisée par un lourd objet de métal qui tournoyait en l'air. Annie voulut crier, elle n'en eut pas le temps. L'arme la frappa violemment à la gorge, la projetant en arrière avant de la clouer à la cloison de bois.

Gérard et Irène demeurèrent pétrifiés un instant, ne pouvant détacher leurs regards de cette arme étrange qui venait de tuer Annie. Semblable à une croix grossière aux branches légèrement incurvées et tranchantes comme des rasoirs, l'arme avait manifestement été conçue pour le jet, afin que, quel que soit son angle d'arrivée sur la cible, il y ait toujours une des lames longues d'une trentaine de centimètres pointée vers l'avant.

La lame qui avait frappé Annie lui avait transpercé la gorge de part en part avant de ressortir par la nuque pour se ficher dans le mur contre lequel elle la maintenait debout, à présent que toute vie avait quitté le corps de la jeune femme.

Quelques spasmes nerveux agitaient encore les bras du cadavre qui semblait vouloir arracher l'arme, tandis que le sang giclait fortement de la blessure, aspergeant la table du salon et les revues qui y étaient posées.

– Annie ! hurla Gérard en se précipitant vers elle.

Ce geste lui sauva la vie. À l'endroit où il se tenait un instant auparavant, une sagaie traversa la vitre, puis le salon, avant d'aller se ficher avec violence dans le mur opposé. En un réflexe, Gérard se jeta à terre au milieu des éclats de verre, imité par Irène.

Fébrilement, il roula sur lui-même jusqu'au fusil abandonné par Annie. Tenant l'arme à deux mains, il rampa sur les coudes jusqu'à l'interstice ménagé entre le divan et le mur. Du canon de son arme, il fit éclater la vitre du bas. Avant même que les éclats de verre n'aient atteint le sol, il avait fait feu des deux canons en direction de la cour.

Dans l'obscurité, des cris de douleur firent écho aux deux détonations.

– Mouche ! exulta-t-il férocement.

Ce fut ce moment précis que choisit Geneviève pour faire sa réapparition dans la pièce, où elle entra en courant.

– Qu'est-ce qui se passe ? J'ai entendu crier, et puis des coups de feu…

– Couche-toi, bon Dieu ! cria Gérard.

Trop tard. Par la fenêtre du côté du salon, ouverte par les deux femmes pour laisser passer un peu d'air frais, une flèche entra en sifflant et vint se planter dans le flanc de Geneviève. Elle baissa la tête, la regarda avec un air étonné, referma la main dessus comme pour l'ôter. Une seconde flèche vint se fixer entre ses côtes, à la hauteur du cœur. Elle ouvrit la main, hébétée, toujours sans comprendre ce qui lui arrivait. Elle tituba un instant, comme ivre, avant de s'écrouler d'une masse, morte.

Grondant entre ses dents serrées, Gérard regagna l'abri du divan derrière lequel s'était aplatie Irène, à qui il confia le fusil. Passant par-dessus la jeune femme pour éviter d'avoir à toucher Geneviève, il rampa rapidement vers la Kalachnikov abandonnée sous la fenêtre. Pour la rejoindre, il lui fallait traverser un espace découvert que la longueur du divan n'avait pas permis de combler. Et rien à portée de sa main ne semblait susceptible de lui offrir une protection d'une quelconque efficacité. Il hésita un instant, mais ils ne pouvaient rester terrés derrière le divan avec pour seule arme un fusil déchargé. Se décidant d'un coup, il prit une profonde inspiration et s'élança en roulant sur lui-même. Une flèche mal ajustée vint se ficher en vibrant dans le chambranle de la fenêtre, à hauteur de sa tête, moins d'un quart de seconde après son passage.

Il empoigna la carabine avec soulagement, puis rampa rapidement jusqu'à la table où il rafla une boîte de cartouches pour le superposé, qu'il jeta à Irène.

Fébrilement, la jeune femme cassa le fusil en deux, éjecta les cartouches utilisées et les remplaça par deux autres. Le fusil se referma avec un claquement sec et menaçant. D'un signe de tête, elle signifia à Gérard qu'elle était prête. Il grimaça un sourire d'encouragement, espérant qu'elle tiendrait le coup. Irène hocha fermement la tête en réponse à son sourire forcé, puis rampa jusqu'à l'endroit d'où il avait tiré, en bordure du divan.

Se redressant à demi pour ne laisser dépasser que le haut de sa tête par la fenêtre ouverte, Gérard cala le fût de son arme sur l'appui et fit feu au hasard, arrosant les buissons où devait se tenir l'archer.

Un bruit sourd lui parvint, et les buissons s'agitèrent un instant, à ras du sol. Sans hésiter, il mitrailla copieusement l'endroit.

– Je l'ai eu ! gronda-t-il sauvagement.

Pour faire bonne mesure, il tira encore quelques coups de feu dans cette direction, sans déclencher plus de réaction cette fois. Derrière lui, le fusil d'Irène tonna à deux reprises.

Devant la jeune femme, trois barreaux de la balustrade avaient disparu, arrachés par les chevrotines.

– J'en ai touché un aussi, dit-elle en rechargeant son arme.

– Tu as vu combien ils sont ?

– Non. Mais ils sont minuscules.

– Des pygmées, hein ? J'avais donc raison.

Gérard se glissa sous la fenêtre, se redressa de l'autre côté, en prenant soin de rester à l'abri de l'encoignure.

Ainsi disposés, Irène toujours à l'affût entre le mur et le divan, ils surveillaient deux côtés de la maison.

Dans l'angle qu'il couvrait et que ne pouvait voir Irène, il distingua soudain un mouvement insolite. Là-bas, presque à la hauteur de la véranda, un buisson avait bougé. La lune, en quittant pour un instant l'abri des nuages, avait trahi celui qui se dissimulait là et qui tentait d'approcher de la maison sans être vu.

Les mains de Gérard se crispèrent sur la crosse de son arme. Ses paumes étaient moites de transpiration, causée tant par l'angoisse que par l'excitation du combat qui l'avait saisi après les premiers coups de feu. Il jouait sa vie en ce moment, mais, malgré le danger de leur situation, il se sentait gagné d'une euphorie malsaine. Ils allaient enfin régler les comptes, et on verrait alors qui était le plus fort.

Placé comme il l'était, dans le coin de la fenêtre, il bénéficiait de l'ombre d'une armoire contre laquelle il s'appuyait. Il y avait donc des chances pour que, de l'extérieur, on ne pût pas le voir, malgré les lampes à pétrole toujours allumées dans la pièce. Il avait bien songé à éteindre ces lampes, mais il lui aurait fallu se risquer à découvert, et la mort d'Annie et de Geneviève avait bien montré que c'était la dernière chose à faire.

L'assaillant qui les guettait dans les buissons tout proches ne l'avait donc sans doute pas vu. Un mouvement qu'il fit pour se rapprocher encore permit à

Gérard de mieux le distinguer. Sa bouche s'ouvrit de stupéfaction à la vue de leur mystérieux adversaire : il s'agissait d'un être étrange, tout petit, vêtu de ce qui semblait être une défroque de moine. Revenant de sa stupeur, Gérard sentit la fureur l'envahir. Ainsi c'étaient là les êtres responsables de toutes les catastrophes qui leur étaient tombées dessus depuis leur arrivée dans l'île ! Eh bien cette fois il en tenait un ! Il épaula et fit feu dans le même mouvement. L'être bascula en arrière sans un cri, mortellement touché.

Un autre, semblable au premier, jaillit alors du buisson et détala dans le sentier, abandonnant visiblement la partie. Sans prendre le temps de réfléchir, Gérard l'ajusta et fit feu. Sa balle frappa le fuyard entre les épaules, avec assez de force pour le traverser et aller ricocher sur un caillou du sentier, provoquant une superbe étincelle.

Le petit être en robe de bure roula sur lui-même avec un hurlement de douleur. Irène, qui l'avait à présent dans son angle de tir, fit feu à son tour avant qu'il ne touche le sol. Soulevé de terre, le fuyard fut projeté dans les buissons où il s'écroula, en laissant derrière lui une large mare qui paraissait noire sous l'éclairage de la lune.

– Arrête ! Arrête, bon Dieu ! hurla Gérard.

Tout le sang avait reflué de son visage. Atrocement pâle, il s'avança devant la fenêtre. Dès qu'il avait entendu le hurlement, il avait relevé son arme. L'air hagarde, Irène se tourna vers lui sans comprendre, ouvrit la bouche pour lui dire de ne pas rester devant la fenêtre. Inutile. Gérard avait déjà enjambé l'appui et se laissait glisser à l'extérieur. Il atterrit lourdement sur le sol, un mètre cinquante plus bas. Il avait lâché son arme qui était tombée près de lui, mais il ne fit pas un geste pour la ramasser. Il traversa la cour en courant, jusqu'à la petite créature qu'ils venaient d'abattre.

Sous l'éclairage cru de la lune, le sang faisait une large tache noire sur la robe sombre. Il retourna sa victime sur le dos. Dans sa chute, le capuchon de la robe s'était rabattu sur son visage, le dissimulant totalement. Sachant déjà ce qu'il allait découvrir, Gérard rejeta en arrière le capuchon d'un geste sec et se mit à hurler sans parvenir à s'arrêter :

– Richard ! Noooooooooonnnnnnnnnn !!!!!!!!!!

Son fils leva vers lui un regard que voilait déjà l'ombre de la mort.

– C'est pas nous, papa, murmura-t-il péniblement.

– Richard, mon petit…

De grosses larmes coulaient sur le visage de Gérard qui ne faisait rien pour les arrêter, qui n'en avait même pas conscience.

– C'est pas nous, répéta l'enfant.

– Je sais. Je sais que vous n'êtes pas responsables, Richard. Tiens bon, mon petit. On va te soigner. Tiens bon, je t'en supplie.

Terrifié par son impuissance, Gérard serra l'enfant contre son cœur.

– Ne meurs pas, chuchota-t-il. Je t'en prie, ne meurs pas.

– … pas nous, murmura une dernière fois Richard avant que sa tête ne roule sur le côté en une immobilité définitive.

– Richard ! hurla Gérard. Richard ! Nooooonnnnn !!!!

Pressant le petit corps sans vie contre lui, Gérard se mit à sangloter sans retenue.

Irène s'immobilisa à quelques pas derrière lui, le fusil encore chaud à la main.

– Qu'est-ce que… demanda-t-elle, sans savoir comment terminer sa question.

– Nos enfants ! Nous avons tué nos enfants ! Il n'y a jamais eu de pygmées ! Nous avons tué nos enfants…

Sans comprendre Irène s'avança, reconnut le petit cadavre que Gérard tenait pressé contre lui. Elle laissa tomber son fusil, se mordit le poing pour ne pas hurler à son tour.

Refusant encore de croire à l'évidence, elle se précipita vers les buissons où elle savait trouver les corps figés dans la mort de leurs assaillants.

Écartant les branches basses, elle découvrit le premier cadavre. Elle le retourna presque avec brutalité, tant était grande son anxiété. C'était Claude, le frère de Richard.

Plus loin, elle découvrit Patrick. Sur la gauche de la maison, Alain. Et à un mètre de lui à peine, François. Elle chercha, chercha encore, sans parvenir à découvrir son propre fils, Alexandre.

Là-bas, à l'entrée du sentier, Gérard tenait toujours le corps de son fils pressé contre sa poitrine. Il sanglotait. Entre ses sanglots, on pouvait l'entendre chanter une berceuse.

D'un geste mécanique, comme en état second, Irène détacha la lampe torche toujours fixée au canon du superposé.

– Alexandre, murmura-t-elle pour elle-même. Je dois trouver Alexandre.

Laissant l'arme où elle était tombée, elle s'enfonça dans le sentier.

– Alexandre ! commença-t-elle à appeler. Alexandre !

Chapitre 31

Aux premières lueurs de l'aube, Gérard secoua la tête comme pour s'éveiller d'un interminable cauchemar. Ses cheveux, bruns la veille au soir, étaient désormais blancs. Le corps qu'il tenait entre ses bras était froid, déjà rigide. Il le déposa doucement sur le sol, tenta de lui fermer les yeux sans y parvenir. Il se redressa alors, retomba lourdement. Ses jambes ankylosées refusaient de le soutenir. Les larmes qu'il avait versées pendant la nuit avaient tracé deux sillons amers sous ses yeux.

Il s'assit sur le sol, massa doucement ses muscles noués par la nuit passée à genoux. Il s'écoula plus d'un quart d'heure avant qu'il ne parvienne à tenir de nouveau debout, quoique en vacillant.

Lentement, il fit le tour de la maison, rassembla les cinq petits corps au centre de la cour. Pendant quelque temps il chercha le corps d'Alexandre, puis lui revinrent en mémoire les paroles qu'avait prononcées Irène en passant près de lui. Comprenant que son neveu ne se trouvait pas à proximité, il cessa ses recherches et s'assit sur les marches de la véranda d'où il contempla les cinq petits corps sans essayer de contenir ses larmes.

– Pourquoi ? murmura-t-il finalement. Pourquoi s'être servi d'eux ? Ils étaient innocents.

Lentement, il essuya ses larmes d'un revers de manche, puis redressa la tête. Il lui fallait retrouver Irène avant qu'il ne lui arrive malheur. Elle avait disparu dans la nuit pour chercher son fils, mais Gérard sentait qu'elle ne le trouverait pas. Après les événements de la nuit, il avait la certitude que l'adolescent était mort. Sinon, il aurait été parmi les petits corps étendus devant lui.

Loin sur sa gauche, il entendit un appel. Irène était toujours en quête de son fils. Il se leva, traversa rapidement la cour et, sans un regard en arrière, il prit le sentier qui semblait le plus susceptible de le mener à elle.

Très vite pourtant, le sentier bifurqua, partant dans une direction opposée à celle d'où était venu l'appel. Sans hésiter, il se glissa entre les buissons, certain à présent que tout danger était écarté. Quelques mètres plus loin, après avoir franchi un rideau de palétuviers, il rencontra un autre sentier, plus petit celui-ci, qu'il ne connaissait pas, ce qui ne le surprit guère : il avait passé plus de temps sur la plage que dans l'exploration de l'île, dont il ne connaissait pas tous les recoins. Se baissant pour l'emprunter, sans que sa tête heurte les branches basses qui le surplombaient, il pressa le pas en entendant un nouvel appel, plus éloigné que le précédent, lui semblait-il.

Peu à peu, chaque appel lui parvenait plus faiblement, alors qu'il était certain d'avancer dans la bonne direction. Il se mit donc à courir, de crainte de ne jamais rattraper sa belle-sœur, totalement inconscient du danger qui le guettait sur ce sentier. En effet, après la mort d'Hubert, les enfants, toujours possédés par l'esprit des sorciers pygmées, avaient de nouveau soigneusement recouvert la fosse de branchages et de feuilles, à tout hasard. Gérard ne découvrit le piège que lorsque le sol se déroba soudain sous lui. Poussant un cri de détresse, il disparut sous terre. Il tomba en avant et eut à peine le temps de voir le cadavre de son frère avant que le pieu ne lui perfore brutalement la cage thoracique, lui défonçant les côtes, pulvérisant le cœur, et brisant l'omoplate avant de déchirer les chairs pour ressortir en haut de son dos, comme une excroissance monstrueuse. Un flot de sang jaillit, aspergeant le cadavre de son frère et déclenchant la fuite des trois mygales qui étaient restées tapies dans ses vêtements.

Gérard n'eut pas le temps de pousser un cri. Il se raidit, son poing tétanisé se dressa au-dessus de lui, comme pour une ultime malédiction, puis retomba lourdement. Son corps se détendit, et commença à glisser lentement le long du pieu jusqu'à ce qu'il touche terre et s'immobilise.

Ses doigts s'ouvrirent, se détendirent. Sa main retomba sur le sol, à quelques centimètres de celle de son frère, puis se figea totalement, définitivement.

Épilogue

Irène redressa la tête. Il lui avait semblé entendre quelque chose. Un appel. Alexandre ! Alexandre l'avait entendue et l'appelait.

Elle s'immobilisa, regarda autour d'elle avec des yeux fous. De chaque côté, les buissons aux feuilles larges et plates formaient une paroi végétale qui assourdissait les sons et l'isolait du monde. L'appel semblait venir de la gauche. Sans hésiter, elle se baissa pour se glisser entre deux buissons, progressant sur plusieurs mètres sans voir à plus d'un pas devant elle, jusqu'à ce que les buissons s'espacent pour laisser place aux troncs sinueux des palétuviers, entre lesquels elle apercevait la plage.

Quand elle émergea sur le sable, elle reconnut aisément l'endroit : devant elle s'étendait le marais, et un peu plus loin, masse sombre se découpant nettement sur le ciel gris que commençaient à peine à teinter les premières lueurs du soleil, s'avançait le promontoire rocheux.

Sa lampe encore allumée à la main, elle s'engagea sur la plage. Le sable gris entrait dans ses chaussures, mais elle n'y prenait garde. Elle avançait d'un pas d'automate, en direction du marais qu'elle ne distinguait qu'à peine du coin de l'œil, sous la forme vague d'une masse verdâtre et confuse.

La mer avait recommencé à monter, mais elle aurait pu tout aussi bien avoir disparu pendant la nuit, sans que la jeune femme en ait seulement pris conscience.

Alexandre l'avait appelée.

Lentement, incapable de marcher plus vite du fait de la fatigue accumulée au cours de toute une nuit de recherches et d'errance, elle suivit la plage. Elle bifurqua pour contourner le marais, et redescendit en direction de la mer en longeant les rochers.

Alexandre l'appelait.

Ses pieds foulèrent bientôt le sable mouillé par le ressac, et elle entra dans l'eau sans hésiter. Longeant le promontoire rocheux, elle trouva l'entrée de la grotte partiellement immergée et s'y engagea.

Sa lampe, qu'elle n'avait toujours pas lâchée, éclairait encore un peu. La lumière qu'elle fournissait était juste suffisante pour y voir à un mètre devant elle, mais cela suffisait à la jeune femme pour s'orienter. En fait, même sans lampe, elle se serait orientée facilement. Quelque chose la guidait.

Sans chercher, elle découvrit la faille dans le mur de

la grotte, se courba pour s'y engager et la suivit. L'obscurité se referma sur elle, seulement troublée par le petit cône de lumière émis par sa torche électrique.

Elle entra dans la grande salle où un feu de bois achevait de mourir. Les braises éclairaient faiblement la scène d'une lueur rougeâtre et surnaturelle.

Irène ne sembla pas surprise par le décor. Le squelette de baleine lui paraissait tout à fait à sa place en ce lieu, de même que la décoration murale qu'elle devinait plus qu'elle ne la voyait.

Au fond, derrière le feu, deux silhouettes vêtues de robes de bure étaient assises, la tête dissimulées par le capuchon rabattu devant leurs yeux, immobiles, le visage tourné dans sa direction.

Lentement, la jeune femme s'en approcha, jusqu'à les toucher. Elle s'immobilisa alors, sans qu'un seul mot ait été prononcé. Du bout de sa lampe, elle toucha une des robes de bure. Le temps sembla se figer dans la petite grotte. Puis, doucement, comme à regret, la robe de bure s'effondra en arrière, entraînant l'autre dans sa chute. Les deux vêtements s'étalèrent sur le sol, où ils formèrent une seule masse sans épaisseur. Ils étaient vides.

Dans la main d'Irène, la lampe faiblit encore, puis s'éteignit tout à fait. De toute façon, ses yeux à présent accoutumés à l'obscurité n'en avaient plus besoin et la lueur des braises lui suffisait pour voir.

Elle n'avait pas peur.

N'allait-elle pas retrouver Alexandre ?

Elle s'assit à la place précédemment occupée par les deux robes de bure, le regard posé dans le vide.

Peu à peu, les braises s'éteignirent, la laissant dans l'obscurité la plus totale.

À l'entrée de la grotte, elle entendit comme un raclement.

On venait.

RÉALISATION : PAO ÉDITIONS DU SEUIL
IMPRESSION : CORLET À CONDÉ-SUR-NOIREAU
DÉPÔT LÉGAL : AVRIL 2007. N° 417 (99535)
IMPRIMÉ EN FRANCE